OPERATION: AMOR

PARANORMALES SÖLDNERKORPS
BUCH 2

M GUIDA

MICHAEL ANDERLE

LMBPN
INTERNATIONAL

WILLKOMMEN!

Willkommen auf einer spannenden Reise mit LMBPN®
International! Melde dich für unseren Newsletter an, um Zugang zu exklusiven Updates und kostenlosen Inhalten zu erhalten. Als unser geschätzter Abonnent genießt du ein bereicherndes Erlebnis voller Überraschungen. Tauche ein in neue Welten, einzigartige Einblicke und spannende Geschichten, die auf dich warten. Melde dich jetzt an, werde Teil des Abenteuers LMBPN® International und sei Teil der Geschichte!

https://lmbpn.com/de/newsletter/

IMPRESSUM

Covergestaltung von Fantasy Book Design

Eine Produktion von Michael Anderle

LMBPN® International
2375 E. Tropicana Avenue, Suite 8-305, Las Vegas, NV, USA 89119

Version 1.00, Juli 2024
ISBN Taschenbuch: 979-8-89354-038-3

Für meinen Dad und meine Schwester, die mir gesagt haben, dass ich niemals aufgeben darf. Ohne ihre ständige Unterstützung wäre ich nicht da, wo ich heute bin. Ich liebe euch beide.

- M Guida

Für Familie, Freunde und
alle, die es lieben,
zu lesen.
Mögen wir alle die Gnade genießen,
das Leben zu leben, zu dem wir berufen sind.

- Michael

KLAPPENTEXT

Chelby ist aus dem Gefangenenlager von Sektor Neun entkommen und der Hinrichtung entgangen, aber ihre Probleme fangen gerade erst an ...

Ihr Schlaf wird von schrecklichen Albträumen gestört, in denen Fae-Attentäter einen blauen Drachen vom Himmel schießen. Als sich der Drache in Stein verwandelt und zerbricht, erwacht Chelby in ihrem Zimmer zu einem lodernden Inferno.

Sie hat erneut die Kontrolle verloren, und das hat Konsequenzen.

Zu viele Leben stehen auf dem Spiel und Chelby ist zu gefährlich, um im Wohnheim zu bleiben.

Dr. Gould hat keine andere Wahl, als sie ins Therapiezentrum zu verlegen, bis sie ihre Feuerkräfte beherrschen kann. Von ihren Freunden und aus dem Training verbannt, betrachtet Chelby das Zentrum als hübsche Version eines Gefängnisses.

Wird sie dort auf unbestimmte Zeit festsitzen oder werden die anhaltenden Enthüllungen über ihre Herkunft alles für sie verändern?

Sektor Neun greift wieder auf seine alten Tricks zurück.

Sie nutzen das Waisenhaus in Edinburgh, in dem Chelby als Kind lebte, als Tarnung, um Supersoldaten für die Jagd auf Übernatürliche zu entwickeln.

Das Waisenhaus ist der Schlüssel zu ihrer Vergangenheit, aber um die Erlaubnis zu bekommen, mit ihrem Team hinzureisen, muss Chelby Dr. Gould beweisen, dass sie ihre Kräfte kontrollieren kann.

Kann Chelby die Angst überwinden, die sie davon abhält, die Antworten zu bekommen, die sie braucht? Oder werden ihre familiären Beziehungen sie zuerst einholen?

Scrolle nach oben und klicke auf JETZT KAUFEN oder KOSTENLOS LESEN und hole dir dein Exemplar von Operation: Amor, um es herauszufinden!

1

Es war zwei Tage her, dass ich wie eine Laborratte aus der Gefängniszelle von Sektor Neun gerettet worden war, und ich war so froh, wieder in meinem PSK-Wohnheimzimmer zu sein. Ich hasste Sektor Neun. Die Bastarde hatten mich per Überwachungskamera beobachtet. Es war erniedrigend gewesen. Ich hatte nichts verbrochen, außer eine Übernatürliche zu sein und zwei Blutlinien zu haben. Die eine war Fae, die andere unbekannt.

Laut ihnen machte mich das anders und gefährlich.

Zu etwas, das vernichtet werden musste.

Ich saß auf meinem Balkon und schaute auf den leeren Innenhof hinunter. Ich nippte an einer Tasse Kaffee und versuchte, nicht einzuschlafen, aber meine Augenlider spielten nicht mit. Ich konnte sie kaum noch offenhalten.

Das Letzte, was ich tun wollte, war einschlafen.

Jedes Mal, wenn ich das tat, träumte ich von dieser Zelle. Von der Kälte, der Beklommenheit und der Angst.

Kalte Luft strömte über mich hinweg und ich fröstelte. Wenigstens hielt mich das wach.

Es war mitten in der Nacht, und der Mond stand hoch und warf ein klares, helles Licht. Ich fuhr mit der Hand über die heilenden Wunden an meinen Armen, die ich mir beim Sturz von Eros zugezogen hatte. Das Mondlicht glitzerte auf meinen hässlichen blauen Flecken.

Das Gesicht meines Pflegevaters blitzte in meinem Kopf auf, und Wut durchströmte mich, während Rauch aus meiner Nase stieg. Robert Brooks. Er hatte nicht einen Finger gerührt, um mich zu befreien. Er hatte angekündigt, dass jemand in die Einrichtung kommen würde, um mich zu töten, sich aber geweigert, mir zu sagen, wer.

Offensichtlich wollte sich Sektor Neun seine kostbaren Hände nicht schmutzig machen.

Robert kandidierte für den Senat, also wollte er wahrscheinlich nicht, dass so etwas wie der Mord an seiner Pflegetochter auf ihn zurückfiel.

Etwas Wütendes und Rachsüchtiges brannte in meiner Brust.

Etwas wollte raus.

Dr. Gould hatte mir diese Rache allerdings eventuell gestohlen. Er war der Leiter des Paranormalen Söldnerkorps und, wie sich herausgestellt hatte, ein goldener Drache. Er hatte die Anlage von Sektor Neun fast bis auf den Grund niedergebrannt.

Gut.

Der Wind wehte stärker und wirbelte mein Haar durcheinander. Die Wut brodelte in mir, aber ich konnte nicht länger hier sitzen. Ich würde bestimmt erfrieren.

Ich öffnete meine Balkontür und der heulende Wind wehte in mein Zimmer.

Bumm!

Ich knallte die Tür zu und fröstelte. Ich schnappte mir eine flauschige rosa Decke von meinem Bett und rollte mich in einem Sessel zusammen. Die Wärme der Decke vertrieb das Frösteln. Ich stellte die Kaffeetasse ab, schaute aus dem Fenster und beobachtete, wie die Wolken über den leuchtenden Mond zogen.

Meine Augenlider gewannen den Kampf und ich schloss meine Augen ...

Ein kleines steinernes Landhaus stand neben einem sprudelnden Bach. Um das Landhaus herum wuchsen lila Disteln. Ich saß mit meinem lila Drachen auf den Stufen und starrte zu der blonden Frau und einem großen, muskulösen Mann mit langen, blonden Locken hinauf. Der Mann trug ein schwarzes T-Shirt, Jeans und Cowboystiefel, sodass er mich an einen Biker erinnerte.

Er packte die blonde Frau und nickte in Richtung eines silbernen Mercedes-Benz. »Du und Syndra müsst von hier verschwinden. Ihr könnt mir nicht helfen.« Seine müde Stimme war leise.

Irgendetwas stimmte nicht.

Sie schüttelte den Kopf. »Nein, Ivan, wir können bleiben und kämpfen.« Ihre Augen waren groß. »Sie werden dich töten.«

Er schüttelte den Kopf, und sein langes Haar verdeckte sein Gesicht. »Geht, bevor es zu spät ist. Sie kommen.«

Flapp-flapp-flapp.

Ich schaute in den Himmel, wo Männer mit langen weißen Haaren auf rein schwarzen Pegasi ritten, die mich an Eros erinnerten. Sie trugen Pfeil und Bogen und ihre wütenden Gesichter ließen mir das Blut in den Adern gefrieren.

Einige von ihnen schossen brennende Pfeile ab und trafen das Dach des Hauses. Das Feuer breitete sich schnell aus, wie von Geisterhand.

Der Mann gestikulierte. »Geht jetzt. Egal was passiert, ich werde euch beide beschützen.«

Die blonde Frau packte meine Hand und riss mir fast den Arm ab, als sie mich über den Rasen zerrte. Meine Füße berührten kaum den Boden. »Syndra, lauf!« Ihre verängstigte Stimme jagte mir einen Schauer über den Rücken.

Ich schaute über meine Schulter. Der Mann mit den langen, blonden Locken stand auf dem Rasen und blickte zu den Männern auf Pferden, die auf einem grasbewachsenen Hügel gelandet waren. Sie ritten langsam auf ihren Pferden den Hang hinunter.

Ich kannte den tapferen Mann, der uns beschützen wollte, aber ich konnte mich nicht an ihn erinnern.

Er riss sich sein schwarzes T-Shirt vom Leib und warf es auf den Boden. Er zog erst seine Cowboystiefel aus, dann seine blaue Jeans.

Seine Muskeln glänzten in den flackernden Flammen, die das Haus verzehrten.

Weitere Pfeile segelten um ihn herum und schlugen in das Landhaus ein, peitschten Steine auseinander und explodierten zu Feuer. Er bewegte sich nicht einen Zentimeter. Er stand nur splitternackt da.

Mein Herz klopfte wie wild und Tränen liefen mir übers Gesicht, als die Frau mich aufhob und auf einen weißen Pegasus setzte. Das verängstigte Pferd wieherte.

Die blonde Frau kletterte auf das Pferd und setzte sich hinter mich. »Bring uns hier weg, Starlight. Dreh dich nicht um, Syndra.«

Ihr Herz schlug genauso wild wie meines.

Dennoch fühlte ich mich von dem Mann da unten angezogen.

Ein anderer dunkelhaariger Mann raste auf einem braunen Pegasus vom Himmel. Ich erkannte seine Stimme als den Mann aus meinen früheren Träumen. Aber wieder konnte ich sein Gesicht nicht sehen.

»Keya, folg mir.« Der Schrecken stand ihm in den Augen, und er hatte sein Schwert gezogen.

Starlight stürzte sich in die Luft und in seine Richtung.

Ich umklammerte meinen Plüschdrachen, während mir die Tränen über die Wangen liefen.

Wir holten ihn ein und Starlight drehte sich um.

Plötzlich veränderte sich der Körper des Mannes. Mir blieb der Mund offen stehen. Seine Muskeln wuchsen und dehnten sich aus, und seine Knochen wurden länger. Seine Haut verwandelte sich in leuchtend blaue Schuppen. Er war ein Drache. Ein blauer Drache.

Kreisch-kreisch-kreisch!

Der Drache zischte und stieß Blitze aus, die um die Männer herumwirbelten und den Himmel erhellten. Der Pegasus stürzte davon und entkam den zackigen weißen Strömen.

Weitere Pfeile flogen auf den Drachen zu. Einige von ihnen zischten auf uns zu. Der Drache schlug mit seinen gewaltigen Flügeln und stieg höher, um die Angriffe abzuwehren.

Ein rothaariger Mann, der auf einem edlen Ross ritt, flog vom Himmel. Sein Pferd war doppelt so groß wie die anderen. Er war oberkörperfrei und trug einen roten Umhang, der im Wind flatterte. Er zog einen zischenden weißen Pfeil zurück, während er aus den Wolken stürzte.

Die blonde Frau schrie: »Ash, nein!«

Der Mann lachte und ließ den weißen Pfeil los.

Er pfiff durch den Himmel wie eine Rakete. Einen Moment lang dachte ich, es wären zwei. Oder hatte sich der Pfeil geteilt? Ich war mir nicht sicher. Ich war zu weit weg.

Der Drache spie einen Blitzstrahl in seine Richtung aus, aber der Pfeil durchdrang die Elektrizität und schlug in ihn ein.

Kreisch-kreisch!

Der Drache zuckte zurück und rollte seinen Schwanz ein. Schwarzer Rauch zischte aus seiner Nase und seinem Maul. Von seinem Schwanz an färbten sich seine blauen Schuppen grau. Die Farbe breitete sich aus, als hätte ihn jemand angemalt. Plötzlich hörte er auf, sich zu bewegen und fiel in Spiralen in Richtung des brennenden Hauses. Risse glitten an seinem Körper entlang und er zersprang in eine Million Teile.

Ich schrie und schrie.

Ich wachte inmitten von Rauch und Feuer auf, als hätte jemand einen Flammenwerfer benutzt. Zornige Flammen leckten an den Wänden und meinem weißen Teppich.

Meine Augen weiteten sich vor Entsetzen, und mein schneller Atem wurde hektisch und flach. Ich verschluckte mich an dem Rauch und meine Augen tränten.

Sektor Neun hatte mich gefunden!

Ich musste weg von hier. Jetzt.

Schreie hallten im Flur wider.

Mist, sie waren hier.

»Schnappt euch den Drachen«, ertönte eine Stimme in meinen rasenden Gedanken.

Ich eilte zu meinem Bett und schnappte mir meinen lila Drachen. Die bloße Berührung linderte meine Ängste. Flammen rasten auf meine Tür zu.

Plötzlich flog die Tür auf. Dr. Gould trat in den brennenden Raum, packte mich am Arm und schleuderte mich auf den Flur. Ich stieß mit anderen erschrockenen Kadettinnen zusammen.

Mehrere große Männer rannten mit einem Feuerwehrschlauch in mein Zimmer. Wasser spritzte hinein und Dampf strömte heraus.

Eine verängstigte Frau sah mich an. »Was ist passiert?«

Ich sah mich hektisch um und erwartete, dass Robert mit einer Armee in das Wohnheim stürmen würde. »Sektor Neun ist hier. Wir werden angegriffen.« In meiner Stimme schwang Panik mit.

Jemand umklammerte meine Schulter. »Chelby.«

Ich blickte in die verwirrten blauen Augen von Commander Wyland. Sein blonder Man Bun entblößte die Schnittwunde an der Seite seines hübschen Gesichts, die entstanden war, als er wie ich von seinem Pegasus gefallen war.

Er schüttelte den Kopf. »Sektor Neun ist nicht hier.«

Ich runzelte die Stirn und umklammerte meinen Drachen fester. Etwas strömte von dem kleinen Stofftier aus in mich hinein. War es Magie? Die Kraft half, den Schrecken in mir zu unterdrücken.

»Was?« Mein Nacken kribbelte, meine Brust zog sich zusammen und ich bekam nicht genug Luft. Ich schaute den Flur hinauf und hinab, auf der Suche nach Eindringlingen. »Wer hat dann mein Zimmer niedergebrannt?«

Dr. Gould trat aus dem dampfenden Raum wie ein riesiger Gladiator. Er trug Jeans und hohe schwarze Stiefel, und sein blondes Haar flatterte ihm über die Schultern.

Er warf mir einen steinernen Blick zu. „Das warst du.«

Ich trat einen Schritt zurück. »Was? Nein. Wie kommen Sie darauf?«

Er antwortete nicht und sah mich nicht einmal an, als ob er sich schämte.

Er konzentrierte sich auf den Commander. »Bringen Sie sie sofort ins Therapiezentrum. Sie ist zu gefährlich, um im Wohnheim zu bleiben. Ihre Gefühle und Kräfte sind außer Kontrolle geraten.«

Der Commander zog seine blonden Augenbrauen zusammen. »Aber –«

Dr. Goulds blaue Augen färbten sich golden. »Stellen Sie mich nicht in Frage, Commander. Ich sagte sofort.« Seine Stimme war von Wut erfüllt.

Ich schüttelte den Kopf, keuchend und zitternd. Tränen glitzerten in meinen Augen. Wie konnte er mir das nur antun? Wieder eingesperrt zu werden, war ein Schlag ins Gesicht. Außerdem hasste ich Therapie, verdammt nochmal! Nachdem ich in einer Pflegefamilie aufgewachsen war, hatte ich genug Therapie für ein ganzes Leben hinter mir. Gott, er hatte mich verraten, genau wie Robert Brooks.

Der Commander legte seinen Arm um meine zitternden Schultern. »Komm mit mir, Chelby.«

»Ich kann doch nicht ... Ich kann doch nicht mein Zimmer abgefackelt haben.« Ich brachte die Worte kaum heraus. Ich weinte und zitterte.

Ich machte einen Schritt, aber meine Beine gaben nach.

Bevor ich umkippen konnte, nahm mich der Commander in die Arme und trug mich durch das Meer von verwirrten Kadettinnen.

Rote Rosetten bildeten sich auf meinen Wangen. »Was machen Sie da?«

»Offensichtlich trage ich dich.« Seine Stimme grollte in seiner Brust.

Die anderen beobachteten uns mit verschlafenen, verwirrten Augen.

»Was macht er da?«

»Hast du gehört, dass sie das Feuer gezündet haben könnte?«

»Nicht absichtlich.«

»Gott, ich möchte nicht in ihrer Haut stecken.«

Ich wich vor ihren Worten zurück und vergrub mein Gesicht im Hemd des Commanders. Wie schrecklich. Ich wollte nur dazugehören, und wieder einmal hatte ich es vermasselt. Das seltsame Pflegekind.

»Ich schlage vor, ihr geht zurück in eure Zimmer. Das Feuer ist aus und ihr seid alle in Sicherheit.« Dr. Goulds dröhnende Stimme ließ die Mädchen aufschrecken.

Dank mir roch der Flur nach verbranntem Toast.

Ich blickte in das harte Gesicht des Commanders. »Bringen Sie mich wirklich in die Haftanstalt?«

»Es ist keine Haftanstalt. Es ist ein Therapiezentrum.« Er überquerte den Innenhof zum Akademiegebäude. »Du hast Dr. Gould gehört.«

Ich runzelte die Stirn. »Wo ist die Haftanstalt?«

»Im Keller.«

»Na-na-natürlich.« Meine Zähne klapperten. Wo sollte sie sonst sein?

Er stellte mich auf meine Füße und öffnete die Glastüren. »Folge mir. Mach keinen Ärger, Chelby.«

Ich war zu betäubt, um zuzustimmen oder zu widersprechen. Der Traum wiederholte sich in meinem Kopf. Wer war dieser Typ gewesen?

Ich schwankte in der Eingangshalle, und meine zitternden Beine drohten nachzugeben.

Wieder einmal hob mich der Commander auf und trug mich die Treppe hinunter. Wie viele Gefangene bekamen diese Sonderbehandlung?

Ich hatte erwartet, dass die Anstalt steril sein würde, wie die Einrichtung von Sektor Neun, aber die Wände waren in einem warmen Beige gestrichen und der Boden mit Parkett ausgelegt.

Seltsam.

Ein Wachmann hinter einem Schreibtisch schaute uns neugierig an. »Commander?«

»Dr. Gould hat angeordnet, dass sie im geschlossenen Trakt des Therapiezentrums untergebracht wird.«

Ich seufzte. Ein geschlossener Trakt war dasselbe wie ein Gefängnis.

Der Wachmann drückte einen Knopf auf seinem Schreibtisch. Eine Tür glitt auf, die in einen Korridor mit mehreren weiteren Türen führte. Commander Wyland drückte einen roten Knopf neben einer der Türen, die sich daraufhin öffnete und einen Raum freigab, der wie ein Hotelzimmer aussah. Ein großes Bett, eine Lampe, ein Nachttisch und ein kleiner runder Tisch mit zwei Stühlen, aber kein Fernseher.

Er setzte mich auf das Bett. »Chelby, kannst du mir sagen, was passiert ist?«

Ich drückte meinen Drachen. »Ehrlich gesagt, weiß ich es nicht.«

Er zog einen Stuhl heran und setzte sich neben mich. »Versuch es, Chelby. Irgendetwas muss deine Kraft entfacht haben.«

»Ich erinnere mich nicht daran, das getan zu haben. Ich erinnere mich nicht daran, dass ich Rauch geblasen oder Feuer gespuckt habe. Im Ernst.«

Er hob mein Kinn an. »Ich glaube dir.«

Ich starrte ihm in die Augen. »Ich hatte ... ich hatte einen Traum.«

»Erzähl mir davon.« Er strich mir sanft über den Hinterkopf.

»Es ... es war furchtbar. Die blonde Frau war da. Und dieser Mann ...« Tränen liefen mir über die Wangen.

Er hörte auf, mein Haar zu streicheln. »Der gleiche Mann, von dem du schon einmal geträumt hast?«

»Nein«, murmelte ich. »Ich hatte ihn noch nie gesehen. Aber ich hatte das Gefühl, dass ich ihn kenne.«

Ich erzählte ihm schnell von meinem Albtraum.

Er seufzte, senkte den Kopf und rieb sich die Stirn.

»Ich sage die Wahrheit, Commander. Ich lüge nicht.« Ich konnte die Wut und die Frustration nicht aus meiner Stimme heraushalten.

Er hob langsam den Kopf. Ich war mir nicht sicher, aber ich glaubte, in seinen Augen Tränen glitzern zu sehen. Er blinzelte, und sie verschwanden. Er räusperte sich. »Ich weiß, dass du nicht lügst. Das erklärt, was in deinem Zimmer passiert ist.«

Ich runzelte die Stirn. »Was meinen Sie?«

»Du hattest eine weitere Erinnerung, Chelby.«

Ich rieb mir das Gesicht. Die Angst und die Traurigkeit drückten meinen Brustkorb fester zusammen, bis ich kaum noch atmen konnte. »Wissen Sie, wer dieser Mann war?«

Er drückte meine Hand. »Ich kann es dir nicht sagen. Noch nicht.«

»Warum nicht?«

»Weil Dr. Gould –«

Bevor er antworten konnte, flog die Tür auf und Dr. Gould stürmte in den Raum. »Was zum Teufel ist passiert?«

Der Commander blickte in Dr. Goulds tosendes Gesicht. »Sie erinnert sich an die Attentäter.«

2

Ich schaute zwischen dem weißen Gesicht des Commanders und Dr. Goulds wütendem Blick hin und her und klammerte mich an meinen Drachen, so gut es ging. Mein Stofftier war das Einzige, bei dem ich mich jemals sicher fühlte. Viele Menschen hatten Talismane, mit denen sie sich sicher fühlten. Im Moment brauchte diese Achtzehnjährige ihren Drachen. Er war immer für mich da gewesen.

»Attentäter?«, quiekte ich.

Dr. Goulds Augen färbten sich golden und er hielt eine Handfläche hoch. »Sprich nicht. Noch nicht.« Seine schroffe Stimme ließ mich zusammenzucken.

Der Commander hielt meine Hand, als wolle er mir Sicherheit geben.

Dr. Goulds Körper versteifte sich. Er ballte die Fäuste und knackte mit dem Hals. Ich konnte hören, wie er tief durchatmete, als ob er versuchte, sich zu beherrschen.

Mein Herz pochte, während ich die Hand des Commanders umklammerte. Diese Erinnerung ... sie verstörte mich mehr als all meine anderen Träume.

Dr. Gould beruhigte sich langsam, und seine Augen wurden wieder blau. Was auch immer er getan hatte, er schien sich wieder unter Kontrolle zu haben.

Er sah den Commander an. »Sind Sie sicher?«

»Ja, ich bin mir sicher. Sie hat von ihnen geträumt.«

Dr. Goulds Augen wurden weicher, als er mich ansah. »Erzähl mir von deinem Traum.«

Ich schaute nervös zum Commander, der nickte.

»Es ist okay. Sag es ihm.«

Ich wollte diesen Horror nicht noch einmal durchleben, aber irgendwie schaffte ich es, es Dr. Gould zu sagen. Er blinzelte mit den Augen, als ob er darum kämpfte, nicht zu weinen, so wie der Commander es getan hatte.

Ich räusperte mich. »Wer war dieser Mann? Sie kannten ihn beide, oder?«

Dr. Gould sah mich wieder an. »Du hast von einer traumatischen Erinnerung geträumt, Chelby, und du musst dich etwas ausruhen. Ich fürchte, du hast deine Kräfte nicht unter Kontrolle und könntest beim nächsten Mal das Wohnheim abfackeln. Ich kann das Leben der anderen Schüler nicht riskieren. Du bleibst hier, bis ich davon überzeugt bin, dass du dich unter Kontrolle hast.«

»Ich bin also im Knast?«

»Nein, das ist keine Haftanstalt. Es ist ein Therapiezentrum. Du bist im geschlossenen Trakt, weil wir dich und alle anderen schützen müssen. Wir werden dir beibringen, die Kontrolle über deine Kräfte wiederzuerlangen.« Er breitete seine Arme aus. »Dieser Raum ist feuerfest und du wirst ihn nicht niederbrennen können.«

Ich drückte die Hand des Commanders. »Kann ich gehen?«

Dr. Gould seufzte. »Nein. Du bist sehr stark, Chelby, und deine Angst und Wut lösen deine Kräfte aus. Ich fürchte, deine Erfahrung in der Einrichtung von Sektor Neun hat lange verschüttete dunkle Erinnerungen zurückgebracht. Offensichtlich reichen die Beruhigungsübungen, die du gelernt hast, nicht aus. Bis du mit deinen Gefühlen und Kräften umgehen kannst, musst du hierbleiben.«

Etwas regte sich in mir, und ich konnte es nicht länger leugnen. Ich hob mein Kinn. »Moment. Ich bin doch kein Feuerelementar, oder?«

Dr. Gould spannte seinen Kiefer an und antwortete mehrere lange Atemzüge lang nicht.

»Dr. Gould?«, fragte ich leise.

»Sie müssen es ihr sagen«, beharrte der Commander.

Dr. Gould fuhr sich mit den Händen durch sein blondes Haar. »Nein, das bist du nicht.«

»Bin ich ... bin ich ein Drache?« Das letzte Wort war so leise, dass ich mir nicht sicher war, ob mich einer der beiden hörte.

Der Direktor hielt meinen Blick fest. »Ja.«

»Ach du Scheiße.« Das Blut wich aus meinem Gesicht.

Er sah mich streng an. »Du musst dich verwandeln, Chelby. Wenn du das nicht tust, wird dein Drache nur noch wütender. Wandler können ihre Tiere nicht in sich begraben. Sie *sind* ihre Tiere. Wenn dem Tier keine Freiheit gegeben wird, führt das zu unberechenbarem Verhalten. In deinem Fall ist es dein Drache, der Feuer ausstößt. Du musst lernen, dich zu verwandeln.«

Mist, Mist, Mist, Mist.

Ich runzelte die Stirn. »Wie soll ich das machen? Was, wenn ich das nicht kann?«

»Dann bin ich gezwungen, dich in eine sicherere, abgeschottete Einrichtung zu bringen. Dein Drache wird dich in den Wahnsinn treiben, wenn du dich nicht verwandelst und sie freilässt.«

Der Commander unterbrach ihn. »Chelby, ich glaube, du blockierst sie aus irgendeinem Grund. Diese Erinnerung beweist das. Vielleicht hast du Angst, dich zu verwandeln.«

Ich wischte mir eine Träne weg. »Vielleicht. Ich weiß es nicht. Ich kann nicht glauben, dass ich ein Drache bin.«

»Das glaube ich nicht«, meinte der Commander. »Ich glaube, du hast es schon eine Weile vermutet.«

Ich zuckte mit den Schultern. »Ich weiß es nicht.«

Plötzliche Panik brach in mir aus, als ich den Traum mit Sektor Neun in Verbindung brachte. Mein Herz blieb stehen. Der Drache war zu Stein geworden und in einem Feuerwerk explodiert. Robert hatte gesagt, dass jemand kommen würde, um mich zu töten.

Ich schaute wild zwischen den beiden hin und her. »Diese Attentäter, oder was auch immer sie waren, haben den Drachen getötet. Sie waren diejenigen, die zu Sektor Neun gekommen wären, nicht wahr?« Meine Stimme zitterte.

Der Commander und Dr. Gould sahen sich an, antworteten mir aber nicht.

Mein Herz raste so sehr, dass es schmerzte. Ich platzte heraus: »Was … was, wenn sie hinter mir her sind? Was, wenn sie hierherkommen? Kann die Barriere sie vom PSK fernhalten?«

Dr. Goulds Gesicht verfinsterte sich. »Darum kümmern wir uns, wenn es so weit kommt.«

Ernsthaft? Okay, das bedeutete, dass sie hier einbrechen und mich töten *konnten.*

Der Commander drückte meine Hand. »Ich schwöre, dass ich nicht zulassen werde, dass dir etwas zustößt. Vertrau mir.«

»Das werde ich auch nicht. Sie werden es bereuen, wenn sie die Barriere passieren.« Dr. Goulds finsterer Blick und sein Tonfall verhießen den Tod, wenn die Attentäter auch nur einen Zeh hereinstreckten.

War er mächtig genug, um die Attentäter fernzuhalten? Er war ein Drache, aber sie hatten einen Drachen getötet.

Commander Wyland umarmte mich. »Hör zu, Chelby. Wenn du dich nicht verwandelst, bist du für die Attentäter verwundbar.«

Meine Augen weiteten sich. »Sie haben einen Drachen getötet«, flüsterte ich.

»Du bist kein gewöhnlicher Drache«, behauptete Dr. Gould. »Du bist auch zum Teil eine Fae, was dich mächtiger macht als jeden anderen Drachen.«

Ich biss mir auf die Lippe und nickte. Ich wollte ihm unbedingt glauben, aber der Drache, den ich gesehen hatte, war in tausend Stücke explodiert. Das hätte ich sein können.

Etwas regte sich in mir, aber ich verdrängte es. Wenn ich mich verwandelte, konnten mich die Attentäter töten. Wenn ich es nicht tat, konnten sie mich vielleicht nicht verletzen.

Dr. Gould sah mich an, als ob er meine Gedanken lesen könnte. »Chelby, du musst lernen, dich zu verwandeln, sonst könntest du verrückt werden.«

Ich wäre lieber verrückt als tot.

Ich sah ihn unglücklich an. »Wie soll ich mich verwandeln? Mit Therapie?« Ich hasste Therapie mehr als alles andere. Sie hatte mir in der Vergangenheit nie geholfen.

Er rieb sich das Kinn. »Nein, ich glaube, du musst diese Wut und Angst in eine körperliche Aktivität umwandeln, die dir im Einsatz helfen kann. Das wird dir auch mehr Selbstvertrauen geben.«

»Wie soll ich das machen, wenn ich eingesperrt bin? Lassen Sie mich raus auf den Übungsplatz?«

»Nein. Wir haben ein Trainingszentrum hier im Therapiezentrum.«

Das hatte ich nicht erwartet. »Was bedeutet das?«

»Ich werde dich von Sergeant Ragar in den Kampfkünsten ausbilden lassen.« Sergeant Ragar war der Ausbilder für Verteidigungs- und Kampftechniken. »Du wirst auch Sparringspartner haben.«

»Wen?«, fragte ich mürrisch.

»Deine Teamkameraden, natürlich.«

Meine Augen leuchteten auf. »Mein Team kann mich also besuchen?«

Er warf mir einen warnenden Blick zu. »Sie können dich besuchen, aber du kannst nicht von hier weggehen, um sie zu besuchen.«

Ich wusste, dass die Chancen gering waren, aber ich musste einfach fragen. »Was ist mit Eros?«

»Das ist ein Therapiezentrum, Chelby.« Er schenkte mir ein gewinnendes Lächeln und zwinkerte mir zu. »Und ich glaube, Eros ist genau das, was dein Arzt verordnet hat.«

»Danke«, krächzte ich.

»Ich werde deine Kleidung hierherschicken lassen, aber ich schlage vor, du schläfst ein wenig. Du siehst erschöpft aus.«

Ich biss mir auf die Lippe. »Was ist, wenn ich wieder diesen Traum habe?«

Der Commander musterte mich. »Ich kann dich in einen tiefen Schlaf versetzen, in dem du von nichts mehr träumst, aber das ist nur vorübergehend.«

Ich nickte. »Bitte.« Ich wollte nicht, dass der Drache noch einmal starb. Es war furchtbar gewesen. Seine Schmerzensschreie klangen noch in meinen Ohren nach.

Der Commander legte seine Handfläche auf meine Stirn. »*Sanculsis Angelotis.*«

Ein Kribbeln überkam mich und meine Augen schlossen sich, während ich in die Besinnungslosigkeit glitt.

Etwas Weiches rieb an meinem Gesicht und lockte mich aus einem diffusen Schlaf. Ich öffnete meine Augen und sah, wie Eros sein Maul an meine Wange drückte.

»Eros.« Schnell kroch ich auf die Knie und umarmte das edle Ross. Zum Glück hatte Dr. Gould sein Wort gehalten.

Der Commander tätschelte Eros' Seite. »Er hat dich vermisst, und ich hatte keine Probleme, ihn hierher zu bringen. Ich glaube, er hat sich Sorgen um dich gemacht.«

Ich streichelte den Pegasus. »Danke, dass Sie ihn hergebracht haben.«

»Es war mir ein Vergnügen.«

Ich runzelte die Stirn. »Wie spät ist es?«

»Fast vier. Du hast den ganzen Tag geschlafen, und der Unterricht ist vorbei. Hast du Hunger?«

Mein Magen knurrte. »Ja, hab ich.«

»Wie wäre es mit einem Bacon-Cheeseburger und Pommes?«

Ich leckte mir über die Lippen. »Köstlich.«

Er öffnete die Tür und holte ein Tablett auf einem fahrbaren Ständer herein. Auf dem Tablett lagen ein doppelter Cheeseburger mit Speckstreifen, ein Haufen Pommes und zwei große grüne Äpfel.

Ich lachte und streichelte Eros' Stirn. »Ich glaube, diese Äpfel sind für dich.«

Das Pferd nickte und ich schnappte mir einen Apfel vom Tablett.

»Hier, Junge.«

Eros' weiche Lippen streiften meine Handfläche, während er den Apfel verschlang. Seine Berührung löste die Spannung in meinem Rücken.

Der Commander schnappte sich einen Stuhl und platzierte ihn unter dem Ständer. »Komm schon, Chelby. Du musst etwas essen.«

Besorgnis erfüllte seine Augen. »Hattest du irgendwelche neuen Träume?«

»Nein.« Ich ging zu dem Stuhl und setzte mich. »Ich habe aber Fragen zu meinem Traum.«

»Das dachte ich mir schon.« Er verschränkte seine Arme und lehnte sich gegen die Wand. »Schieß los.«

Ich nahm mir eine Pommes und aß sie. »In meinem Traum haben mich der Mann und die blonde Frau Syndra genannt.«

Er stieß einen langen Atemzug aus. »Deine Erinnerungen kommen wirklich mit voller Wucht zurück.«

»Und?« Ich biss in den leckeren Burger, und meine Geschmacksknospen machten einen Freudensprung.

»Deine Mutter hat deine Identität geändert, damit du schwer zu finden bist. Sie hat sogar deinen richtigen Namen mit Hilfe von Glamour verschleiert.«

Ich schluckte einen zweiten Bissen meines Burgers hinunter und runzelte die Stirn. »Mein Name ist nicht Chelby?«

Er schüttelte den Kopf. »Dein richtiger Name, dein Fae-Name, ist Syndra Vastina.«

»Wirklich? Das ist ein schöner Name. Die blonde Frau war meine Mutter, oder?«

Er lächelte. »Ja, und du siehst genauso aus wie sie.«

Ich legte eine Hand auf mein Brustbein. »Wirklich?«

»Manchmal vergesse ich, dass du nicht Elsa bist.«

Ich konnte es in seinen Augen sehen. Die Traurigkeit, das

Bedauern, den Verlust. Ich schenkte ihm ein kleines Lächeln. »Sie vermissen sie.«

»Jeden Tag.«

Ich holte tief Luft. »Wie war ihr Name?«

»Ihr Fae-Name war Keya, aber in der Menschenwelt nannte sie sich Elsa Greenwood.«

Seine Worte brachten etwas zum Vorschein, das bisher verborgen gewesen war. Schmerz pochte in meinem Hinterkopf, und dann ...

Dieser Name. *Elsa.* Ich erinnerte mich an ihr Lachen. An die Art, wie sie ging. Wie sie mir meine Lieblingskekse gebacken hatte und wie sie immer in mein Zimmer gekommen war, wenn ich schlecht geträumt hatte.

Schweiß brach mir auf der Stirn aus.

Der Commander eilte herbei und legte seine Hand auf meinen Kopf. »Chelby, geht es dir gut? Du hast Fieber.«

»Ja, ich komme schon klar. Ich brauche nur etwas zu trinken.«

Er ließ seinen Arm sinken, beobachtete mich aber skeptisch.

Ich trank die Hälfte meines Sprudelwassers, um mich abzukühlen.

Eros stupste mich wieder an. Meine angespannten, überdehnten Muskeln entspannten sich langsam. Ein Teil der Panik ließ nach und ich streichelte seinen Kopf. »Mir geht's gut, Kumpel«, sagte ich ihm und zwang mich, den Commander anzulächeln. »Mir geht's gut.«

Lügen, Lügen, Lügen.

»Vielleicht bist du noch nicht bereit dafür«, sagte der Commander zögernd.

Ich schüttelte den Kopf. »Nein, es geht mir gut. Bitte! Ich möchte wirklich mehr wissen.«

Er seufzte. »Na schön. Frag ruhig.«

»Wer waren die Attentäter?«

»Sie waren vom Blütenhof. Sie sind die persönlichen Killer des Königs. Er setzt sie nur im äußersten Notfall ein.« Bitterkeit erfüllte seinen Tonfall.

»Der König befahl ihnen, den Drachen zu töten?«

Er nickte. »Ja, zusammen mit dir und deiner Mutter.«

»Warum?«

»Weil deine Mutter das Gesetz gebrochen hat, und das konnte er nicht zulassen. Sie hätte Vulmer Liar vom Waldlandhof heiraten sollen. Der Blütenhof und der Waldlandhof liegen seit Jahrhunderten wegen ihres Territoriums im Krieg, und man dachte, die Heirat würde die Scharmützel zwischen ihnen beenden. Deine Mutter war jedoch eine temperamentvolle Fae. Wie du hatte sie eine Vorliebe dafür, sich nicht an die Regeln zu halten.«

Ich grinste. »Gefällt mir.«

»Sie hat Vulmers Antrag abgelehnt und sich stattdessen für einen Drachen entschieden.« Er schnaubte. »Der Waldlandhof empfand ihre Abwesenheit als einen Schlag ins Gesicht.«

»War der ... war der Drache mein Vater?«

»Ich bin mir nicht sicher. Es gibt viele blaue Drachen.« Er wich meinem Blick aus. Hatte er mich angelogen?

Ich legte meinen Burger ab. »Der König wollte also meinetwegen, dass meine Eltern sterben?«

»Veränderungen sind schwer, und du repräsentierst etwas, das ihre natürliche Ordnung umstößt. Er wollte ein Exempel an dir und deinen Eltern statuieren, damit andere niemals das Gesetz brechen.«

Ich wischte mir die Zornestränen weg. »Meine Eltern wurden ermordet, weil sie mich bekommen haben?«

Er presste seinen Kiefer fest zusammen.

»Commander, bitte sagen Sie es mir. Ich will die Wahrheit wissen.«

Er seufzte schwer und Kummer glitzerte in seinen Augen. »Nicht ganz. Deine Eltern hatten eine rechtswidrige Beziehung, dann bekamen sie dich.«

Seine Worte waren wie ein Schlag in den Magen. Mein Kinn senkte sich auf meine Brust und meine Schultern sackten zusammen. »Das ist alles meine Schuld.«

»Nein.« Er kniete sich vor mich und umfasste meine zitternden Hände. »Nichts davon ist deine Schuld. Deine Eltern teilten eine Liebe, die die meisten nie erfahren werden. Du musst mir glauben, dass sie dich so sehr geliebt haben. Sie sind gestorben, um dich zu beschützen.«

Ein Schluchzen entwich mir. »Das war also mein Vater?«

Er suchte meine Augen. »Ich kann das nicht länger vor dir verheimlichen.«

»Was?« Das Wort kam nur undeutlich heraus.

»Willst du etwas über den Mann auf dem Pferd wissen, der euch retten wollte?«

Eine Gänsehaut breitete sich auf meinen Armen aus. »Wer ist er?«

Er drückte meine Hände und neigte seinen Kopf. »Ich.«

Verwirrung und Unglauben überfluteten meinen Verstand. Ich war mir nicht sicher, ob ich ihn richtig verstanden hatte. »Was? Wer sind Sie?«

3

Die Zeit stand für mich still, und ich konnte nicht atmen. Die Wände schienen um mich herum näher zu rücken. Eros stupste meinen Rücken an, als wollte er mich daran erinnern, dass er noch da war.

Commander Wyland drückte meine Hände. »Atmen, Chelby. Atmen.«

Tränen stiegen mir in die Augen. »Sie sind ... Sie sind mein Onkel?« Meine kaum hörbare Stimme bebte vor Unglauben.

»Deine Mutter und ich standen uns sehr nahe. Ich hätte alles getan, um sie zu beschützen, sogar bei ihrem verrückten Plan mitgemacht.«

»Was für ein Plan?«

»Ich bin sehr mächtig, Chelby. Wie du weißt, kann ich nicht nur zaubern, sondern niemand kann meinem Glamour das Wasser reichen. Eines Tages wirst du die gleichen Fähigkeiten besitzen.«

Ich starrte ihn an, während ich seine Worte verarbeitete. »Sie hat Sie mich verzaubern und Glamour benutzen lassen, um mein Aussehen zu verbergen, nicht wahr?«

»Ja.«

Ich wackelte mit den Händen, um mich aus seinem Griff zu lösen. »Warum haben Sie mich bei einer Pflegefamilie gelassen?«

»Das habe ich nicht. Das war die Idee deiner Mutter. Sie dachte, wenn sie das täte und deinen Namen änderte, würden die Attentäter dich nicht finden. Wir wussten immer, wo du warst, Chelby.« Wut blitzte in seinen Augen auf. »Dann kamen die Attentäter.« Sein unheilvoller Ton erinnerte mich an die bedrohliche Musik in einem Gruselfilm.

Ein Schauer lief mir über den Rücken und ich zitterte. »Was ist passiert?«

»Die Attentäter folgten uns zu ihrer Wohnung und schafften es, uns zu trennen. Ich konnte nicht zu deiner Mutter gelangen. Sie zerrten sie ins Schlafzimmer und versuchten, sie dazu zu bringen, ihnen zu sagen, wo du bist, aber sie weigerte sich.«

»Sie haben sie also ermordet?«

»Ja.« Tränen liefen über seine Wangen. »Ich konnte nicht ... Ich konnte nicht zu ihr gelangen. Ich hatte mit den beiden Mistkerlen im Wohnzimmer alle Hände voll zu tun.«

»Was ist passiert?«

Seine Augen verdunkelten sich und die Falten um seinen Mund und seine Augen wurden tiefer. Er knirschte mit den Zähnen. »Ich habe sie alle bezahlen lassen.« Sein Tonfall klang mehr nach einem wilden Tier als nach meinem ruhigen Commander.

»Was meinen Sie?«

»Ich bin ein Prinz, Chelby. Ich war mächtiger als sie. Keiner von ihnen stand mehr aufrecht, als ich fertig mit ihnen war.«

»Warum konnte meine Mom nicht gegen sie kämpfen? Sie war eine Prinzessin.«

»Weil unser wunderbarer Vater ihr die Kräfte entzogen hat, weil sie ihm nicht gehorcht hat.«

Ich runzelte die Stirn. »Und mit Ihnen hat er das nicht gemacht?«

»Nein. Er dachte immer, ich würde meine Meinung ändern. Ein dummer Fehler. Das hat ihn umgebracht.«

Meine Augen weiteten sich. »Was?«

»Ich glaube, dass mein machthungriger Cousin, Ash Trevil, ihn ermordet hat.«

Ich schob mein Haar zurück. »In meinem Traum ...«

»Ja, Ash hat den blauen Drachen mit einem Sternschnuppenpfeil erschossen.«

»Was ist ein Sternschnuppenpfeil?«

»Ein Fae-Pfeil, der mit dunkler Magie gefüllt ist, die stark genug ist, um einen Übernatürlichen zu töten. Nicht einmal ein Drache kann ihn überleben. Andere Übernatürliche nennen ihn den Pfeil der schweigenden Seele. Sobald er jemanden trifft, verwandelt sich der Übernatürliche in Stein und seine Seele wird für immer zum Schweigen gebracht.«

Ich erschauderte, als ich an den armen blauen Drachen dachte. »Warum hat Ash die Attentäter nicht auf Sie gehetzt?«

»Wer sagt, dass er das nicht getan hat? Ich benutzte meinen Glamour, um mein Aussehen zu verbergen, und behielt dich im Auge. Manchmal habe ich mich als Sozialarbeiter beim Jugendamt getarnt, damit ich auf dich aufpassen konnte, ohne dass die Attentäter mich verfolgten.«

Ich starrte ihn ungläubig an. »Sie sehen gar nicht so aus?«

Er grinste. »Nein.«

»Zeigen Sie es mir.«

Er fuhr mit der Handfläche über sein Gesicht. Sein blondes Haar und seine blauen Augen verschwanden und wurden durch lockiges dunkles Haar und grüne Augen ersetzt.

Das Blut wich aus meinem Gesicht. Ich fiel fast vom Stuhl, aber Eros stand neben mir und hielt mich aufrecht.

»Sie sind wirklich der Mann aus meinem Traum.«

»Ja. Mein richtiger Name ist Cyran Vastina.« Er nahm sanft meine Hand und drückte sie zwischen den seinen. »Ich habe meiner Schwester geschworen, dass ich dich beschützen werde, Chelby. Ich schwöre bei meinem Leben oder Tod, dass ich dieses Versprechen einhalten werde. Die Attentäter werden dir nichts antun.«

»Warum haben Sie zugelassen, dass die Familie Brooks mich aufnimmt? Wussten Sie, dass sie unsere Todfeinde sind?«

»Das war ein Fehler. Ein dummer Sozialarbeiter hat dich gegen meinen Willen dort untergebracht. Ich konnte dich nicht dort herausholen, ohne Verdacht zu erregen. Du hättest nicht zu ihnen kommen sollen. Ich kam hierher, und Dr. Gould stellte mich ein. Dr. Gould sagte, du wärst bei ihnen sicher, weil deine Kräfte erst mit achtzehn Jahren zum Vorschein kommen würden. Also musste ich warten. Und warten.«

»Dr. Gould wusste davon?«

Er grinste. »Weiß er denn nicht alles?«

»Wenn ich das PSK verlasse, wird dieser Ash die Attentäter auf mich hetzen, nicht wahr?«

»Ich werde dich nicht anlügen, Chelby. Ja, das wird er. Du bist die rechtmäßige Erbin des Königreichs und eine Bedrohung für ihn.«

»Nein, das wären doch Sie, oder?«

»Ich würde den Thron nicht besteigen, Chelby. Ich kann nicht regieren, wo meine Schwester ermordet wurde.«

»Warum glauben Sie, dass *ich* das könnte?«

»Weil du etwas Besonderes bist. Du kannst eine gespaltene Welt zusammenbringen. Doch bevor du zurückkehren kannst, um den Thron zurückzufordern, musst du stark genug sein, um gegen ihn zu kämpfen.«

»Sie meinen, ich muss lernen, mich zu verwandeln?«

Angst und Schweiß liefen mir den Rücken hinunter. Alles, woran ich denken konnte, waren die Sternschnuppenpfeile. Sie konnten mich töten, egal ob ich eine Fae oder ein Drache war.

Er stand auf. »Ja, und wie man kämpft. Morgen beginnst du deinen Unterricht bei Sergeant Ragar.«

»Was ist, wenn ich heute Abend wieder die Kontrolle verliere und das Zimmer abfackle?«

»Es ist feuerfest, schon vergessen?«

Ich glaubte das nur halb.

Der Commander legte seine Hand auf Eros' Stirn. »Ich glaube, es ist an der Zeit, den Jungen in den Stall zu bringen.«

Meine Schultern sackten in sich zusammen. Einsamkeit erfüllte mich, als ich daran dachte, dass ich in diesem Zimmer gefangen war. Es war zwar schöner als die kahle Zelle in Sektor Neun, aber egal, wie Dr. Gould es nannte, es war ein Käfig.

Ich schenkte dem Commander ein dankbares Lächeln. Nein, er war mehr als das. Er war mein Onkel. »Danke, dass Sie ihn mitgebracht haben.«

Er verbeugte sich leicht. »Selbstverständlich.«

Ich stand auf und stellte mich ihm gegenüber. Bevor ich wusste, was ich tat, umarmte ich ihn. Er schlang seine Arme um mich und hielt mich fest. Er war meine Familie. Der einzige Mensch, den ich noch hatte, der sich um mich sorgte.

Ich brach in Tränen aus. Er küsste mich auf den Kopf und wir hielten uns fest umschlungen.

Eros wieherte.

Mein Onkel lachte. »Okay, Junge. Du gehörst auch zu unserer Familie.«

Ich löste mich von ihm und wischte mir die Tränen weg. »Tut mir leid. Ich weiß nicht, was über mich gekommen ist.«

»Das muss es nicht. Ich habe lange darauf gewartet, meine Nichte zu umarmen.«

Ich lächelte. »Ich hatte nie eine Familie. Ich war immer die Außenseiterin.«

»Nicht mehr. Und du hast nicht nur mich. Ich glaube, dein Team hätte da ein Wörtchen mitzureden.«

Er streichelte Eros' Seite. »Ich muss ihn zurück in den Stall bringen. Ich werde ihn wieder herbringen.«

»Danke.«

Er nickte und öffnete die Tür. Eros trottete neben ihm her, und die Tür glitt hinter ihnen zu und schloss mich wieder ein. Ich starrte meinen halb gegessenen Bacon-Cheeseburger an, unfähig, noch einen Bissen zu nehmen.

Plötzlich öffnete sich die Tür erneut und Kog stürmte wie ein grüner Tornado auf mich zu. Seine donnernden Schritte ließen die Nachttischlampe erzittern, als gäbe es ein Erdbeben. Er packte mich mit seinen dicken, kräftigen Armen und wirbelte mich herum. »Chelby! Gott, ich hab dich so vermisst.«

Kog war einer meiner besten Freunde, ein riesiger Ork mit einem Herz aus Gold.

»Ich dich auch«, sagte ich, als er mich sanft auf dem weichen Teppich absetzte.

Ich konnte mir ein Lachen nicht verkneifen. Ich hatte meinen großen Ork vermisst.

»Du wirst noch etwas kaputt machen, Kog. Dieses Zimmer ist nicht gerade groß«, mahnte Maggie, als sie als nächstes hereinkam.

»Maggie.« Ich eilte zu ihr hinüber und sie umarmte mich.

»Ich kann nicht glauben, dass Dr. Gould dich hierher verbannt hat.« Ihr langes schwarzes Haar war zu einem Pferdeschwanz zurückgebunden, der ihre wunderschönen braunen Augen betonte. Sie war eine Wolfswandlerin, aber nicht irgendein Wolf. Ihre Schattenwolfsgestalt war doppelt so groß wie die von normalen Wölfen.

Hinter ihr atmete ich den Geruch eines warmen Frühlingstages ein. Ich schaute über ihre Schulter und sah Jonas, einen Fae, der grinsend an einer Wand lehnte. In seinen tiefgrünen Augen flackerte Anerkennung auf. Sein schwarzes Haar war zu einem Man Bun frisiert, und seine Muskeln zeichneten sich gegen sein Hemd ab. Gott, er sah verdammt gut aus, und mein Herz flatterte.

»Hey, Hübsche. Schön, dich wieder auf den Beinen zu sehen.« Er sah sich das Zimmer an. »Auch, wenn du hier festsitzt.«

»Jonas.« Ich lachte vergnügt. »Ich freue mich auch, dich zu sehen.«

Die letzten Mitglieder meines Teams betraten den Raum. Hicks, ein weiterer Wolfswandler, und Justice, ein Vampir.

Justices braune Augen weiteten sich. »Also, dieses Zimmer ist besser, als ich dachte.«

Hicks sah sich um. »Nicht wirklich. Es erinnert mich an ein vollgestopftes Hotelzimmer.«

»Wenigstens ist es sauber«, sagte Maggie.

Hicks ließ sich auf dem Bett nieder. »Immer noch winzig.« Er schnupperte. »Warum riecht es hier drin nach Pferd?«

Maggie setzte sich neben ihn und stieß ihn mit dem Ellbogen an. »Ich hab dir doch gesagt, dass ich gesehen hab, wie der Commander Eros aus dem Akademiegebäude geführt hat.«

»Ich schätze, du hattest Recht«, gab er zu.

Kog starrte gierig meinen Burger an. »Isst du den noch?«

Ich schüttelte den Kopf. »Du kannst ihn haben.«

Maggie funkelte ihn an. »Kog.«

Ich hob abwehrend meine Handfläche. »Nein, ist schon gut. Ich kann gerade nichts essen.«

Jonas kam auf mich zu. »Hast du geweint, Amor?«

Gott, meine Augen mussten rot sein. Meine Wangen brannten, und ich wandte mich von ihm ab.

»Was hat der Commander getan?« Jonas' Tonfall war alles andere als erfreut.

Ich sah in ihre erwartungsvollen Gesichter. Geheimnisse waren schlecht, und ich wollte ihnen nichts vorenthalten. Sie waren mein Team. Nein, sie waren mehr als mein Team. Sie waren meine Familie.

»Ich muss euch etwas sagen.«

Jonas musterte mich neugierig. »Was?«

Ich scannte ihre Gesichter und war mir nicht sicher, wie sie das, was ich ihnen zu sagen hatte, aufnehmen würden. »Ich bin kein ... Ich bin kein Feuerelementar.«

Jonas zog eine Augenbraue hoch und verschränkte die Arme. »Wie erklärst du dann, dass du dein Zimmer angezündet hast?«

Maggie fuchtelte heftig mit der Hand. »Jonas, pssst.« Sie konzentrierte sich auf mich. »Was willst du uns sagen?«

Ich holte tief Luft und atmete aus. *Los geht's.* »Ich bin kein Feuerelementar. Ich bin ein Drache.«

Jonas fiel die Kinnlade herunter und er ließ seine Arme sinken.

Kog rieb sich das Kinn. »Ich fass es nicht. Das erklärt so einiges.«

Justice starrte mich an. »Bist du sicher? Woher weißt du das?«

Ich erzählte ihnen alles, angefangen von meinem Traum bis hin zu der Tatsache, dass der Commander mein Onkel war.

Hicks ließ seinen Blick über mich schweifen. »Verdammt, Chelby. Das heißt, du bist adelig.«

»Ihr dürft es niemandem erzählen«, drängte ich und hoffte, dass ich keinen großen Fehler gemacht hatte.

Er runzelte die Stirn. »Warum? Es ist wirklich cool, dass wir eine Prinzessin in unserem Team haben.«

»Wegen der Attentäter«, sagte Jonas. »Wenn wir es jemandem erzählen, könnten die Klatschmäuler am Blütenhof davon erfahren. Das wäre schlecht. Einige von ihnen sind Ash gegenüber loyal.«

Hicks Blick verfinsterte sich. »Wirklich? Wie ätzend.«

»Schwören wir es alle.« Jonas streckte seinen Arm aus. »Schwört, dass ihr niemandem Chelbys Geheimnis verraten werdet. Nicht, bevor sie sich verwandeln kann.«

Einer nach dem anderen legten alle ihre Hand auf die von Jonas, auch ich.

»Schwört es bei Todesstrafe«, befahl Jonas.

Meine Augen weiteten sich. »Was? Das ist ein bisschen extrem, oder?«

Sein Gesicht wurde grimmig. »Nein, ist es nicht. Ich hab gesehen, was ein Sternschnuppenpfeil anrichten kann. Ich will nicht, dass du oder dein Onkel zu Stein verwandelt und in eine Million Stücke zerbrochen werdet.« Er hielt die Blicke der anderen fest. »Will das irgendjemand?«

Kog blähte seine Brust auf. »Niemals. Ich schwöre es.«

Maggie reckte ihr Kinn vor. »Ich schwöre. Ich werde nie zulassen, dass Chelby etwas zustößt.« Sie grinste. »Wir Mädels müssen zusammenhalten.«

»Ich gebe euch mein Wort«, sagte Justice. »Ich werde weder sie noch ihren Onkel verraten.«

Hicks starrte mich an. »Ich schwöre, dass ich sterben werde, um sie zu schützen.«

»Gut.« Jonas betrachtete mich. »Wir haben alle einen Eid geschworen, dich zu beschützen.«

Maggie wirkte nachdenklich. »Wir brauchen einen Namen.«

Hicks grinste. »Wie wär's mit Die Beschützer?«

»Hmmmm, ich weiß nicht.« Maggie zuckte mit den Schultern. »Das klingt nach den Avengers.«

Jonas kratzte sich am Kinn. »Wie wäre es mit einem lateinischen Spruch wie ›*Anchora Salutis*‹?«

Ich runzelte die Stirn. »Was soll das heißen?«

»Es bedeutet ›Anker der Errettung‹«, erklärte er.

Tränen traten mir in die Augen. »Das ist es. Die *Anchora Salutis*. Nicht nur für mich, sondern für alle Übernatürlichen.«

»Die *Anchora Salutis*?« Kog grinste. »Gefällt mir.«

»Es sollte aber für uns alle gelten«, beharrte ich.

»Dann sind wir die *Anchorae Salutis*«, verkündete Jonas. »Jetzt und für immer.«

»Für immer«, murmelte ich.

Mein Herz schlug für mein Team. Egal, was passierte, ich wusste, dass ich mein Leben riskieren würde, um jeden einzelnen von ihnen zu beschützen.

Wir ließen unsere Arme sinken.

Justice sah mich an. »Wir haben auch ein Geheimnis.«

Ich runzelte die Stirn. »Wirklich?«

Maggie rollte mit den Augen. »Es ist kein Geheimnis.«

»Gould hat gesagt, dass wir nicht darüber reden sollen.«

Dr. Gould war voller Geheimnisse.

»Sagt es mir. Ich will es wissen.« Ich konnte den Eifer in meiner Stimme nicht unterdrücken.

Maggie ließ sich wieder auf das Bett plumpsen. »Weißt du noch, als wir dich gerettet haben?«

Ich nickte. »Ja. Und?«

»Dr. Gould hat noch ein Team geschickt«, verriet sie. »Dieses Team hat nicht nur den Rest der Gefangenen befreit, sondern auch einen Typen gefunden, den sie gefoltert haben.«

Ich runzelte die Stirn. »Ich dachte, sie foltern alle.«

»Alle Übernatürlichen«, stellte sie klar. »Dieser Typ war einer von ihnen, aber er ist anders.«

Ich setzte mich neben sie. »Was meinst du mit anders?«

Jonas streckte sich auf dem Bett aus und verschränkte die Hände hinter dem Kopf. »Er ist superstark, so stark wie Captain America.«

»Aber er ist ein Mensch«, platzte Maggie heraus.

»Woher wisst ihr das?«, fragte ich.

»Gould hat ihn einen Bluttest machen lassen«, erklärte Justice. »Ich habe gehört, dass fünf Männer nötig waren, um den Kerl festzuhalten.«

Ich sah ihn an. »Wo ist er?«

Er nickte in Richtung Tür. »Hier unten im Keller. Ich weiß aber nicht genau, wo.«

Hicks zog eine Augenbraue hoch. »Irgendetwas ist seltsam an ihm. Er will nicht reden.«

»Ein paar der anderen Vampire haben mir erzählt, dass Sergeant Ragar Zwang an ihm angewendet hat und es nicht funktioniert hat«, sagte Justice. »Zwang funktioniert immer bei Menschen. Hicks hat recht. Irgendetwas ist wirklich seltsam an diesem Kerl.«

»Das macht ihn extrem gefährlich.« Jonas starrte an die Decke und sah mich dann an. »Du musst hier unten vorsichtig sein, Chelby. Soweit wir wissen, könnte der Typ auch ein Spion sein, der versucht, ins PSK einzudringen.«

Sein unheilvoller Ton bereitete mir eine Gänsehaut. Scheiße, ein Spion? Von Sektor Neun? Was, wenn er hier war, um mich zu finden und nicht nur Sektor Neun, sondern auch den Attentätern zu berichten?

4

Ich rang die Hände und starrte sie an. Die Gefahr war nur ein paar Meter von mir entfernt. Wie sollte ich an diesem Ort leben?

Maggie tätschelte meinen Oberschenkel. »Alles okay, Chelby?«

Ich setzte mich auf meine zitternden Hände. »Ja, alles okay. Warum hat Dr. Gould euch das alles erzählt? Er ist doch sonst so verschwiegen.«

Kog tupfte sich den Mund mit einer Serviette von meinem Tablett ab. Mein Teller war wie leergefegt. »Er hat es uns erst gestern gesagt. Er hat uns unsere erste Mission gegeben.«

»Wirklich?« Meine Augen leuchteten auf, dann machte sich Enttäuschung in meinem Bauch breit. »Er lässt mich nicht mitkommen, wenn ich mich nicht verwandle.«

Jonas klopfte auf das Bett. »Hat er wirklich gesagt, dass du dich verwandeln musst, oder hat er gesagt, dass du lernen musst, deine Gefühle zu kontrollieren, damit du das PSK nicht niederbrennst?«

Ich dachte darüber nach. »Ich schätze, er hat gesagt, ich soll mein Feuer unter Kontrolle kriegen.«

Hicks gluckste. »Sei nicht zu aufgeregt. Es ist eine Aufklärungsmission. Wir sollen nur Informationen sammeln.«

»Über wen? Brooks?«

»Zum Teil«, sagte Kog. »Dr. Gould will mehr über unseren mysteriösen Freund herausfinden. Er glaubt, dass er aus einem Waisenhaus in Übersee stammt, oder aus einem ehemaligen Waisenhaus, das Blossoms Orphan Home heißt.«

Ein scharfer Schmerz schlug in meinem Hinterkopf ein und ich zuckte zusammen. Ich konnte nicht atmen.

Maggie umklammerte meinen Arm. »Chelby, geht es dir gut?«

Ich antwortete ihr nicht und starrte ins Leere. In meinem Kopf erschien das Bild eines großen zweistöckigen Bauernhauses auf dem Land mit einem Feld voller Disteln. Grüne, sanfte Hügel, Pferdeställe, Hühnerställe und Schaukeln, die von einer großen Eiche baumeln.

Jemand nahm sanft meine Hand. »Chelby?«

Ich erkannte Jonas' Stimme und kam zurück in die Realität, um in seine besorgten Augen zu schauen. Ich befeuchtete meine trockenen Lippen. »Dieses Waisenhaus ... wo war es?«

Sag's nicht, sag's nicht, sag's nicht.

Er zuckte mit den Schultern. »Schottland.«

Das Blut wich aus meinem Gesicht. Auf meinen Armen bildete sich eine Gänsehaut und meine Finger kribbelten.

Maggie rieb mir den Rücken. »Was ist los?«

Ich musste mehrmals tief durchatmen, bevor ich antworten konnte. »Ich war dort schon mal.«

Jonas setzte sich auf. Ungläubigkeit flackerte in seinen Augen auf. »Scheiße. Deine Mutter hat dich dorthin gebracht, nicht wahr?«

Feuchtigkeit trat in meine Augen. »Ich glaube schon. Nachdem –«

Ich konnte es nicht aussprechen.

»Nachdem der Drache gestorben war«, beendete Jonas leise.

Kog brachte mir einen Becher mit Wasser. »Hier, trink das.«

»Danke.« Ich leerte das Glas.

In Maggies großen braunen Augen stand Besorgnis. »Wie alt warst du, als das passiert ist?«

Ich zuckte mit den Schultern. »Ich weiß es nicht. Vielleicht drei oder vier.«

Jonas ließ seinen Blick über mich schweifen. »Du siehst aus, als ob du Schmerzen hättest.«

Ich nickte. »Wenn diese Erinnerungen zurückkommen, fühlt es sich an, als hätte mir jemand mit einem Vorschlaghammer den Schädel eingeschlagen.«

»Vielleicht solltest du dich hinlegen.« Maggie stand vom Bett auf.

Jonas zog eine Decke über mich. »Ich glaube, wir gehen jetzt besser. Es ist schon spät.«

»Tut mir leid«, murmelte ich.

Justice umklammerte meinen Fuß. »Muss es nicht. Ruh dich einfach ein bisschen aus.«

»Ja, das solltest du wirklich.« Hicks grinste. »Sergeant Ragar hat gesagt, dass du morgen mit mir sparren wirst.«

Sie schlüpften aus dem Zimmer und ich schloss meine Augen. Der Schmerz in meinem Kopf wurde schlimmer.

Mehr Erinnerungen durchfluteten mich ...

Meine Mutter und mein Onkel flogen auf ein verlassenes, heruntergekommenes schottisches Schloss zu. Wir stiegen von den Pegasi.

Meine Mutter legte ihre Hände auf meine Schultern. »Cyran, du musst ihre Schönheit verbergen und sie uns vergessen lassen.«

Ich sah zu ihr auf. »Mom?«

Sie kniete sich vor mich und umarmte mich. »Das ist der einzige Weg, dich zu beschützen, Liebling. Denk daran, ich werde dich immer lieben.«

Mein Onkel fuhr sich mit den Fingern durch sein Haar. »Keya, bist du sicher? Sie ist deine Tochter und meine Nichte.«

Mutter nickte. »Das ist der einzige Weg.«

»Verdammt.« Er ging zu einem Fenster, das einen Blick auf einen schwarzen See bot.

»Cyran, bitte. Wenn du es nicht tust, werden die Attentäter sie zur Strecke bringen. Ich habe nicht die gleiche Macht wie du.« Sie umklammerte seinen Arm. »Bitte.«

Der pochende Schmerz wurde stärker und ich fiel in einen tiefen Schlaf.

JEMAND RÜTTELTE SANFT AN MEINER SCHULTER. »CHELBY. ES IST Zeit, aufzustehen, Kind.«

Meine Augen flatterten auf. »Was?«

Dr. Gould stand über mir und lächelte. »Es ist Morgen und Zeit für dich, aufzustehen. Du hast einen anstrengenden Tag vor dir, aber zuerst musst du etwas essen. Ich habe uns Frühstücksburritos mitgebracht.«

Ich rieb mir die Augen, als ich den Duft von etwas Leckerem und von süßlich riechendem Kaffee wahrnahm.

»Wie geht es dir heute? Jonas hat sich große Sorgen um dich gemacht. Er sagte, du hättest schreckliche Kopfschmerzen. Ich bin gekommen, um nach dir zu sehen, aber du hast geschlafen wie eine Tote.«

»Das ist keine schöne Metapher.« Ich schob mich an meinem Kopfteil hoch.

Er bot mir eine Tasse Kaffee mit viel Sahne an. »Stimmt, aber sie ist zutreffend. Erzähl mir von den Kopfschmerzen, die du hattest. Hat das Blossoms Orphan Home in Schottland sie ausgelöst?«

»Ja.« Ich nahm den Kaffee dankend an. »Danke.«

»Und?«

»Ich glaube, sie haben mich dorthin gebracht, nachdem der blaue Drache gestorben war.«

»Das war das erste Mal, dass dein Onkel Glamour benutzt hat, um deine Erinnerungen zu blockieren und deine Schönheit zu verschleiern.« Er zog einen Servierwagen mit zwei Tellern Burritos heran, die in grünem Chili schwammen.

Ich starrte ihn an und weigerte mich, vor seinem scharfsinnigen Blick zu kuschen. »Sie wissen, dass mein Onkel mir die Wahrheit gesagt hat?«

»Ja.« Er schaute über den Rand seiner Kaffeetasse. »Es gibt nicht viel im PSK, wovon ich nichts weiß.«

Sein ausdrucksloses Gesicht verriet nicht die geringste Regung. Soweit ich wusste, hätte er wütend sein können. »Waren Sie wütend auf ihn?«

Er stellte seine Tasse ab. »Nein. Ich hätte nur nicht gedacht, dass er es dir so schnell sagen würde.«

Wut kochte in mir hoch. »Sie wollten, dass ich im Dunkeln tappe?«

»Ich wollte, dass du stark genug bist, es zu ertragen. Zu wissen, dass man von den Attentätern gejagt wird, würde jeden Übernatürlichen ängstigen.«

»Auch Sie?«

»Drachen sind nicht immun gegen Sternschnuppenpfeile, wie du dich erinnerst, aber einige von uns besitzen neben Feuer noch andere Kräfte.«

Ich blinzelte. »Was?«

»Ich bin ein goldener Drache, also schwächt mein Feuer meine Feinde und ihre Waffen, einschließlich der Sternschnuppenpfeile.«

»Also haben verschiedenfarbige Drachen unterschiedliche Kräfte?«

»Ja.«

»War der blaue Drache mein Vater?«

Er nahm ein Tablett vom Wagen und stellte es auf meinen Schoß. »Du musst essen, bevor der Burrito kalt wird.«

Ich seufzte. Aus irgendeinem Grund war das Thema meines Vaters tabu, nicht nur bei meinem Onkel, sondern auch bei Dr. Gould.

Dr. Gould stürzte sich auf seinen Burrito, sodass ich keine andere Wahl hatte, als meinen aufzuschneiden.

»Darf ich Ihnen noch eine Frage stellen?«

Er warf einen Seitenblick auf mich. »Du darfst.«

»Haben Drachen außer Blau und Gold noch andere Farben?«

»Ja. Es gibt rote, grüne, schwarze, weiße und silberne Drachen, aber der mächtigste Drache ist der lila Drache.«

Ich schluckte einen scharfen Bissen hinunter. »Was macht lila Drachen so besonders?«

»Lila Drachen speien nicht nur Feuer, sondern sie können auch Luft, Wasser und Erde kontrollieren. Sie sind selten und sehr mächtig.«

»Ist der Vorsitzende des Rates der Übernatürlichen nicht ein Drache?«

Seine Augen verfinsterten sich. Ich glaubte, einen Hauch von purem Hass zu erkennen, der so schnell verschwand, wie er aufgetaucht war. »Ja. Er ist ein roter Drache.« Seine Stimme war angestrengt, und er leerte ein Glas Wasser, als wollte er die aufsteigende Wut in seinem Inneren löschen.

Ich konnte nicht widerstehen. »Kennen Sie ihn? Kannte er meinen Vater?«

Dr. Goulds Gesicht verfärbte sich purpurrot. Seine goldenen Augen funkelten mich an, und ich konnte ihre Hitze, ihre Kraft und ihre Wut spüren. »Ja, und dabei wollen wir es belassen.« Seine schroffe Stimme mahnte mich, mich zurückzuhalten, aber ich war noch nie eine brave Schülerin gewesen.

»Verstehen Sie sich nicht mit dem Ratsvorsitzenden?«

Er gestikulierte auf meinen Teller. »Wie schmeckt dein Burrito?« Die Schärfe in seiner Stimme war verschwunden. Er lächelte, aber der Ausdruck erreichte nicht ganz seine Augen.

Ich kam nicht weiter, wenn ich nach meinem Vater oder dem Vorsitzenden des Rates fragte.

Ich starrte ihn an und wünschte, ich hätte die Macht, Gedanken zu lesen. Wenn das doch nur eine Fähigkeit von Drachen oder Fae wäre. Ich stieß einen frustrierten Seufzer aus. »Er ist gut.«

Ich wollte ihn anschreien, dass er meine Fragen beantworten sollte, aber das würde wahrscheinlich auf eine schreckliche Weise nach hinten losgehen.

»Glauben Sie, ich bin ein lila Drache?«, fragte ich stattdessen.

»Das werden wir erst wissen, wenn du dich verwandelst. Aber deine Fähigkeit, in menschlicher Gestalt Rauch auszuatmen und Feuer zu speien, bedeutet, dass dein Drache sehr mächtig ist. Es gibt nicht viele Drachenwandler, die ihre Kräfte als Mensch anwenden können.«

»Wirklich?«

Er runzelte die Stirn. »Ja, aber du musst lernen, diese Kräfte zu kontrollieren, egal ob du in Menschen- oder Drachengestalt bist. Wenn du das nicht tust, wirst du ins Visier genommen werden, und zwar nicht nur von den Attentätern. Die Jäger werden hinter dir her sein.«

»Jäger?«

Er aß seinen Burrito auf. »Nicht die Jäger, die Tiere jagen. Sie jagen Übernatürliche, und du würdest zu ihrem wichtigsten Ziel werden.«

Ich brachte keinen weiteren Bissen von meinem halb gegessenen Burrito mehr hinunter. Ich war es leid, immer eine Jagdtrophäe zu sein. »Ist das Sektor Neun?«

»Nein, Sektor Neun ist eine Behörde. Sie haben andere Absichten. Profit und Gier motivieren die Jäger. Sie sind ein verachtenswerter Haufen. Für ein paar magere Münzen würden sie deinen Kopf auf einem Silbertablett servieren. Aber Drachen jeglicher Art bringen einen enormen Preis ein.« Er nickte auf meinen Teller. »Ist das alles, was du essen willst?«

»Er war wirklich groß. Ich kann nicht mehr essen. Ich schwöre es.«

Er schnappte sich meinen Teller und stellte ihn auf den Wagen. »Du wirst deine Meinung vielleicht ändern, wenn du dein Training mit Sergeant Ragar beginnst.«

Daran wollte ich nicht denken. Ich hatte keinen Zweifel daran, dass ich den Hintern versohlt bekommen würde.

»Dr. Gould, kann ich Ihnen noch eine Frage stellen?«

»Du bist heute neugierig.« Er lehnte sich in seinem Stuhl zurück.

Ich nahm das als Freibrief, Fragen zu stellen, und zögerte nicht. »Mein Team hat mir von dem Gefangenen erzählt. Ist er ein Spion?«

»Ich wünschte, ich wüsste es. Deshalb ist er hier unten, aber er ist im Arrestbereich. Er erholt sich auch von dem, was sie ihm angetan haben.« Seine Stimme klang traurig.

Ich wollte mein Glück nicht herausfordern, aber ich musste es wissen. Schließlich könnte ich am Ende am selben Ort wie er landen. »Was haben sie mit ihm gemacht?«

»Sie haben ihn gefoltert. Sie haben ihn an ein starkes Elektroschockgerät angeschlossen. Ich glaube, es war ein Lügendetektor. Außerdem hat er tiefe Schnittwunden auf dem Rücken und überall blaue Flecken.«

Ich keuchte. »Das ist ja furchtbar. Warum sollten sie das tun, wenn er einer von ihnen ist?«

»Ich weiß es nicht. Das müssen wir herausfinden.« Sein Blick verfinsterte sich. »Das Problem ist, dass die meisten Männer diesen Verletzungen erlegen wären und ihren Peinigern alles erzählt hätten, was sie wissen wollten. Aber er nicht. Ich will wissen, warum.«

»Sie wollten, dass er stirbt?«, fragte ich.

Er hielt eine Hand hoch. »Das habe ich nicht gesagt. Ich sagte, ich will wissen, warum er nicht an seinen Verletzungen gestorben ist. Das ist etwas anderes.«

»Mein Team sagt, dass er ein Mensch ist.«

»Das ist er. Da ist noch etwas anderes, aber der Bluttest konnte es nicht identifizieren.«

Ich senkte meinen Blick. »Sie meinen wie bei mir.«

»Ja, aber er weigert sich zu reden. Wir wissen nur, dass er Brody O'Hara heißt und vor kurzem in Schottland im Blossoms Orphan Home war. Im Internet habe ich nichts über ihn gefunden, also vermute ich, dass es ein falscher Name ist.«

»Glauben Sie, dass in diesem Waisenhaus etwas vor sich geht?«

Er nickte. »Offensichtlich. Wir wissen, dass es dort Kinder gibt, aber es könnte auch eine Tarnung für etwas anderes sein. Ich brauche ein Team, das eine Aufklärungsmission durchführt.«

»Und das wird mein Team machen?«

»Ja. Nur zur Beobachtung. Wir brauchen Informationen, bevor wir etwas unternehmen, dann entwickeln wir einen Plan.«

Ich warf frustriert die Arme hoch, und Rauch stieg aus meiner Nase. »Was ist mit den Kindern dort? Sind sie in Gefahr?«

Dr. Gould schnalzte mit der Zunge, und ich zuckte zusammen. Rauch zu blasen, wenn ich wütend war, brachte mir definitiv keine Pluspunkte bei ihm ein.

Sein ruhiger, entnervender Blick hielt den meinen so lange fest, dass ich mich unter der Decke wand und mir der Schweiß ausbrach. »Wenn wir da reinstürmen, Chelby, riskieren wir nicht nur Verluste, sondern auch das Leben der Kinder. Ist es das, was du willst?«

»Nein«, murmelte ich. Auf meinen Wangen bildeten sich heiße Stellen und ich senkte den Kopf, bis meine Haare mein Gesicht verdeckten.

»Ich schlage vor, du ziehst dich an. Sergeant Ragar wird bald hier sein.«

Ohne ein weiteres Wort schob er den Servierwagen aus dem Raum, und die Tür glitt zu.

Ich schlug die Bettdecke zurück und machte mich auf den Weg in die Dusche, aber ich konnte nicht aufhören, an Brody O'Hara zu denken. Er war definitiv ein Rätsel, das ich lösen wollte.

5

Zwanzig Minuten später war ich angezogen und bereit für Sergeant Ragars »Ich werde dir in den Arsch treten«-Training. Alles war rosa, von meinem Sport-BH über mein Tanktop bis hin zu meinen Leggings. Ich wusste nicht, warum Dr. Gould immer darauf bestand, mich in Rosa zu kleiden. Ich hatte ein rosa Wohnheimzimmer und jetzt auch noch rosa Trainingskleidung. Rosa war für hübsche Prinzessinnen, nicht für Kriegerinnen.

Ich erstarrte. Scheiße, ich *war* eine Prinzessin. Aber ich weigerte mich, die Prinzessin in Nöten zu sein.

Jemand klopfte an meine Tür. »Chelby, kann ich reinkommen?«

Ich erkannte die männliche Stimme.

»Kommen Sie rein, Sergeant.«

Die Tür öffnete sich und er trat ein. Er hatte sein langes, dichtes schwarzes Haar zu einem Pferdeschwanz gebunden und betonte damit seine schönen dunklen Augen. Er war nur mit einer Jogginghose bekleidet, und das Licht glitzerte auf seinen Muskeln.

Es würde mir schwerfallen, mich auf etwas anderes zu konzentrieren als auf meinen heißen Vampirausbilder. Ich hoffte nur, dass ich mich nicht vollsabbern würde.

Er schenkte mir ein breites Lächeln. »Bist du bereit, loszulegen, Chelby?«

Nein. Ich erwiderte sein Grinsen trotzdem. »Bereit und willig.«

Er gestikulierte in Richtung der Tür. »Hier entlang.«

Ich folgte ihm aus dem winzigen Zimmer und atmete tief durch. Es war schön, hier rauszukommen, auch wenn ich dafür den Hintern versohlt bekommen würde.

»Der Trainingsraum ist gleich den Flur runter.«

Wir blieben beide abrupt stehen.

Zwei Wachen eskortierten einen gefesselten Mann mit kurzen braunen Haaren den Korridor entlang, wobei jeder einen seiner massiven Bizepse festhielt. Er sah aus wie ein Boxer, der einen Wettkampf verloren hatte. Sein rechtes Auge war zugeschwollen und lila und blaue Blutergüsse bedeckten sein Gesicht, als hätte es jemand als Sandsack benutzt.

Das musste Brody O'Hara sein.

Ein weißes T-Shirt schmiegte sich an seine wohlgeformten Muskeln und sein Sixpack, sodass er mich an einen Möchtegern-Captain America erinnerte. Mit finsterer Miene blieb er vor uns stehen und starrte uns mit grauen Augen an. »Ich dachte, du wärst tot.«

Der Sergeant und ich tauschten Blicke aus. Von wem sprach er?

»Komm schon, Brody«, sagte einer der Wachmänner. »Mach es nicht noch schwieriger. Du kennst die Regeln.«

Brody trat einen Schritt zurück. »Nein, ihr versteht das nicht. Keya Vastina sollte eigentlich tot sein. Ich habe das Foto von ihr gesehen. Sie ist tot, ich schwöre es. Die Attentäter haben sie getötet.«

Mir gefror das Blut in den Adern. Attentäter? Verdammt, er war wirklich ein Spion.

Die Wachen zerrten ihn zu einer anderen Tür. Alle drei verschwanden dahinter.

Der Sergeant sah mich an. »Chelby, bist du okay?«

Ich schüttelte meinen Kopf. Schwarze Punkte flimmerten in meinem Blickfeld und meine Fingerspitzen wurden taub. »Ich muss ... ich muss mich hinsetzen.« Meine Zunge fühlte sich dick an und ich stolperte über die Worte, als ob ich zu viel getrunken hätte.

Der Sergeant ergriff meinen Arm und führte mich in die Sporthalle. Ich setzte mich im Schneidersitz auf eine Yogamatte. »Warte hier«, sagte er zu mir.

Ich biss mir fest auf die Lippe. Brody hatte über meine Mutter gesprochen.

Diese verdammten Attentäter hatten ein Foto von ihrer Leiche gemacht. Woher hatten sie es? War ein Bild von ihrer Leiche im Internet zu sehen? Mein Onkel hatte gesagt, er habe alle Attentäter getötet.

Ich betrachtete die Sporthalle. Sie war doppelt so groß wie die Sporthalle meiner alten High School. Eine Laufbahn umgab den Raum. An einem Ende befanden sich Trainingsgeräte und lange schwarze Boxsäcke, die an Ketten von der Decke hingen. In der Mitte befand sich ein Trainingsboden aus Hartholz. Dieser Raum war riesig.

Der Sergeant kam mit einer Flasche Wasser zurück, die er aus einem Eisschrank an einer Wand geholt hatte. »Hier, trink.«

»Danke.« Ich war überrascht, dass er Dr. Gould nicht geholt hatte. Ich trank die Hälfte der Flasche in einem Zug.

»Durstig, hm?«

»Ja, ich schätze schon.«

Er legte den Kopf schief. »Nimm dir ein Getränk, wann immer du willst.«

Ich seufzte. »Danke.«

Die Augenbrauen des Sergeants zogen sich zu einem einzigen dunklen Strich zusammen. »Chelby, weißt du, wovon er gesprochen hat?«

Ich nickte. »Ich glaube ...«

Als ich nicht weitersprach, stupste er mich an: »Chelby?«

»Ich glaube, er hat mich mit meiner Mom verwechselt.« Meine Stimme war düster.

»Ich verstehe. Jetzt ergibt es Sinn. Die Fae-Attentäter machen Fotos von ihren Opfern, um dem König oder demjenigen, der sie angeheuert hat, zu beweisen, dass ihre Zielperson tot ist.«

Ich biss die Zähne zusammen. »Das ist schrecklich. Sie behalten Trophäen von ihren Opfern?«

»Wenn du meinst, dass die Fotos ihre Trophäen sind, dann muss ich leider ja sagen.«

Hitze durchströmte mich, und meine Nasenlöcher blähten sich. Rauch drang aus meiner Nase und füllte das Trainingszentrum.

Der Sergeant packte meine Arme. »Chelby, du musst dich beruhigen. Du verlierst die Kontrolle«, befahl er.

»Ich kann nicht. Sie haben Fotos von der Leiche meiner Mom gemacht.«

»Hör mir zu. Wenn du zulässt, dass deine Emotionen dich im Einsatz kontrollieren, bringst du alle auf dieser Mission in Gefahr. Denk an etwas, das dich beruhigt.« Seine schroffe Stimme kannte keine Gnade.

Ich schloss meine Augen. Aus irgendeinem Grund tauchte Jonas' lächelndes Gesicht in meinem Kopf auf. Ich dachte daran, wie er nach einem neuen Frühlingstag mit blühenden Blumen duftete.

Konzentrier dich.

Ein Teil der Spannung in meinen Muskeln löste sich. Ich atmete immer wieder ein und aus, dachte an Jonas und wünschte, er wäre hier.

Ich wusste nicht, warum.

Der Sergeant lockerte seinen Griff um meine Arme. »So ist es besser. Jetzt mach die Augen auf.«

Ich öffnete sie. Der Rauch hing noch immer im Trainingszentrum. Sergeant Ragar ging davon und schaltete einen Ventilator ein.

»Du musst immer die Kontrolle behalten. Wenn der Feind eine Schwachstelle in deiner Rüstung entdeckt, wird er sie gegen dich verwenden, besonders, wenn er entdeckt, dass du ein Drache bist, der sich nicht verwandeln kann. Hast du mich verstanden?«

Seine eisigen Worte ließen mir das Blut in den Adern gefrieren. Was, wenn ich mich verwandelte und die Attentäter einen Sternschnuppenpfeil auf mich schossen? Doch egal, ob ich mich verwandelte oder nicht, ich saß in der Patsche. Ich nickte mürrisch. »Ja, Sir.«

»Gut. Also, an die Arbeit.« Er ging auf mehrere Übungsmatten in der Nähe der Boxsäcke zu. »Eine Möglichkeit, deine Wut oder Angst zu kontrollieren, ist Kampfsport. Er gibt dir auch ein Gefühl von Kontrolle und wird dir hoffentlich dabei helfen, dich zu verwandeln. Heute wirst du deine Tritte üben, aber zuerst musst du dich dehnen. Wir werden etwas Yoga machen. Nimm dir eine Matte und zieh deine Schuhe und Socken aus.«

Ich tat, was er verlangte.

Er ließ sich auf der Matte neben mir nieder. »Jetzt möchte ich, dass du deinen Kopf frei bekommst und dich mit mir dehnst.«

Ich ahmte jede seiner Posen nach, aber es war unmöglich, den Kopf freizubekommen. Ich musste ständig an Brody denken. Er hatte gesagt, dass ich eigentlich tot sein sollte.

Ragar sah mich an. »Atme, Chelby. Ich merke, dass du angespannt bist.«

Ich zwang mich, ein- und auszuatmen, aber Brodys Worte wiederholten sich in meinem Kopf wie ein nerviger Werbejingle.

Nach den Dehnübungen trat Ragar neben einen Boxsack und wartete darauf, dass ich zu ihm kam. »Jetzt üben wir das Treten. Geh in den Ausfallschritt und tritt dann so zu.« Er hob sein hinteres Bein und trat gegen den Sandsack. »Halt deine Fäuste vor dir. Denk daran, dein Gleichgewicht zu halten.«

Ich ging in Position und trat zu, aber ich stolperte zurück.

»Nicht mit deinem Zeh voran. Das bringt dich aus dem Gleichgewicht. Du musst mit der Seite deines Fußes zuschlagen. Versuch es noch einmal.«

Ich nickte und wiederholte die Bewegung. Diesmal hielt ich mein Gleichgewicht.

»Gut. Nochmal. Mach fünfzig.«

Ich trat fest gegen den Sack und tat so, als wäre er einer der Fae-Attentäter.

Ragar umkreiste mich und studierte meine Bemühungen.

Als ich fünfzig erreichte, drehte er seinen Finger. »Anderes Bein.«

Ich trat wieder und wieder zu und setzte meine ganze Kraft ein, um den Sack auszuknocken.

Ragar zählte mit. Als ich wieder bei fünfzig angekommen war, stoppte er mich. »Dehn deine Beine, und dann läufst du zwanzig Mal um die Bahn. Gut! Und jetzt los.«

Oh Gott. Er wollte mir wirklich in den Arsch treten. Ich versuchte, in einem gleichmäßigen Tempo zu joggen, aber Ragar gab sich damit nicht zufrieden.

Er schnippte mit den Fingern. »Schneller, Chelby. Schneller.«

Ich erhöhte das Tempo, bis meine Füße kaum noch die Bahn berührten. Meine Rippen schmerzten, aber ich ignorierte sie. Der Schweiß rann mir über das Gesicht, und mein Sport-BH und mein Shirt klebten an meiner nassen Haut.

Nach zwanzig Runden beugte ich mich vor, stützte die Hände auf die Knie und versuchte, Luft zu holen.

Die Tür der Sporthalle öffnete sich und eine Stimme rief: »Sergeant Ragar, kann ich Sie kurz sprechen?«

Dr. Gould stand in der Tür. Sein Gesicht war ernst, aber er sah mich nicht an.

Irgendetwas war los.

Als der Sergeant ging, um mit Dr. Gould zu sprechen, wischte ich mir den Schweiß von der Stirn und dehnte meine pochenden Beine. Sie fühlten sich an wie Spaghetti. Meine Kehle war ausgedörrt. Ich trank den Rest meiner Wasserflasche aus, aber ich brauchte mehr. Ich holte mir etwas Gatorade aus dem Eisschrank.

Ragar kam zurück in die Sporthalle. »Chelby, wie fühlst du dich?«

Ich lächelte und knackte meinen Nacken. »Besser. Müde, aber bereit für ein weiteres Workout.«

Ragars Gesicht war völlig ausdruckslos, als er seinen Blick auf mich richtete. »Hast du das Gefühl, dass du die Kontrolle über deine Kräfte hast?«

Das überraschte mich. Ich war mir nicht sicher, wie ich antworten sollte. »Ich weiß es nicht. Ich glaube schon.«

»Es ist sehr wichtig, dass du dich selbst kontrollieren kannst.«

Ich runzelte die Stirn. »Warum?«

»Weil du die Kontrolle haben musst, um das zu tun ...«

Die Härchen in meinem Nacken stellten sich auf. »Um was zu tun?«, fragte ich unbehaglich.

»Um mit dem Gefangenen zu sprechen. Brody O'Hara.«

»Was?« Ich traute meinen Ohren nicht.

»Anscheinend besteht Brody immer wieder darauf, dass du tot sein solltest. Er sagt, er wird Gould alles sagen, wenn er mit dir reden darf.«

»Mit mir?« Ich legte meine Hand auf meine bebende Brust. »Warum?«

Er zuckte mit den Schultern. »Ich weiß es nicht, aber wenn du dein Feuer nicht unter Kontrolle hast, solltest du nicht mit ihm sprechen.«

Ich schloss meine Augen und atmete mehrmals tief ein. Die Luft zischte in meine Lungen und strömte wieder hinaus.

Bleib ruhig. Bleib ruhig. Bleib ruhig.

Ich öffnete meine Augen.

Ragar betrachtete mich skeptisch mit verschränkten Armen. »Du überzeugst mich nicht.«

Sein flacher Ton verpasste mir einen Dämpfer. Ich räusperte mich. »Ich schaffe das, Sergeant. Ich schwöre es.«

Er hielt meinen Blick für einige lange Minuten fest. »Ich erlaube es dir unter einer Bedingung.«

»Alles.«

Er hielt einen Finger hoch. »Wenn du spürst, dass etwas in deiner Brust brennt oder in deiner Kehle hochkommt, gehst du sofort. Du musst erkennen, wann dir die Kontrolle entgleitet. Achte auf Anzeichen in deinem Körper, deinem Herzen, deiner Brust und deinem Atem. Jede Veränderung dort bedeutet, dass du die Kontrolle verlierst.«

»Ich verspreche es«, sagte ich eifrig und nickte wie ein Wackeldackel.

»Ich werde da drin bei dir sein. Du sagst mir Bescheid, wenn du wütend wirst. Hast du das verstanden?«

Mein Herz schlug wie wild. »Ja, Sir.«

Er legte den Kopf schief. »Dann komm mit.«

Ich folgte Sergeant Ragar aus der Sporthalle. Mein Mund wurde ganz trocken und ich umklammerte meine Gatorade fester.

Er führte mich den Korridor entlang zu der Tür, durch die ich Brody mit den Wachen hatte gehen sehen.

Ragar warf einen Blick über seine Schulter. »Bist du bereit?«

Ich befeuchtete meine trockenen Lippen und kämpfte darum, meine zitternden Beine zu stabilisieren. »Ja.«

Er versperrte mir den Weg. »Du kannst mir nichts vormachen, Chelby. Ich bin ein Vampir. Ich kann dein Blut pumpen und dein Herz wie verrückt schlagen hören.«

Ich seufzte. »Ich weiß, aber ich muss mehr über meine Mutter herausfinden. Bitte!«

»Du schwörst immer noch auf unsere Abmachung?«

Ich hielt meine Handfläche hoch. »Ich schwöre.«

Er murmelte etwas vor sich hin, aber dann tippte er einen Code in ein Bedienfeld an der Wand und die Tür öffnete sich. Ich folgte ihm hinein.

Das war ganz anders als in meiner Zelle.

Brody schritt hinter einem großen Glasfenster hin und her, als wäre er ein Tiger im Zoo. Er hatte ein Doppelbett, einen kleinen Tisch und nur einen Holzstuhl. Offensichtlich würde er keinen Besuch bekommen. Es gab eine Tür zu einem Badezimmer, sodass er etwas Privatsphäre hatte.

Ansonsten war es eine Gefängniszelle.

Dr. Gould saß auf einem Stuhl mit Blick auf die Glaswand, und hinter ihm standen dieselben beiden Wachen, die ich vorhin gesehen hatte. Ich fühlte mich wie Clarice Starling, die Hannibal Lecter befragen wollte.

Brody hörte auf, auf und ab zu gehen. Er trat an das Fenster heran, legte seine Handflächen auf das Glas und ließ seinen Blick über mich schweifen. »Du bist also Keya Vastina und du lebst. Wie hast du den Sternschnuppenpfeil überlebt?«

Ich schluckte meine Angst und meinen Kummer hinunter. Trauer und Wut kämpften in mir, aber die Wut gewann.

Etwas brannte in meiner Brust.

Irgendetwas wollte diesen Bastard lebendig verbrennen.

Lass mich raus, flüsterte eine Stimme in meinem Kopf.

Ich spürte, wie etwas an meinen Rippen kratzte.

Mein Drache.

Mit all meiner Kraft drückte ich sie zurück und versiegelte die Wut in mir. Ich warf einen Blick auf Ragar, der mich genau beobachtete. Ich hob mein Kinn und warf ihm einen »Ich habe mich unter Kontrolle«-Blick zu, aber sein harter Blick sagte mir, dass ich ihm nichts vormachte.

Ich nahm einen reinigenden Atemzug, lockerte meine angespannten Muskeln und versuchte, nicht das kleinste bisschen Rauch entweichen zu lassen. Ich wollte nicht, dass Brody wusste, was ich war.

Noch nicht.

Ich presste meine Lippen aufeinander und spannte meinen Kiefer an. Im Film *Das Schweigen der Lämmer* verhielt sich Clarice professionell, als sie Hannibal zum ersten Mal traf, aber ich fühlte mich alles andere als cool, ruhig und gefasst.

Wut, Angst und Zorn erfüllten mich.

Ich näherte mich dem Glas und musterte ihn mit einem raubtierhaften Blick. Er konnte mir nichts anhaben. Ich kniff die Augen zusammen und verkündete: »Das liegt daran, dass ich nicht Keya bin.« Leider konnte meine Stimme die Wut, die in meiner Brust brannte, nicht verbergen.

Jonas' hübsches Gesicht blitzte in meinem Kopf auf und half mir dabei, diesen Kerl nicht anzugreifen. Jonas wäre so enttäuscht gewesen.

Die Wut wurde leiser, aber sie war immer noch da, bereit, jeden Moment zu explodieren.

Seine Augen weiteten sich. »Das gibt's doch nicht. Du bist Syndra, die vermisste Prinzessin, nicht wahr?«

6

Brody starrte mich durch das Glas an, als ob er einen Geist gesehen hätte.

Mein Puls beschleunigte sich und das Blut pochte zwischen meinen Ohren. Blendende Wut kribbelte unter meinem Fleisch, als ob sich meine Haut jeden Moment in Schuppen verwandeln würde.

Sergeant Ragar drückte meine Schulter. »Chelby, denk an unsere Abmachung.«

»Was für eine Abmachung?«, fragte Brody.

»Das geht dich nichts an«, fuhr Ragar ihn an.

Brody begegnete meinem Blick. »Ich dachte, du heißt Syndra.«

Ich antwortete nicht.

Er starrte mich verwundert an. »Wie konntest du dem Radar der Attentäter entkommen? Wenn sie einmal ein Ziel haben, geben sie nie auf.«

Ich biss die Zähne zusammen und ballte die Fäuste. »Du stellst eine Menge Fragen.«

»Nicht mehr als die, die mein Gefängniswärter mir stellt«, sagte er verbittert.

Mein Drache regte sich wieder. Ich stieß sie mit meiner Kraft nieder und atmete laut aus.

Dr. Gould trat auf meine andere Seite. »Ich habe sie hergebracht, wie du es gewünscht hast. Jetzt will ich ein paar Antworten.«

»Bist du ein Spion?«, platzte ich heraus.

Er schnaubte. »Wohl kaum. Spione werden nicht von den Leuten gefoltert, denen sie dienen.«

»Du könntest ein Doppelagent sein«, beharrte ich.

Er senkte den Blick und begann, einen Drachenring mit einem goldenen Edelstein, der wie Bernstein aussah, an seinem Finger zu drehen. Das Metall und der Edelstein fingen das Licht ein und blitzten und funkelten, als ob sie magisch wären.

»Ich könnte es sein«, murmelte er. »Bin ich aber nicht. Ich werde nie wieder für diese Arschlöcher arbeiten.«

»Warum?«, fragte ich.

Sein Lächeln war trotz der blauen Flecken und der aufgesprungenen Lippe verwegen. »Weil ich nicht mehr weiß, wer die Guten sind.«

»Was soll das bedeuten?« Ich war mir nicht sicher, ob Dr. Gould dieselben Antworten bekommen hatte wie ich, aber wie ich den Direktor kannte, würde er mir nie verraten, was er in Erfahrung gebracht hatte.

Brody sank auf seinen Holzstuhl. »Die Dinge, die ich gesehen habe ...«

Mein Herz klopfte wie wild. Ich befeuchtete meine Lippen und presste meine Handflächen auf das kühle Glas. »In Schottland?«

Er rieb sich den Nasenrücken. »Ja, und an anderen Orten.«

»Was weißt du über die Fae-Attentäter?«

Er ließ seinen Arm sinken und warf mir einen strengen Blick zu, aber ich weigerte mich, unter diesem Blick zu erstarren.

»Sie sind immer noch auf der Jagd nach Syndra Vastina und ihrem Onkel, Cyran. König Ash ist besessen. Er würde alles tun, um die Krone zu behalten.«

Ich beugte meine Finger. »Zum Beispiel?«

Ein entrückter Ausdruck überzog sein Gesicht und seine Wange zuckte. »Seine Seele verkaufen und sich mit Sektor Neun verbünden.«

Ich warf einen Blick auf Dr. Gould, der immer noch neben mir stand. »Wie würde ein Bündnis mit Sektor Neun ihm helfen, König zu bleiben?«

Brody verschränkte die Arme und senkte seine Stimme, als hätte er Angst, dass die Wände Ohren hatten. »Wenn ich dir das sage, bin ich tot.«

Er verbarg etwas Schlimmes. »Warum?«

»Wenn der Rat der Übernatürlichen davon erfährt, könnte das einen totalen Krieg bedeuten. Kanzler Baka hätte dann keine andere Wahl, als König Ash und Sektor Neun den Krieg zu erklären. Oder noch schlimmer, der menschlichen Rasse.«

Krieg? So ein Mist. »Bitte sag es mir.«

Er kniff die Lippen zusammen und hielt den Kopf gesenkt.

»Brody, antworte mir.« Meine Stimme wurde schrill.

Er weigerte sich, meinen Blick zu erwidern.

Dieses Geheimnis hatte etwas mit meiner Familie und mir zu tun. Ich wusste es. Aber was? Hatte mein Pflegevater Robert etwas damit zu tun? Ich war so frustriert, dass ich schreien wollte.

Brody streckte seinen Arm aus und starrte seine Hand an. Der Drachenring glitzerte im Licht. Was hatte es mit diesem Ring auf sich? Hatte er etwas mit seinem gigantischen Geheimnis zu tun?

Ich ballte meine Fäuste.

Bumm-Bumm-Bumm.

Ich schlug so fest ich konnte gegen das Fenster, sodass das Glas erzitterte, aber Brody sah nicht einmal auf.

Dieser Bastard.

Dr. Gould packte mich am Arm und zog mich vom Glas weg. »Chelby, hör auf.«

Meine Brust brannte heißer.

Ich war nicht die Einzige, die sauer war.

Mein Drache schlug seine Klauen in meine Brust, um herauszukommen. Ich wehrte mich dagegen, aber er ließ sich nicht abweisen. Rauch quoll aus meiner Nase.

Ich rannte so schnell ich konnte aus dem Raum. Sobald ich in den Flur trat, strömte der Rauch ungehindert heraus. Mit zitternden Fingern fuhr ich mir durch die Haare.

Die Tür öffnete sich, und Sergeant Ragar legte seine Hand fest in meinen Nacken. »Wir müssen hier raus, bevor du den Korridor in

Brand steckst. Komm mit.« Er führte mich zurück in die Sporthalle.

Ich wehrte mich nicht gegen ihn. Ich war zu sehr damit beschäftigt, keinen Rauch mehr zu blasen.

Er öffnete die Tür und ich schlüpfte hinein.

Bevor er ein weiteres Wort sagen konnte, rannte ich so schnell ich konnte um die Bahn. Der Rauch versickerte langsam und hörte schließlich auf. Ich brach auf der Bahn zusammen und keuchte, während Tränen in meinen Augen brannten.

Ragar durchquerte den Raum und setzte sich neben mich. »Das war ganz schön knapp, findest du nicht? Warst du kurz davor, dich zu verwandeln?«

»Nein«, log ich. »Ich hab versucht, die Kontrolle zu behalten. Das hab ich wirklich.«

»Das war kein kompletter Kontrollverlust, Chelby. Du hast den Raum verlassen, als eine Rauchwolke herauskam. Das ist schon mal ein Anfang.«

Ich rieb mein Gesicht. »Das reicht nicht.«

»Nein, aber ich bin zuversichtlich, dass du es schaffen wirst. Du wirst dich bald in deinen Drachen verwandeln.«

Ich zwang ein kleines Lächeln auf meine Lippen. »Wirklich?« Ich hatte nicht erwartet, dass er an mich glaubte.

Meine Gedanken schalteten sofort ab, als Dr. Gould durch die Tür stürmte und zu uns herübereilte. Er blieb stehen und schaute auf mich herab. Seine Augen hatten die unheimliche Fähigkeit, verschiedene Ausdrücke zu zeigen, ohne ihre Form auch nur im Geringsten zu verändern. Nichts in seinem Gesicht verriet, wie enttäuscht und wütend er darüber sein musste, wie ich Brody befragt hatte.

»Was für ein Auftritt, Chelby.« Seine ruhigen Worte zerstörten alle meine Hoffnungen, an der Mission teilnehmen zu dürfen.

Meine Wangen wurden rot und in meinem Bauch tat sich ein Loch der Hoffnungslosigkeit auf. »Es tut mir leid, Dr. Gould.«

Er lächelte, und dieses Mal spiegelte es sich in seinen Augen wider. »Ganz im Gegenteil, Chelby. Ich bin sehr zufrieden.«

Ich ruckte mit dem Kopf hoch. »Was? Das verstehe ich nicht.«

»Bevor du in den Verhörraum kamst, wollte er mir nur seinen Namen sagen. Du hast in den zehn Minuten, in denen du ihn befragt hast, mehr herausgefunden als wir in den letzten zwei Tagen.«

Ich wich seinem Blick aus und band meine Schnürsenkel neu – nicht, dass sie das nötig gehabt hätten. »Ich hab nicht das Gefühl, dass ich sehr viel herausgefunden hab.«

»Doch, das hast du. Wir wissen jetzt, dass es eine Verschwörung zwischen dem Blütenhof und Sektor Neun gibt. Das wussten wir vorher nicht.«

»Sie sind also nicht wütend auf mich?«

»Nein. Ich habe aber bemerkt, dass eine Rauchwolke aus deiner Nase entwichen ist.«

Ich seufzte kläglich. »Ich weiß.«

»Sag mal, glaubst du, dass die körperliche Betätigung dir geholfen hat, deine Kräfte unter Kontrolle zu bekommen? Sergeant Ragar glaubt das.«

Ich warf einen Blick auf den Sergeant, der mir zuzwinkerte.

»Ich glaube, es hat ein bisschen geholfen –«

»Aber du brauchst mehr Übung?«

»Ja.«

»Gut. Hoffentlich kannst du dich bald in deinen Drachen verwandeln. Ich werde euch weiter trainieren lassen.« Er ging auf die Tür zu.

Das war es nicht, was mich beunruhigte. Ich hatte das Gefühl, dass die Attentäter es wissen würden, wenn ich mich zum ersten Mal verwandelte, und mich hier aufspüren würden. Was, wenn andere beim Versuch, mich zu beschützen, sterben würden, wie Dr. Gould, mein Onkel, meine Ausbilder oder mein Team? Damit konnte ich nicht leben. Ich konnte meine Familie nicht verlieren, nachdem ich sie endlich gefunden hatte. Ich räusperte mich mit trockener Kehle. »Ähm, Dr. Gould, kann ich Sie was fragen?«

Als er die Tür erreichte, blieb er stehen. »Ja, Chelby?«

»Können die Attentäter hier reingelangen? In das PSK?«

»Ich dachte, ich hätte diese Frage beantwortet.«

»Nein, haben Sie nicht. Bitte, ich muss es wirklich wissen.«

Er öffnete die Tür. »Ich habe die Wachen im Umkreis verdoppelt.« Ohne mich anzusehen, verließ er die Sporthalle.

Ich zog meine Knie an meine Brust, schlang meine Arme darum und legte meinen Kopf darauf, während ich Sergeant Ragar ansah. »Das heißt, sie können die Barriere überwinden, oder?«

»Sie sind keine Menschen, Chelby. Ja, sie können sie überqueren«, bestätigte er.

Die Angst drückte mein Inneres zusammen, bis ich nicht mehr atmen konnte. »Was passiert, wenn man sich verwandelt?«

»Du setzt die Macht in dir frei. Ein Drache ist das mächtigste Tier unter den Wandlern. Er besitzt nicht nur Kraft, sondern auch Magie.«

Ich biss mir auf die Lippe. »Wenn das passiert, werden die Attentäter oder König Ash es spüren?«

»Du gehörst zum Blütenhof, Chelby. Ich werde nicht lügen. Vielleicht spüren sie es, vielleicht auch nicht. Das ist schwer zu sagen. Wir hatten noch nie einen Übernatürlichen mit gemischtem Blut. Wer weiß, was die Verwandlung auslösen wird?«

Ich drückte meine Knie fester an mich und wünschte mir, ich könnte mich zu einer Kugel zusammenrollen und mich dorthin verkriechen, wo mich niemand finden konnte. »Was soll ich dann tun? Die Attentäter können einen Drachen töten, sogar einen, der Energieblitze schießen kann. Ich hab ihn sterben sehen, Sergeant.«

Er klopfte mir auf den Arm. »Du hast Recht. Aber du weißt schon, dass die Attentäter einen Menschen, eine Fae oder ein anderes übernatürliches Wesen töten könnten? Ein blauer Drache ist nicht der mächtigste. Du könntest auch ein lila Drache sein.«

Tränen glitzerten in meinen Augen. »Ich will nicht sterben, Sergeant.«

»Chelby, hör mir zu. Lern zu kämpfen. Hol dir den Thron zurück. Wenn du König Ash besiegst, hast du die Kontrolle über die Attentäter und sie werden dir gehorchen müssen.«

So viele Dinge gingen mir durch den Kopf. Ich sagte mir immer wieder, dass ich keine Jungfrau in Nöten war. Es war an der Zeit, dass ich aufhörte, mich wie eine zu verhalten.

Der Drache regte sich in mir, als ob er sich durch mein Blut bewegte.

Kämpf. Wir können sie besiegen.

Ich blinzelte. War das mein Drache? Kraft durchströmte mich und gab mir Mut, von dem ich nicht gewusst hatte, dass er in mir steckte.

Ich hob meinen Kopf und ließ meine Knie los. »Dann trainieren Sie mich. Ich will ihn herausfordern und den Thron zurückerobern.« Ich hatte keine Ahnung, ob ich es schaffen würde, aber ich würde alles geben.

Bewunderung blitzte in seinen Augen auf. »Das ist die richtige Einstellung.« Er grinste, stand auf und streckte eine Hand aus.

Ich packte sie und er zog mich auf die Füße.

Er warf einen Blick auf die Uhr. »Ich würde gerne sehen, wie du dich mit deinem Bogen schlägst. Wir haben hier unten auch einen Schießstand. Aber davor musst du erst einmal auftanken. Ich bringe dir das Mittagessen auf dein Zimmer und nach dem Essen trainieren wir weiter.«

»Klingt gut.« Nicht, dass ich hungrig gewesen wäre.

Sergeant Ragar brachte mich zurück in mein Zimmer. Wie Brody war auch ich eingesperrt, aber wenigstens musste ich nicht wie ein Affe vor einem Glasfenster eine Show abziehen. Er tat mir fast leid.

Fast.

Er hatte sich Sektor Neun angeschlossen, was bedeutete, dass er Übernatürliche gejagt und gefangen genommen hatte. Wer wusste schon, wie viele er verletzt hatte, bevor er es nicht mehr hatte ertragen können?

Plötzlich ging die Tür zu meinem Zimmer auf. Es war zu früh für Ragar, der mit dem Mittagessen zurückkam. Panik schoss durch mich, und der Mut, den ich bisher verspürt hatte, verschwand und überflutete mich mit Angst. Ich schrie auf, während ich herumwirbelte.

Jonas rannte herbei, packte mich und zog mich in seine kräftigen Arme. »Chelby, was ist los? Ich bin's.«

Ich spürte sein pochendes Herz und atmete seinen Frühlingsduft ein. Ein Teil der Angst schmolz dahin.

Ich sah in sein hübsches Gesicht und grub meine Finger in sein Hemd. »Du bist es«, keuchte ich. »Gott sei Dank.«

»Was dachtest du denn, wer es ist? Mein Gott, was haben sie mit dir gemacht?«

Die Tür öffnete sich erneut und Dr. Gould und die beiden Wachen stürmten mit gezogenen Schwertern herein.

Jonas sprang drei Meter von mir weg. Ich zitterte immer noch und wollte, dass er seine Arme wieder um mich legte.

Dr. Gould sah sich hektisch um. »Was ist los, Chelby? Wir haben dich schreien gehört.«

Meine Wangen wurden zu rubinroten Flecken. »Nichts. Jonas ist reingekommen und … ich habe nicht damit gerechnet.« Ich rieb mir die Gänsehaut auf meinen Armen. »Tut mir leid.«

Dr. Gould und die Wachen starrten mich so lange und intensiv an, dass mir eine heiße Röte bis in die Zehenspitzen lief.

»Chelby«, mahnte Dr. Gould. »Du musst dich beruhigen und darauf vertrauen, dass wir dich beschützen werden. Ich habe bereits ein Team losgeschickt, um die Attentäter von König Ash ausfindig zu machen. Sie werden nur hierherkommen, wenn sie glauben, dass du noch am Leben bist, und das weiß im Moment niemand.«

»Brody schon«, flüsterte ich. »Er könnte ein Spion von König Ash sein.«

»Was? Ist das dein Ernst?« Jonas' Gesicht wurde blass. »Deshalb ist er hier? Um Chelby zu finden?«

Dr. Gould verzog das Gesicht. »Ich kann es wirklich nicht gebrauchen, dass du wie Chelby jetzt auch noch in Panik gerätst. Habe ich mich klar ausgedrückt, Mr. Fox?«

Jonas' Gesicht errötete in einem leuchtenden Scharlachrot, das dem meinen in nichts nachstand.

Er neigte den Kopf. »Ja, Sir. Ich habe mir nur Sorgen um Chelby gemacht.«

»Das Beste, was du tun kannst, ist, dich auf deine Ausbildung zu verlassen, und das gilt auch für den Rest deines Teams. Nur ein gut trainiertes Team kann sich gegenseitig schützen und eine erfolgreiche Mission durchführen. Ich schicke kein Team los, wenn ich das Gefühl habe, dass es zusammenbricht. Das bringt alle in Gefahr, möglicherweise auch das Paranormale Söldnerkorps.« Er sah uns mit funkelnden Augen an. »Habt ihr beide verstanden?«

»Ja, Sir«, antworteten wir sofort.

Leichter gesagt als getan. Tatsache war, dass wir kein gut ausgebildetes Team waren.

Noch nicht.

Der blaue Drache, der explodierte, blitzte wieder in meinem Kopf auf. Die Attentäter waren knallhart und gaben nie auf.

Wenn also nicht einmal ein Drache die Attentäter überleben konnte, wie sollte dann selbst ein gut ausgebildetes Team überleben?

7

Dr. Gould und die Wachen verließen mein Zimmer und ließen Jonas und mich allein.

Jonas' grüne Augen blieben hart, lange nachdem sie verschwunden waren. »Manchmal ist der Typ ein richtiges Arschloch«, murmelte er.

»Jonas, sag das nicht. Er könnte dich hören. Er ist ein Drache«, warnte ich ihn mit einem zischenden Atemzug.

»Das ist mir egal.« Trotzdem senkte er seine Stimme fast auf ein Flüstern.

»Wenn Brody ein Spion ist, glaubst du, er kann die Attentäter kontaktieren?«, fragte ich mich laut. »Gibt es einen magischen Weg, das zu tun?«

Jonas zog seine schmalen Augenbrauen zusammen und schwieg einen langen Moment lang. »Vielleicht. Wenn er einen magischen Gegenstand hat oder einen Zauberspruch kennt, könnte er es schaffen.«

Ein Schauer lief mir über den Rücken und ich fröstelte. »Einen magischen Gegenstand? Du meinst so etwas wie einen Ring?«

Jonas strich sich mit den Fingern durch seine dicken Locken und kniff die Augen zusammen. »Verdammt nochmal. Er hatte einen, oder?«

Ich wischte meine verschwitzten Handflächen an meinen Oberschenkeln ab. »Ja, hatte er. Er hat ihn immer wieder angestarrt, während ich ihn befragt hab.«

Er hielt inne. »Du hast was getan?« Seine laute Stimme ließ mich zusammenzucken, und mein Herz raste angesichts der Wut in seinen Augen.

Ich wich zurück, aber es gab kein Entkommen. »Ich hab ihn befragt.«

»Warte einen Moment.« Für einen so großen Kerl bewegte er sich mit schockierender Geschwindigkeit, als er mich mit einem Arm hochhob. Im nächsten Moment hatte er mich gegen die Wand gepresst. »Wie zum Teufel bist du in seine Nähe gekommen? Findest du nicht, dass das ein bisschen dumm war?«

Ich hob mein Kinn an. »Jonas, lass mich sofort los, sonst schreie ich wieder.«

Sofort legte er seine Handfläche auf meinen Mund. »Erst wenn du mir antwortest.«

Ich brachte mein Knie hart nach oben und traf seinen Oberschenkel.

Er zuckte nicht einmal zusammen. »Du hast nicht getroffen, Chelby. Sag mir, was ich wissen will. Wie bist du allein in die Nähe dieses Arschlochs gekommen?«

Die Tür öffnete sich. Jonas ließ mich los und ich starrte ihn kühl an, als Sergeant Ragar mit dem vertrauten Servierwagen mit dem Mittagessen hereinkam. Gegrilltes Hähnchen, grüne Bohnen, Apfelspalten und Weizenbrötchen.

Er schaute zwischen uns hin und her. »Habe ich etwas unterbrochen?«

»Nein, Jonas wollte gerade gehen.« Ich verschränkte meine Arme.

Jonas ließ ein angespanntes Lächeln aufblitzen. »Sergeant, wussten Sie, dass Chelby mit dem Gefangenen gesprochen hat?«

Ragars Blick sagte ihm, dass er sich auf dünnes Eis begab. »Ja. Ich war dabei.«

Ein offener Mund, groß genug, um eine Horde Fliegen zu fangen, ersetzte Jonas' Lächeln. »Was? Sie waren *dabei*?«

Ragar nickte. »Dr. Gould auch.«

»Ich verstehe.« Jonas' hübsches Gesicht wirkte ruhig. Seine Maske der lässigen Gleichgültigkeit hatte sich kein bisschen bewegt, aber ich glaubte, einen Muskel in seinem Kiefer zucken zu sehen.

In den dunklen Augen des Sergeants flackerte Belustigung auf. »Wenn du dich fragst, ob Chelby in Sicherheit war, kann ich dir versichern, dass sie es war.« Er schmunzelte. »Du glaubst doch nicht, dass wir sie ohne unsere Anwesenheit einen Gefangenen verhören lassen würden, oder?«

Jonas biss die Zähne zusammen. »Nein, Sir. Das glaube ich nicht.« Er atmete mehrmals tief durch, bevor er wieder sprach, als ob er versuchte, seine Fassung wiederzuerlangen. »Darf ich fragen, warum Chelby ihn verhören konnte, wo doch sonst niemand in unserem Team diese Ausbildung erhalten hat?«

Der Sergeant stellte einen der Teller auf den kleinen Tisch. »Chelby, bitte setz dich und iss. Du wirst deine Kraft für dein Training heute Nachmittag brauchen.«

Gott, ich hatte es so satt, mit verkrampftem Magen zu essen, aber ich wollte Jonas nicht wissen lassen, dass er mich verunsichert hatte. »Danke, Sergeant.«

»Sergeant?«, fragte Jonas leise.

»Ich glaube, Chelby hat gesagt, dass du hier fertig bist, Jonas. Ich werde mit Dr. Gould sprechen und wir werden das gesamte Team später informieren.«

»Ja, Sir.« Jonas straffte die Schultern und stürmte aus dem Raum.

Der Sergeant setzte sich auf den Stuhl mir gegenüber und begann, sein Hähnchen in mundgerechte Quadrate zu schneiden. Er nahm es mit den Formen fast schon penibel genau. Ich hatte noch nie jemanden gesehen, der Fleisch so perfekt schnitt. Ich wettete, sein Zimmer war tadellos, alles an seinem Platz. Ich wettete außerdem, dass er durchdrehen würde, wenn irgendetwas nicht an seinem Platz wäre.

Schließlich stach er in eines der hübschen kleinen Quadrate und nahm einen Bissen. »War zwischen dir und Jonas alles in Ordnung? Muss ich dem jungen Fae Konsequenzen auferlegen?«

Ich hätte Jonas in Schwierigkeiten bringen können, aber das wollte ich nicht. Ich schüttelte den Kopf. »Er macht sich Sorgen um mich. Um ehrlich zu sein, glaube ich, dass die Fae-Attentäter ihm eine Heidenangst machen.«

»Das sollten sie auch.« Seine dunklen Augen färbten sich rot. »Wie ich sehe, bist du nicht die Einzige, die ihre Gefühle sortieren muss. Ich werde mit Dr. Gould über diese neue Entwicklung sprechen.«

Ich öffnete den Mund, um mich für Jonas einzusetzen, aber das stoische Gesicht des Sergeants sagte, dass jegliche Diskussion überflüssig war. Er hatte seine Entscheidung bereits getroffen.

Ich schob meine grünen Bohnen mit der Gabel hin und her, während mich das Elend überschwemmte. Ich wollte nicht schon wieder Unfrieden im Team stiften, schon gar nicht mit Jonas. Wir hatten einen holprigen Start hingelegt, aber jetzt gingen wir in eine andere Richtung. Ich war mir nicht einmal sicher, in welche Richtung. Manchmal, wie vor ein paar Minuten, wollte ich ihn erwürgen. Manchmal wollte ich, dass er mich in den Arm nahm, so wie er es getan hatte, als ich aus der Anlage von Sektor Neun gerettet worden war.

Das war alles so verwirrend.

Der Sergeant deutete mit seiner Gabel auf meinen Teller. »Chelby, du musst dein Essen essen. Nicht damit spielen.«

Unter seinen wachsamen Augen stach ich mit der Gabel in mein aufgeschnittenes Hühnchen und steckte mir ein Stück in den Mund. Ich kaute es mehrmals und hoffte, dass ich nicht viel essen musste, aber ich wurde enttäuscht.

Der Sergeant und ich setzten unser Essen schweigend fort.

»Bist du fertig?«, fragte er.

»Ja.«

»Gut gemacht«, bemerkte er, als er meinen Teller inspizierte.

Ich hatte drei Viertel des Hähnchens, alle grünen Bohnen und die Hälfte der Äpfel aufgegessen. Selbst wenn ich es gewollt hätte, hätte ich keinen weiteren Bissen zu mir nehmen können.

Er stellte unsere Teller auf den Servierwagen und rollte ihn aus dem Zimmer. Während er weg war, ging ich ins Bad und setzte mich anschließend auf mein Bett, um auf seine Rückkehr zu warten.

Die Tür öffnete sich, und ich stand auf und erwartete, Sergeant Ragar zu sehen. Stattdessen betrat mein Onkel, Commander Wyland, den Raum. Das wütende Funkeln in seinen Augen ließ mich zurückweichen.

»Commander? Stimmt was nicht?«

Er zeigte auf meinen Stuhl. »Bitte setz dich.« Seine gebieterische Stimme war klar und deutlich, wie die eines Polizisten, der mich verhören wollte.

Mein Herz schlug mir bis zum Hals und ich schluckte schwer, um es nicht herauszulassen. Ich musterte sein Gesicht, um zu sehen, welche Grenze ich dieses Mal überschritten hatte. Sein Gesichtsausdruck war perfekt gemeißelt wie eine Porzellanstatue und verriet nicht eine einzige Emotion.

Er riss einen der Stühle vom Tisch weg und setzte sich. »Es gibt eine Planänderung.«

Meine Augen weiteten sich, und ich setzte mich pflichtbewusst auf den Stuhl. »Was?« Ich legte eine zitternde Hand auf meine Brust. »Bin ich in Schwierigkeiten?«

Er musterte mich und legte den Kopf schief wie Michael Myers, bevor er jemanden ersticht. Die Spannung zwischen uns wurde immer größer. Der Druck, der sich in meiner Brust aufbaute, verhinderte, dass sich meine Lungen ausdehnten. Mir brach der Schweiß aus und ich wartete darauf, dass er mich in Stücke schneiden würde wie der Sergeant sein Huhn.

Schließlich sprach er. »Du wirst morgens mit mir trainieren und nachmittags mit dem Sergeant.«

Ich stieß einen angestauten Atemzug aus. Seine Ankündigung war nicht so schlimm, wie ich gedacht hatte. Wenigstens wurde ich nicht dazu verurteilt, den Rest meines Lebens im Gefängnis zu verbringen oder vor ein Erschießungskommando gestellt.

Aber irgendetwas stimmte nicht. Das merkte ich an dem Zittern in seiner Stimme. In meinem Nacken kribbelte es, als sich die feinen Härchen aufstellten, und ich sah ihn an. »Mit Ihnen trainieren? Warum?«

Er faltete seine Hände und legte sie auf den Tisch. »Chelby, du hast mich nie gefragt, wie ich die Attentäter, die deine Mutter ermordet haben, besiegt habe. Willst du das nicht wissen?«

Irgendetwas in seinem leisen Tonfall brachte meinen Magen dazu, sich zu verkrampfen. Ich wollte nicht gleich nach dem Mittagessen über den Mord an meiner Mutter sprechen, wenn überhaupt. Meine Mom war gestorben, weil sie mich bekommen hatte. Ich war der Mühlstein an ihrem Hals gewesen, der ihr Leben zerstört hatte.

Ich versteifte mich und ballte meine Fäuste. »Ich dachte, Sie hätten Ihr Schwert oder eine andere Waffe benutzt.«

In seinen Augen flackerte Belustigung auf, als ob ich etwas Dummes gesagt hätte, was mich stutzen ließ.

Er grinste. »So einfach ist das nicht. Sie beherrschen die gleiche Magie wie ich, und es waren fünf gegen einen.«

Ich starrte ihn so hart an, dass er zusammenzuckte und sein Lächeln verlor. »Sie haben gesagt, Sie wären ein Prinz und mächtiger als sie.« Ich konnte die Verärgerung nicht aus meiner Stimme heraushalten. Er spielte mit mir, und ich wollte keine Spielchen spielen. Ich wollte ehrliche Antworten.

»Das ist wahr, aber nicht mit Waffen.« Er lächelte selbstgefällig und breitete die Arme aus. »Mit Glamour.«

Ich öffnete meinen Mund, schloss ihn wieder und stieß einen kleinen Lufthauch aus. »Ich verstehe nicht«, murmelte ich.

»Als ich die Attentäter zur Wohnung deiner Mutter verfolgte, konnte ich nicht als Cyran oder gar als Commander Wyland dort eindringen. Ich musste mich als Attentäter verkleiden. Dann konnte ich sie einen nach dem anderen töten.«

Ich hielt einen zitternden Finger hoch. »Alle bis auf einen.«

»Ja.« Seine blauen Augen verdunkelten sich wie stürmische Meere. »Einer rannte mit eingezogenem Schwanz zu König Ash zurück.« Hitze, Frustration und Wut erfüllten seinen Tonfall, aber auch Bedauern war darin zu hören. Als ob er sich selbst die Schuld dafür gab, dass er den letzten hatte entkommen lassen.

»Mit dem Foto von meiner Mutter?«, flüsterte ich.

Was hatte der König getan, als er das Bild meiner Mutter gesehen hatte? Es eingerahmt? Hatten er und der Attentäter auf ihren Sieg angestoßen? Meine Kehle schnürte sich bei der Vorstellung zu, dass sie mit ihren Gläsern angestoßen und gelacht hatten. Ich presste meinen Kiefer so fest zusammen, dass es wehtat.

Mein Onkel drückte meine zitternde Hand. »Ja. Es tut mir leid, Chelby.«

»Was glauben Sie, was der Attentäter dem König gesagt hat, als er zu ihm zurückgekehrt ist? Wusste er, dass Sie es waren, der den Rest seines Teams ermordet hat?«

Er zuckte mit den Schultern. »Vielleicht. Er wusste nur, dass entweder jemand aus seinem Team abtrünnig geworden war oder dass ein mächtiger Fae Glamour benutzt hatte, um sich als einer von ihnen auszugeben.«

»Hätten sie nicht gewusst, dass Sie es waren?«

»Nicht unbedingt. Es gibt Fae von anderen Höfen und sogar innerhalb des Blütenhofs, die das getan haben könnten. König Ash hat viele Feinde.« Er tippte mit einem Finger auf seine breite Brust. »Ich bin nur einer von ihnen.«

Ich verengte meine Augen. »Und ich.« Es juckte mich in den Fingern, dem König den Hals umzudrehen, bis er wie ein Huhn krächzte.

Er legte seine Handflächen auf den Tisch. »Glamour ist eine Form der Magie. Sowohl Fae als auch Vampire besitzen sie.«

»Also kann Justice Glamour verwenden?« Mein Tonfall wurde vor Verwunderung und Erwartung leiser.

»Ja. Seit du in der Haftanstalt bist, unterrichte ich ihn.« Er grinste schelmisch. »Er hat die unheimliche Fähigkeit, die Ängste von Leuten anzuzapfen und ihnen zu zeigen, wovor sie am meisten Angst haben.«

Ich zog eine Augenbraue hoch. »Wirklich? Wie?«

»Gestern hat er zum Beispiel seinen Glamour bei Kog eingesetzt und ihn glauben lassen, dass dem PSK das Essen ausgegangen sei.« Er schmunzelte. »Der arme Ork geriet in pure Panik.«

Armer Kog! Ich runzelte die Stirn. »Was ist dann passiert?«

»Kog durchwühlte die Cafeteria. Obwohl die Speisekammer komplett mit Backwaren und Konserven gefüllt war und der Kühlschrank reichlich Fleisch, Obst und Gemüse enthielt, geriet er in Panik und riss die Schränke fast auseinander.«

Ich keuchte und schlug mir die Hand vor den Mund. »Was ist passiert? Waren die Köche nicht sauer?«

»Stinksauer.« Er gluckste. »Zum Glück hat der Glamour nur eine Viertelstunde angehalten.«

Ich warf meinen Kopf zurück und lachte. »Ich wette, Kog war wütend auf Justice.«

»Ich habe noch nie einen Vampir gesehen, der so schnell rennt.«

Mein Lachen erstarb. Ich seufzte sehnsüchtig, da ich mein Team vermisste. »Ich wünschte, ich hätte es sehen können.«

»Das wirst du.« Er drückte sanft meine Hand. »Du wirst nicht ewig hier drinbleiben.«

Ich schenkte ihm ein dankbares Lächeln. »Danke.« Ich richtete mich auf, als mich die Aufregung überkam. »Glauben Sie, dass ich das auch schaffen werde?«

»Deshalb bin ich hier, Mädchen.« Er zwinkerte mir zu. »Ich wäre nicht hier, wenn ich nicht glauben würde, dass du es schaffst.«

Seine freundlichen Worte schürten ein Feuer der Entschlossenheit in meinem Bauch. »Also, wie beschwört man den Glamour?«

Er legte eine Hand auf seine Brust. »Die Macht ist hier und in deinem Kopf.« Er deutete auf seine Schläfe. »Du musst an eine angenehme Erinnerung denken. Das hilft dir, deinen Glamour zu beschwören.«

Ich nickte eifrig, weil ich es unbedingt lernen wollte.

»Um aus dem Glamour zu schöpfen, musst du ruhig sein, denn es erfordert Konzentration. Wenn du nicht ruhig bist, wirst du nicht in der Lage sein, mit deinem Glamour in Kontakt zu treten.«

Er erwartete das Unmögliche. »Anscheinend muss ich immer ruhig sein, egal, was ich tue.« Verbitterung und Frustration überzogen jedes meiner Worte.

»Das stimmt. Sonst geht deine Magie daneben oder du kannst sie einfach nicht beschwören.« Sein kühler Ton machte jede Hoffnung zunichte, dass ich diese Fähigkeit beherrschen könnte.

Ich dachte an meine Mutter und ihre Mörder. Wenn ich ihnen begegnete, würde ich in die Luft gehen und versuchen, sie mit bloßen Händen zu zerfetzen. »Wie konnten Sie ruhig bleiben und sich als Attentäter ausgeben, als meine Mutter ermordet wurde? Waren Sie nicht wütend?«

»Natürlich war ich das, aber ich konnte mich nicht davon beherrschen lassen. Wenn ich das getan hätte, hätten sie mich umgebracht.«

Ich fuhr mit den Fingern durch mein Haar. »Aber wie, Onkel? Ich weiß nicht, wie.«

Sein liebevoller Blick brachte mein Herz zum Schmelzen. »Ich muss dir sagen, dass ich schon so lange darauf warte, dass du mich so nennst.«

Die Spannung in meinen verkrampften Muskeln löste sich und ich blinzelte die Tränen weg. »Du weißt nicht, wie sehr ich ...« Meine Stimme brach. »Wie sehr ich jemanden wollte, der wirklich meine Familie ist.«

»Chelby, du hast viele Menschen, die sich um dich sorgen. Darauf musst du dich verlassen, und nicht auf deine Vergangenheit.«

Ich sackte in meinem Stuhl zusammen und verschränkte meine Arme. »Wie kann ich meine Vergangenheit vergessen? All diese Erinnerungen kommen immer wieder zurück, und sie sind alle schlecht.«

»Du musst dir selbst vertrauen, um dein Schicksal zu erfüllen.«

Ich hätte ihn am liebsten erwürgt. »Wie? Das sind doch nur Worte.« Ich biss die Zähne zusammen und warf meine Arme hoch. »Ich weiß nicht mal, was mein Schicksal ist.«

Abgesehen davon, in die Luft gesprengt zu werden wie der blaue Drache.

Mein Onkel griff in seine Tasche und zog eine silberne Kette mit einem funkelnden lila Stein heraus, der von glitzernden Diamanten umgeben war. Sie musste ein Vermögen wert sein. »Die gehörte deiner Mutter.« Er reichte sie mir. »Sie hat mir gesagt, dass sie immer wollte, dass du sie bekommst.«

Ich hatte Tränen in den Augen, als ich die Kette in meiner zitternden Handfläche hielt. »Sie ist … sie ist wunderschön. Was ist das für ein Stein?«

»Ein lila Saphir. Deine Mutter war ein Orakel, Chelby.« Er gestikulierte in Richtung des Anhängers. »Sie kanalisierte ihre Visionen durch den Stein.«

Ich runzelte die Stirn. »Du meinst, sie war eine Hellseherin?«

»Ja, und zwar eine sehr mächtige. Sie hat deine Zukunft vorausgesagt und gesagt, dass du eine gerechte Königin sein würdest. Du würdest den Waldlandhof und den Blütenhof zusammenführen, etwas, das wir seit Jahrhunderten nicht mehr hatten. Deshalb habe ich auf den Thron verzichtet.«

Gar kein Druck. Aber was, wenn sie sich geirrt hatte?

Ich drückte die Halskette fest an mich. »Du hast ihn meinetwegen aufgegeben? Du hättest als König so viel tun können. Du hättest die Attentäter kontrollieren und den ganzen Wahnsinn stoppen können.«

Er legte seine Handfläche über meine Faust. »Ich habe deiner Mutter einen Eid geschworen, Chelby. Ihre Visionen waren immer wahr. Sie sagte, ich würde dir nicht helfen können, dein Schicksal zu erfüllen, wenn ich König werde, und ich habe ihr geglaubt. Ich habe ihr immer geglaubt.« Er schenkte mir ein zärtliches Lächeln. »Das solltest du auch.«

8

Ich starrte meinen Onkel ungläubig an. Er hätte den Blütenhof regieren und den derzeitigen König stürzen können. Er hatte sein Geburtsrecht für mich aufgegeben. Und das alles nur wegen mir.

»Warum dachte sie das? Was genau hat sie gesehen?«

»Sie sagte mir, dass du unsere Welt verändern wirst. Ich kann dir auch sagen, dass sie und dein Vater dich sehr geliebt haben. Dein Vater glaubte an die Visionen deiner Mutter, genau wie ich. Es wird Zeit, dass du auch an sie glaubst.« Seine Stimme war so leise, dass ich ihn kaum hören konnte.

Ich öffnete meine Handfläche und starrte den Stein an, der seine Farbe zu verändern schien. »Wie hat meine Mutter diesen Stein benutzt? Wenn ich ihn berühre, kann ich dann auch Dinge sehen?«

»Ich weiß es nicht. Versuch es und schau, was passiert.«

Ich holte tief Luft und umklammerte die Halskette.

Zeig es mir, flüsterte ich in Gedanken.

Ein Kribbeln überkam mich, aber ich hatte keine Visionen.

Bleib ruhig. Bleib ruhig. Bleib ruhig.

Mich erwartete nur bittere Enttäuschung. Ich war nicht wie meine Mutter.

Ich öffnete meine Augen und atmete tief durch. »Es ist nichts passiert.« Ich konnte das Elend in meiner Stimme nicht unterdrücken.

»Chelby, deine Mutter war eines der größten Orakel, die je gelebt haben. Nicht viele Fae besaßen die Macht, die sie hatte, aber sie sagte, du würdest noch mächtiger sein als sie.« Er zog eine Augenbraue hoch. »Du hast doch wohl nicht geglaubt, dass du es gleich beim ersten Versuch schaffen würdest, oder?«

»Nein. Natürlich nicht.«

Er betrachtete mich skeptisch.

Meine Wangen erröteten und ich wich seinem Blick aus. »Okay, vielleicht doch. Du hast gesagt, ich sei mächtig.«

»Macht braucht Zeit, und ich glaube, das Erste, was wir tun werden, ist …« Er stand vom Tisch auf. »Dir diese wunderschöne Halskette anzulegen.« Er ging um mich herum und hielt mir eine Handfläche hin. »Darf ich?«

Ich lächelte zu ihm hoch. »Ja, bitte.«

Er legte mir die Halskette um den Hals, sodass der warme Stein über meinen Brüsten lag. Ich umklammerte den Edelstein und dachte an meine Mutter. Sie hatte an mich geglaubt. Ich war zwar bei Pflegeeltern aufgewachsen, aber sie war immer da gewesen, ganz nah und doch unsichtbar. Auch mein Onkel war immer da gewesen, um mich zu beschützen. Mir war nicht bewusst gewesen, dass es Menschen gab, die mich so sehr liebten.

»Bist du bereit, anzufangen?«

Ich straffte meine Schultern. »Das bin ich.«

Er setzte sich mit gekreuzten Beinen auf den Boden. »Dann setz dich zu mir.«

Ich ließ mich mit dem Gesicht zu ihm nieder und wartete geduldig. Irgendwie hatte mir die Halskette meiner Mutter Mut gemacht. Auch wenn es falscher Mut war, gab er mir, was ich brauchte.

Mein Onkel legte die Handrücken auf seine Knie und ich machte es ihm nach.

»Wie ich schon sagte, kommt Glamour aus deinem Herzen und aus deinem Verstand. Sieh es als einen Muskel, den du bisher noch nicht benutzt hast. Deshalb musst du klein anfangen.«

Ich blinzelte. »Klein? Was meinst du damit?«

»Wir fangen damit an, deine Haarfarbe zu ändern. Denk an die Farbe, die du gerne hättest, und stell sie dir dann vor. Blende alles andere aus.«

Als ich darüber nachdachte, fühlte sich der Stein auf meiner Brust wärmer an, als ob Sonnenstrahlen in ihm glühten. »Ich werde –«

Er hielt eine Hand hoch. »Sag es mir nicht. Versuch es einfach.«

Ich schloss meine Augen und dachte an nichts anderes als an den Stein. An seine wunderschöne violette Farbe und wie hübsch ich aussehen würde, wenn sich meine blonden Locken dunkelviolett färben würden.

Etwas Weiches flatterte in meiner Brust, und mein Kopf kribbelte.

Der Commander lachte. »Sag mal, Chelby. Wolltest du, dass deine Haare zu deiner Halskette passen?«

Meine Augen flogen auf. »Hab ich es geschafft? Wirklich?«

Er gestikulierte in Richtung Badezimmer. »Sieh es dir selbst an.«

Ich sprang auf und rannte ins Bad. Mein Haar hatte auf der linken Seite lila Strähnen, aber die andere Seite war schimmernd blond wie immer.

Mein Onkel trat hinter mich und zupfte an einer meiner lila Strähnen. »Ich finde, das war ziemlich gut für einen ersten Versuch. Richtig erfolgreich wirst du sein, wenn du dein ganzes Haar lila färbst. Dein Glamour muss perfekt sein, wenn du etwas an dir veränderst.« Er ließ die Haarsträhne los und legte seine Hände auf meine Schultern. »Sonst könnten Fae, andere Übernatürliche oder sogar Menschen deine Tarnung durchschauen.«

»Und was mache ich jetzt?«

Er lachte. »Was sonst? Üben. Wie lautet das alte menschliche Sprichwort? Übung macht den Meister?«

Ich starrte sein Spiegelbild an. »Ich hatte schon befürchtet, dass du das sagen würdest.«

Er nahm seine Hände von meinen Schultern und verließ das Badezimmer. »Komm zurück und wir versuchen es noch einmal, aber dieses Mal möchte ich, dass du die lila Strähnen loswirst.«

Ich folgte ihm, fest entschlossen, die Streifen wieder in meine goldenen Strähnen zu verwandeln.

Mehrere Stunden lang versuchte ich mit all meiner Kraft, meine Haare wieder zu verändern. Schließlich kehrte das Kribbeln zurück, und mein Haar färbte sich wieder normal.

Mein Onkel stand auf und streckte eine Hand aus. »Ich glaube, du hattest einen langen Tag, Chelby. Wir machen für heute Schluss. Morgen machen wir weiter.«

Er zog mich auf meine Füße.

Ein paar Minuten, nachdem er gegangen war, kam Dr. Gould mit dem Abendessen. Prime Rib, halb durchgebraten, Meerrettich, Ofenkartoffeln mit Käse, Sauerrahm und Speck und ein knackiger Salat mit Äpfeln.

Bei diesem Anblick lief mir das Wasser im Mund zusammen. »Das sieht toll aus. Prime Rib, ernsthaft?«

»Ich finde, du hast dir eine Belohnung verdient. Du hast dich gut geschlagen.« Er stellte die Teller vom Servierwagen auf den kleinen Tisch.

Ich setzte mich eifrig hin. »Was bekommt Brody zu essen?«

Er runzelte die Stirn. »Brot und Wasser sind gut genug für jemanden wie ihn.«

Mir fiel die Kinnlade herunter. Ich starrte mein Essen an und Schuldgefühle schossen durch meine Brust, als ich an den armen Brody dachte. »Ernsthaft?«

Sein Stirnrunzeln verwandelte sich in ein neckisches Lächeln. »Nein, wir sind nicht so barbarisch wie die Menschen. Er bekommt das gleiche Essen wie wir.«

Ich stieß einen Seufzer der Erleichterung aus. Wenn er das mit dem Brot und dem Wasser ernst gemeint hätte, wäre ich nicht in der Lage gewesen, auch nur einen Bissen von meinem Prime Rib Steak zu essen. »Hat er noch weitergeredet, nachdem ich weg war?«

Er streute Meerrettich auf sein Steak. »Nein, aber ich habe eine Delegation zum Rat der Übernatürlichen geschickt, um zu sehen, was sie wissen.«

Ich schluckte ein Stück Rindfleisch herunter, von dem ich schwor, dass es in meinem Mund zerging. »Werden Sie ihnen sagen, was Brody gesagt hat?«

Irgendwie schien das keine gute Idee zu sein. Brody hätte keine Chance, und wir wussten immer noch nicht, ob er ein Spion war oder nicht. Dem zufolge, was ich über den Rat wusste, würden sie erst schießen und dann Fragen stellen.

»Nein. Noch nicht. Dein Team fliegt in zwei Wochen nach Schottland.«

»Was ist mit dem Drachenring, den er trägt? Könnte er magisch sein? Ich weiß, dass Sie das nicht glauben, aber ich habe so ein Gefühl bei diesem Ring.«

»Ich habe keine Magie gespürt, aber er wollte sich einfach nicht von seinem Finger lösen, was mich beunruhigt. Manchmal wird ein Zauber verwendet, um einen Ring oder ein anderes Schmuckstück immer am Träger zu halten. Auf diese Weise wird die Magie verborgen.«

Ich rutschte auf meinem Stuhl hin und her. »Glauben Sie, der Ring ist magisch?«

Er schüttelte den Kopf. »Nicht unbedingt. Es könnte etwas ganz anderes sein, vielleicht etwas, das Sektor Neun erfunden hat. Eine Waffe oder ein Kommunikationsgerät, in das wir nicht eindringen können.«

Ich wickelte eine Haarsträhne um meinen Finger. »Glauben Sie, er kann damit die Attentäter kontaktieren?«

Er zuckte mit den Schultern. »Ich bin mir nicht sicher. Eines der Ziele dieser Mission ist es, herauszufinden, wie sie miteinander in Kontakt treten, und ich glaube nicht, dass das über Handys geschieht. Die können leicht zurückverfolgt werden.«

Ich räusperte mich und befeuchtete meine Lippen. »Werde ich mitkommen dürfen?«

»Vielleicht. Du machst Fortschritte, Chelby. Wir werden sehen.« Er deutete mit seiner Gabel auf meinen Teller. »Iss, bevor es kalt wird.«

Mein Magen knurrte und ich stürzte mich auf mein Steak. Keiner von uns beiden sprach, während wir aßen.

»Wie ich sehe, hat der Commander dir die Halskette seiner Schwester geschenkt. Er hat sie sehr geschätzt.«

Gespannt sah ich ihn an. »Glauben Sie, ich werde auch mal ein Orakel wie meine Mutter?«

»Wenn du ein Orakel bist, wird der magische violette Saphir dir das offenbaren. Sobald ein Orakel zum ersten Mal Visionen hat, hilft der Saphir, sie zu kanalisieren. Commander Wyland sieht das jedoch nicht so. Er glaubt, dass dein Weg in eine andere Richtung führt. Deine Kräfte schlummern schon viel zu lange, Chelby. Wenn du etwas von deiner Angst loslässt, werden wir sehen, wozu du fähig bist. Und ich sage voraus, dass du Großes vollbringen wirst.«

Sein Vertrauen in mich erwärmte mein Herz und machte mich demütig. Meine Zunge fühlte sich dick an und ich konnte keine Worte finden. Wir unterhielten uns noch eine Stunde lang über belanglose Dinge, bis das Essen weg war.

Dr. Gould räumte den Tisch ab. »Es ist schon spät, Chelby. Schlaf gut. Morgen steht dir wieder ein anstrengender Tag bevor.«

Er ging und schloss die Tür – oder sollte ich sagen, verschloss sie. Ich fragte mich, wie viele Menschen außer Brody und mir noch im Therapiezentrum waren. In der völligen Stille, die folgte, kroch die Einsamkeit zurück in mein Herz. Ich wollte raus aus diesem Hotelgefängnis, aber der einzige Weg dorthin war, zu beweisen, dass ich nicht gefährlich war.

Mein Bauch wölbte sich vom Abendessen und ich konnte den Meerrettich auf meinen Lippen schmecken. Meine Augen wurden müde und mein Muskelkater pochte, aber es fühlte sich gut an. Das Bett sah definitiv einladend aus. Ich duschte schnell und schlüpfte in meinen Schlafanzug. Als ich ins Bett kroch, überkam mich die Müdigkeit und ich schlief ein, sobald mein Kopf das weiche Kissen berührte ...

Jemand küsste mich sanft auf die Stirn.

»Auf Wiedersehen, Chelby.«

Meine Augen flogen auf. Ich befand mich in einem großen Raum mit fünf oder sechs Einzelbetten, in denen Kinder schliefen. Das Mondlicht fiel durch das Fenster und ich konnte die Berge in der Ferne sehen. Ich glaube, ich war etwa sechs oder sieben Jahre alt.

Die blonde Frau beugte sich über mich. Traurigkeit schimmerte in ihren kornblumenblauen Augen.

»Wo gehst du hin?« Ich umklammerte meinen lila Drachen und setzte mich im Bett auf, wobei mir meine blonden Haare in die Augen fielen.

Die blonde Frau schloss ihre Hand um den violetten Stein um ihren Hals. Bis jetzt hatte ich nie viel darüber nachgedacht, aber das Juwel funkelte im Mondlicht und warf Lichtflecken an die dunklen Wände.

Sie schob mein Haar hinter meine Ohren. »Ich muss dich verlassen. Meine Zeit ist gekommen.«

Ich drückte ihre Hand fest. »Was meinst du? Ich will nicht, dass du gehst. Wer wird sich um mich kümmern?«

»Du wirst das überleben, Kleines. Ich habe Vertrauen in dich. Ich werde aus der Ferne zusehen, wie du dein Schicksal erfüllst.«

Ich runzelte die Stirn. »Was ist Schicksal?«

»Das wirst du lernen, wenn du älter bist. Denk daran, dass du die Macht hast, alle zusammenzuführen. Du wirst auf deinem Weg Freunde finden, und gemeinsam werdet ihr unsere Welt verändern.« Sie küsste mich erneut. »Vergiss nicht, dein Vater und ich werden immer bei dir sein.«

»Daddy?«

»Auf Wiedersehen, Kleines.«

Ich brach in Tränen aus und griff nach ihr. »Verlass mich nicht.«

Ihre Hand glitt aus meiner zitternden Hand. Sie eilte zur Tür und schloss sie hinter sich.

Ich wachte schweißgebadet und schluchzend auf, während ich den Anhänger umklammerte und mich unter der Bettdecke hin und her warf. Meine Brust flatterte und etwas brannte in ihr. Rauch entwich aus meiner Nase und wirbelte um mein Bett wie ein geheimnisvoller Nebel.

Zum Glück schlossen sich ihm keine Flammen an.

Dunkelheit erfüllte den Raum. Ich griff hinüber und schaltete meine Lampe ein. Mein kleiner lila Drache lag auf dem Boden. Ich packte ihn und vergrub mein Gesicht in seinem Fell.

»Mom ... Mom.« Mein Herz brach.

Oh, Mist. Sie war ein Orakel. Sie hatte gewusst, wann sie sterben würde. Sie hatte gewusst, dass die Attentäter kommen würden.

Und sie hatte mich verlassen.

Ich drückte kurz die Augen zu, setzte mich dann auf und schlang meine Arme um meine Knie. Meine Mutter hatte gesagt, sie wisse, dass ihre Zeit gekommen sei. Die feinen Haare in meinem Nacken stellten sich auf, und eine Gänsehaut lief mir über die Arme. Mein Herz schmerzte. Jeden Moment würde es in Millionen Stücke zerspringen, so wie der blaue Drache es getan hatte.

Ich dachte an den Drachen. Er musste mein Vater sein. Warum wollte mir niemand die Wahrheit sagen? Er hatte etwas Geheimnisvolles an sich, so wie meine Mutter etwas Besonderes an sich gehabt hatte.

Ich wünschte, mein Team wäre hier. Ich musste mit ihnen reden. Mit jedem von ihnen, aber besonders mit Jonas. Er war so rätselhaft. Manchmal war er ein egoistischer Tyrann, und manchmal war er zärtlich und gab mir ein Gefühl der Sicherheit.

Ich wollte, dass er mich in den Arm nahm und mir sagte, dass alles gut werden würde, aber ich war mir nicht sicher, ob er es mitten in der Nacht hier hereingeschafft hätte, selbst wenn er es wollte.

Ich war allein.

Dr. Gould, Sergeant Ragar, mein Onkel und jetzt auch meine Mutter hatten Vertrauen in mich. Sie glaubten, dass ich etwas Besonderes an mir hatte, das die übernatürliche Welt oder zumindest den Blütenhof verändern konnte.

Ich musste nur die Hand ausstrecken und danach greifen.

Tränen liefen mir über die Wangen, als ich meinen Anhänger umklammerte. »Mom, ich verspreche dir, ich werde dich nicht enttäuschen. Du bist nicht umsonst gestorben. Ich werde mein Schicksal erfüllen.«

Ich hätte schwören können, dass der Anhänger in meiner Handfläche vibrierte.

Sie hörte zu.

Und vielleicht würde ich sie und meinen Vater stolz machen.

9

Als ich aufwachte, umarmte ich immer noch meinen Drachen und hielt meinen Anhänger fest. Ich hatte keine Ahnung, wie spät es war, aber ich nahm an, dass entweder Dr. Gould oder mein Onkel bald hier sein würden. Ich sprang aus dem Bett und zog mir einen weiteren Satz komplett rosafarbener Trainingsklamotten an.

Vielleicht konnte ich Dr. Gould erklären, dass es Kleidung in anderen Farben als Rosa gab.

Ich setzte mich auf den Boden und ließ meinen Nacken knacken. Ich umklammerte meinen Anhänger, atmete tief ein und aus und füllte mein Zwerchfell mit jedem Atemzug.

Eine weitere Erinnerung schoss mir durch den Kopf, aber diese tat nicht weh. Sie war friedlich und erfüllte mein schweres Herz mit Glück. Sanfte, mit Disteln bewachsene Hügel, zwitschernde Vögel, Füchse, die sich in einem Bau versammelt hatten. Ich konnte die Frühlingsluft riechen und spüren, wie das Sonnenlicht mein Gesicht wärmte.

Ich dachte an die Zeiten, in denen meine Mom mit mir getanzt und mich lachend durch die Luft gewirbelt hatte.

Das größte Lächeln, das ich seit Monaten zustande gebracht hatte, brach über mein Gesicht herein.

»Was grinst du so, Chelby?«

Meine Augen flogen auf, und ich sprang keuchend zurück.

Mein Onkel stand in der Nähe der Tür und schaute mich neugierig an. Ich hatte weder gehört, wie die Tür geöffnet worden war, noch hatte ich den French Toast und den Speck gerochen, den er hereingeschoben hatte.

Röte kroch über mein Gesicht, als ich vom Boden aufstand. »Tut mir leid, ich hab dich nicht reinkommen hören.«

»Das kann ich sehen. Du hast sehr glücklich ausgesehen. Ich habe dich noch nie so lächeln sehen.« Er ging zum Tisch hinüber, stellte zwei Teller mit French Toast und Speck vor die Stühle und schenkte dann zwei Tassen Kaffee ein.

Ich ließ mich auf den Stuhl ihm gegenüber gleiten. »Danke. Das sieht alles köstlich aus.«

»Hattest du eine Erinnerung? Es muss eine glückliche Erinnerung gewesen sein.«

»Nicht wirklich eine Erinnerung, aber ich habe mich daran erinnert, dass wir auf dem Land lebten und sie mich herumwirbelte.«

Er betrachtete mich über den Rand seines Bechers. »Deine Eltern und ich haben es geliebt, dich herumzuwirbeln.«

»Wirklich?«, fragte ich in einem singenden Tonfall.

Seine Wangen färbten sich leuchtend rosa und ich musste mir ein Lachen verkneifen.

Er räusperte sich. »Deine Eltern hatten ein Landhaus in Schottland, weit weg vom Blütenhof. Ich habe es mit Hilfe von Glamour vor dem Hof versteckt ...« Er senkte den Blick auf seinen Teller. »Leider ...« Seine angestrengte Stimme verstummte.

»Haben sie uns gefunden«, beendete ich. »Commander, der blaue Drache war mein Vater, nicht wahr?«

»Ich kann das weder bestätigen noch dementieren. Es steht mir nicht zu, dir das zu sagen.«

Ich starrte ihn an. »Hat das irgendetwas mit Dr. Gould zu tun?«

Er goss Sirup über sein Frühstück. »Du hast deinen French Toast noch gar nicht angerührt.«

Verdammt nochmal, sag es mir! Wenn ich eine Teekanne wäre, wäre mir Dampf aus Ohren und Nase geströmt, aber irgendwie schaffte ich es, die Kontrolle nicht zu verlieren.

Ich nahm meine Gabel in die Hand und schnitt in meinen mit Butter getränkten French Toast.

Er runzelte die Stirn. »Du magst keinen Sirup?«

»Ich bevorzuge nur Butter. Sirup und Kaffee zu mischen, ist nichts für mich.«

»Hmm. Interessant. Dein Va- « Er hielt plötzlich inne und trank seinen Kaffee aus.

Ich hob eine Augenbraue. Er hatte etwas über meinen Vater sagen wollen. Okay, jetzt wusste ich eine Sache: Dad mochte es auch nicht, Sirup und Kaffee zu mischen. Juhu. Das war wenigstens ein Anfang.

Er stellte seinen Teller zurück auf den Servierwagen. »Bist du fertig?«

»Ja, danke.«

»Ich räume das Geschirr ab. Ich möchte, dass du deinen Glamour übst. Denk dran, wir färben nur die Haare.«

»Ich weiß.« Ich setzte mich auf den Boden und dachte an diese schöne Erinnerung. Ich schloss meine Augen und konnte die süßen, moschusartigen lila Disteln fast riechen. Ich atmete mehrere Male ein und aus.

»Chelby, mach die Augen auf.«

Als ich ihn ansah, grinste er dümmlich vor sich hin.

»Was?«

Er nickte in Richtung des Badezimmers. »Geh nachsehen.«

Ich rannte so schnell ich konnte ins Bad und quietschte. Mein blondes Haar war jetzt hellviolett. »Oh mein Gott.« Ich fuhr mit den Fingern durch mein Haar. »Ja!« Ich hob triumphierend eine Faust. »Es hat geklappt. Ich bin so aufgeregt.«

»Sehr gut. Was war anders als beim letzten Mal?«

Ich hörte auf, an meinen lila Haaren herumzufummeln und ließ meine Arme sinken. »Zum ersten Mal hatte ich eine tolle Erinnerung, die mich glücklich statt traurig gemacht hat. Ich konnte sogar die Disteln riechen.«

»Also, was sagt dir das?«

Ich runzelte die Stirn und kratzte mich an der Schläfe. »Ich brauche eine positive Erinnerung, damit ich meinen Glamour beschwören kann?«

»Nicht unbedingt eine positive Erinnerung, aber du musst deine Wut und alle anderen negativen Gefühle loslassen.« Er hob eine dünne Haarsträhne an und ließ sie fallen. »Das beweist es.«

Ich biss mir auf die Lippe und dachte an meinen Traum. »Commander, ich habe noch eine Frage zu meiner Mutter.«

»Frag ruhig.«

»Bedeutet ein Orakel zu sein, dass man seinen eigenen Tod sehen kann?«

Er verkrampfte sich, trat einen Schritt vom Spiegel zurück und drehte den Kopf, als ob er nicht wollte, dass ich den Aufruhr in seinen Augen sah. »Du hattest wieder einen Traum, nicht wahr?«

»Ja.«

Er trat aus dem Badezimmer. Sein Körper blieb angespannt, wie ein Raubtier, das zum Angriff bereit ist.

Ich folgte ihm, blieb aber auf Abstand, während er sich abmühte, seine Fassung wiederzuerlangen.

»Commander?«

»Sie wusste, wie sie sterben würde.« Seine tiefe Stimme klang wie Sandpapier auf einem Brett.

»Wissen alle Orakel, wie sie sterben werden?«

Schließlich drehte er sich um und sah mich an. »Leider ist das der Preis, den sie dafür zahlen, dass sie in die Zukunft sehen können. Sie konnte den Tod von jedem sehen, aber sie hat nie jemandem gesagt, wie er sein Ende findet.«

»Hat sie dir gesagt, wie sie sterben wird?«

Sein Augenwinkel zuckte und sein Gesicht spannte sich an. »Deine Mutter und ich standen uns sehr nahe, aber dieses Geheimnis hat sie mit ins Grab genommen.«

Das passte nicht zusammen. »Du hast gesagt, du warst in ihrer Wohnung.«

»Das war ich.« Er rieb sich das Gesicht, dann setzte er sich zurück auf seinen Stuhl und kippte ihn fast um. »Ich habe dich an diesem Tag besucht, Chelby. Ich weiß, dass du dich nicht mehr daran erinnerst, aber du hast mir erzählt, was sie gesagt hatte, und ich wusste, was es bedeutete.« Er vergrub sein Gesicht in seinen Händen. »Aber ich kam zu spät. Deine Mutter hat immer gesagt, dass man das Schicksal nicht ändern kann.«

Ich konnte mir nicht vorstellen, zu wissen, wann man sterben würde. Es musste furchtbar sein. Zu wissen, was einem bevorstand, zu wissen, wann die, die man liebte, sterben würden, zu wissen, dass man es nicht verhindern konnte. Das war kein Geschenk. Das war ein Fluch, den ich nicht wollte.

Er ließ die Hände sinken und verschränkte die Finger auf dem Tisch. »Chelby, ändere deine Haarfarbe wieder.«

Ich setzte mich wieder auf den Boden, war mir aber nicht sicher, ob ich das schaffen würde, während ich über den Fluch meiner Mutter nachdachte.

Als ob er erraten hätte, was mir durch den Kopf ging, fing mein Onkel meinen besorgten Blick auf. »Im Einsatz wirst du viele Emotionen erleben, besonders, wenn du angegriffen wirst oder einer deiner Teamkollegen in Gefahr ist. Du musst dich auf deine Fähigkeit besinnen, ruhig zu bleiben. In diesem Raum zu sitzen ist einfach. Hier hast du keinen Druck.«

Er hatte Recht. Ich atmete tief ein und schloss die Augen. Ich versuchte, nicht an meine Mutter zu denken, aber sie kam immer wieder zurück.

Nichts passierte.

Kein einziges Kribbeln.

Dann dachte ich an Frühlingsregen, süßes Gras und ein hübsches Gesicht. Jonas' neckisches Lächeln.

Eine Gänsehaut überkam mich und meine Fingerspitzen kribbelten. Empfindungen rollten meine Arme hinauf, und ich schwöre, ich spürte, wie Wind über mein Gesicht wehte.

»Du wirst immer besser, Chelby.«

Ich öffnete meine Augen. Im Blick des Commanders blitzte Anerkennung auf. »Du lernst schneller, als ich erwartet habe. Außerdem hattest du einen beunruhigenden Traum und hast das Gebäude nicht niedergebrannt.«

»Wirst du Dr. Gould bitten, mich rauszulassen?« Ich hielt den Atem an.

»Wir werden sehen.« Er schaute auf seine Uhr. »Ich muss mich auf einen Kurs vorbereiten. Wir sehen uns bald wieder.«

Er verließ mein Zimmer mit dem Servierwagen und ich hoffte, Dr. Gould würde es sich anders überlegen und mich aus dem Gefängnis lassen.

Ich streckte mich, während ich darauf wartete, dass Sergeant Ragar kam und mich für einen weiteren anstrengenden Tag abholte. Ich brauchte nicht lange zu warten.

»Bist du bereit?« Der Sergeant stand in der Tür. »Wir werden zuerst zum Schießstand gehen. Ich habe deinen Bogen und Köcher.«

Ich nickte. »Ja, bin ich. Legen wir los.«

»Gut.«

Ich folgte ihm aus meiner kleinen Zelle und den Korridor entlang zu einer Tür, die zu einem Schießstand führte, der nicht nur auf Gewehre, sondern auch auf Bögen ausgelegt war.

»Der ist ja riesig.«

Er hob meinen Bogen und meinen Köcher auf. »Mal sehen, wie du dich machst.«

Der Bogen fühlte sich in meinen Händen perfekt an. Ich zog einen Pfeil aus dem Köcher.

Sergeant Ragar sagte kein Wort, als ich die Sehne zurückzog. Ich kniff die Augen zusammen und ließ den Pfeil los.

Zing.

Meine Augen weiteten sich. Ich hatte einen Volltreffer gelandet.

»Beeindruckend. Sehr beeindruckend.« Er deutete auf das Ziel. »Mach das nochmal.«

Jedes Mal, wenn ich einen Pfeil abfeuerte, traf ich genau ins Schwarze. Ich konnte meine Freude nicht verbergen.

Sergeant Ragar rieb sich das Kinn. »Sieht aus, als wärst du eine begabte Bogenschützin, aber mal sehen, wie du dich im Nahkampf schlägst.«

Mein Lächeln verblasste. Ich war in Schlägereien an der Schule verwickelt gewesen, aber das war nichts im Vergleich zu einem echten Kampf.

Er führte mich aus dem Raum. Wir gingen den Flur entlang und in die Sporthalle. Ich konnte nicht umhin, mich über Brody zu wundern. Er war so nah und doch so fern. Ich wollte ihn nach dem Ring fragen. Was, wenn er magische Kräfte hatte, wie der Anhänger meiner Mutter?

In der Sporthalle lehnte Ragar sich an die Wand. »Du kennst das Programm. Sieht aus, als hättest du dich schon genügend gedehnt, also lauf zehn Runden.«

Ich wollte kein Seitenstechen bekommen, also hielt ich ein gleichmäßiges Tempo und joggte um die Bahn. Sergeant Ragar beobachtete mich ein paar Minuten lang, bevor er zu einer Tür ging, die zu einer Vorratskammer führte, und anfing, Gegenstände herauszuholen. Ich beendete meine Runden und ging dann zu ihm auf den Hartholzboden in der Mitte des Raumes. Er hatte sich Schienbeinschoner und etwas angezogen, das wie dicke weiße Ofenhandschuhe aussah.

»Was sind das für Dinger an Ihren Händen?«, fragte ich ihn.

»Sparring-Handschuhe. Wir werden heute nicht die Boxsäcke benutzen. Ich will, dass du zutrittst und auf meine Hände zielst.«

Ich schaute von seinen Ofenhandschuhen zu seinem Gesicht. Was, wenn ich ihn verfehlte und ihm eine Ohrfeige verpasste? Ich wollte nicht ewig in einem verschlossenen Hotelzimmer bleiben. »Sind Sie sicher?«

Er grinste. »Mach dir keine Sorgen. Du wirst mir nicht wehtun.« Seine dunklen Augen färbten sich rot. »Vergiss nicht, ich bin ein Vampir.«

Ich zuckte mit den Schultern, seufzte und ging in einen Ausfallschritt. Ich holte aus und trat gegen seine rechte Hand.

»Gut. Nochmal.«

Nach ein paar Wiederholungen stoppte er mich.

»Jetzt möchte ich, dass du Sidekicks übst. Du musst deinen Bauch einziehen, um das Gleichgewicht zu halten, dann hebst du dein Knie und trittst zur Seite. Die Unterseite deines Fußes sollte meinen Handschuh treffen.«

Ich hob mein Knie und trat zu, verlor aber das Gleichgewicht. Meine Arme wirbelten wild durch die Luft, während ich aufkeuchte und in ihn hineinfiel wie der schiefe Turm von Pisa.

Der Sergeant fing mich auf und half mir wieder auf die Beine.

Rote Rosetten bildeten sich auf meinen Wangen. »Tut mir leid.«

»Muss es nicht.« Er klopfte auf seine steinharten Bauchmuskeln. »Denk dran, du musst deinen Bauch einziehen.«

Ich nickte, während ich mir mit einem Arm den Schweiß von der Stirn wischte. »Okay.«

»Versuch es noch einmal. Tritt knallhart zu. Du willst doch nicht, dass dein Sparringspartner dir in den Hintern tritt, oder?«

»Wer wird mein Partner sein?«

Er schenkte mir ein teuflisches Grinsen. »Du wirst schon sehen. Jetzt versuch es noch einmal.«

Der Partner, den er meinte, war natürlich nicht er. Gestern hatte er gesagt, dass ich mit meinem Team sparren würde. Ich hoffte, es war Maggie. Wenn ich gegen Kog antreten müsste, wäre ich nach einem Treffer ein zerquetschter Käfer.

Ich hob mein Knie und saugte meinen Bauch fest ein. Ich trat wieder und wieder zu, ohne das Gleichgewicht zu verlieren. Er ließ mich auf das andere Bein wechseln, bis ich völlig verschwitzt war.

»Du machst dich gut mit deinen Tritten. Jetzt werden wir Schläge üben. Es gibt verschiedene Arten von Schlägen: hoch, mittel oder tief. Welche Art von Schlag du verwendest, hängt davon ab, wohin du zielen willst.«

»Okay.«

Er zog seine Handschuhe aus. »Ich zeige dir die verschiedenen Arten, dann üben wir das Blocken, bevor dein Sparringspartner kommt.«

»Das ist eine Gerade, die du im Nahkampf einsetzt. Das ist ein hoher Schlag, weil du auf den Kiefer oder den Körper deines Gegners zielst.« Der Sergeant beugte sein Handgelenk und drehte seine Knöchel zur Decke, während er seinen Arm ausstreckte.

Ich dachte an Kog, Justice, Hicks und Jonas, die alle doppelt so groß und doppelt so muskulös waren wie ich. Ich konnte sie auf keinen Fall besiegen, es sei denn, ich nahm etwas Captain-America-Serum. »Was ist, wenn der Gegner größer ist als ich?«

»Das spielt keine Rolle. Es geht um die Kraft deines Schlages. Eine zierliche Frau kann einen 1,80 Meter großen Kerl umhauen. Stell deine Füße schulterbreit auseinander und schlag zu.«

Ich tat, was er verlangte und schlug wiederholt zu.

Er grinste. »Gut. Du bist ein Naturtalent, Chelby. Du musst nur an dich glauben, dann kannst du es mit jedem aufnehmen.«

Ich holte tief Luft. Sein Vertrauen in mich bestärkte mich in meiner Entschlossenheit. Vielleicht war es mein Schicksal, den Attentätern kollektiv in den Arsch zu treten.

10

Für den Rest des Vormittags brachte mir Sergeant Ragar drei weitere Schläge bei. Den Uppercut, die Backfist und den Cross Punch. Ich musste zugeben, dass ich verdammt gut war.

»Jetzt kommt der wichtigste Teil. Du musst lernen, wie du dich schützen kannst. Ich gehe immer davon aus, dass mein Gegner genauso gut ist wie ich, also bin ich auf jeden Schlag oder Tritt vorbereitet.«

Ich dachte an die Männer in meinem Team und war mir nicht sicher, ob ich es schaffen würde, aber ich würde mein Bestes geben. Der Sergeant brachte mir bei, wie man Tritte und Schläge abblockt.

»Glauben Sie wirklich, die funktionieren gegen jemanden, der größer und stärker ist als ich?«

Er zwinkerte mir zu. »Das wirst du bald herausfinden. Aber zuerst gibt es Mittagessen.«

Sergeant Ragar ging zur Tür und kam mit einem Wagen zurück, den jemand vor der Sporthalle abgestellt hatte. Darauf befanden sich Sandwiches mit Speck, Salat und Tomaten, Kartoffelsalat, weitere Apfelscheiben und große Flaschen mit Sprudelwasser.

Ich leckte mir über die Lippen. »Das sieht lecker aus.«

Ragar lachte. »Das ist jetzt genau das Richtige.«

Wir verputzten unser Essen schnell. Sergeant Ragar brachte den Servierwagen zurück, und ich machte Dehnübungen, während er weg war.

Als sich die Tür wieder öffnete, war es nicht Ragar, sondern Jonas. Er sah so gut aus wie immer, und seine grünen Augen funkelten amüsiert. Er trug ein schwarzes Muskelshirt und eine enge schwarze Hose, sodass er mich an einen Ninja-Krieger erinnerte.

Meine Augen weiteten sich vor Schreck. »Was machst du denn hier?«

Sein schiefes Lächeln hätte den meisten Mädchen den Kopf verdreht. »Ich schätze, ich soll dein neuer Sparringspartner sein.«

Ich stemmte meine Hände in die Hüften. »Im Ernst? Du?«

Er schmollte. »Warum nicht?« Er kam auf mich zu und gluckste. »Du hast doch keine Angst, oder?«

»Nein, hab ich nicht.« Meine Stimme zitterte, und das Licht über mir warf seinen Schatten wie einen Riesen auf mich. Ich hatte vergessen, wie groß er war. Ein Schauer des Unbehagens lief mir über den Rücken und meine Muskeln zuckten bei dem Gedanken an einen Zweikampf mit ihm. Das wäre so, als würde Tweety gegen Sylvester kämpfen. Aber Tweety überlistete Sylvester immer, also konnte ich seine Muskeln vielleicht mit Verstand überlisten.

Ich warf ihm meinen kältesten Blick zu, hob die Fäuste und ging in den Ausfallschritt, wie Sergeant Ragar es mir beigebracht hatte. »Warum musst du dich immer so aufführen?« Ich hoffte, mein verärgerter Tonfall verbarg die Angst, die mir die Kehle zuschnürte.

Belustigung flackerte in seinen Augen auf. »Willst du das wirklich durchziehen?«

»Ja, das will sie.«

Wir wirbelten beide herum, als Sergeant Ragar den Raum betrat.

»Du bist zu früh, Jonas. Ich dachte, ich hätte dir ausdrücklich gesagt, dass du um Punkt ein Uhr hier sein sollst«, mahnte er.

»Ja, das haben Sie, Sir.« Wenigstens hatte Jonas den Anstand, unter der kalten Stimme des Sergeants zu erröten.

»Da du offensichtlich unbedingt loslegen willst, lauf zehn Runden auf der Bahn, während ich mit Chelby trainiere.«

Jonas neigte den Kopf. »Ja, Sir.« Er schenkte mir ein freches Lächeln.

Er dachte bestimmt, dass er mich auf den Hintern schmeißen würde. Vielleicht würde er das auch, aber ich würde es ihm nicht leichtmachen.

Sergeant Ragar zwinkerte mir zu, als er die Sparringshandschuhe anzog. »Zeigen wir ihm, was du kannst.«

Mein Herz schlug schneller, sodass meine Haut glühend heiß und meine Fäuste klamm wurden. Es war eine Sache, mit dem Sergeant zu sparren, aber er hielt nur die Handschuhe und schlug nicht zurück. Dieses Mal hatte ich es mit einem Gegner zu tun, der gewinnen wollte.

Ich steckte alles in meine Tritte und Schläge, während Jonas seine Runden lief. Ich konzentrierte mich auf den Sergeant, da ich die Belustigung in Jonas' Augen nicht sehen wollte.

Als Jonas zu uns herüberjoggte, senkte der Sergeant seine Handschuhe. »Chelby, du schaffst das. Du bist stärker, als du denkst. Halt dich nicht zurück, denn wenn du im Einsatz bist, wird dein Feind das auch nicht tun.«

Sergeant Ragar zog einen Stapel großer gelber Matten von der Wand weg und legte sie in der Mitte des Bodens aus. Sobald sie richtig positioniert waren, befand sich ein dicker roter Kreis in ihrer Mitte.

»Bitte stellt euch in die Mitte des Kreises.«

Jonas und ich taten, was er verlangte.

»Euer Ziel ist es, euren Gegner aus dem Kreis zu bekommen. Jedes Mal, wenn euer Gegner die Linie übertritt, bekommt ihr einen Punkt. Wer zuerst zwanzig Punkte erreicht, den erkläre ich zum Sieger. Habt ihr verstanden?«

»Ja, Sir«, antworteten wir beide.

»Sergeant, was passiert, wenn wir innerhalb des Kreises zu Boden gehen?«, fragte ich.

»Ihr gewinnt nur Punkte, wenn euer Gegner über die rote Linie tritt.«

Ich nickte und stellte mich Jonas gegenüber. Er wirkte größer und kräftiger, als ich ihn in Erinnerung hatte.

Jonas grinste. »Mach dir keine Sorgen. Ich werde sanft zu dir sein.«

Seine Anmaßung, dass er mich auf den Hintern hauen würde, entfachte Wut in mir.

»Danke, Jonas«, antwortete ich mit fester Stimme.

Jonas hob seine Fäuste und ging in die gleiche Kampfhaltung wie ich. Unsere Füße waren schulterbreit positioniert und standen in einer Linie zueinander. Ich hielt mein Kinn hoch und hob meine geschlossenen Fäuste, bereit für alles.

Der Sergeant klatschte in die Hände. »Fangt an.«

Jonas verschwendete keine Zeit. Er holte zu einem hohen Schlag aus, der auf meinen Kopf zielte. Ich blockte sofort mit der geschlossenen Hand ab, um seinen Schlag abzuwehren.

Ich konterte mit einem Sidekick, der auf Jonas' Mitte abzielte, in der Hoffnung, ihn aus dem Gleichgewicht zu bringen. Aber er war bereit und ließ seinen Arm schwungvoll nach unten sinken, um meinen Tritt abzublocken.

Seine Augenbraue hob sich. »Du bist ein aggressives kleines Biest, nicht wahr?«

Ich grinste schief. »Du wirst sehen, ich stecke voller Überraschungen.«

»Lass mich mal sehen.« Jonas ging in die Offensive. Er ließ harte Schläge auf mich regnen und zwang mich, zurückzuweichen, während ich sie abblockte.

Sergeant Ragar pfiff. »Ein Punkt für Jonas.«

Ich schaute nach unten und meine Schultern sackten zusammen. Verdammt. Ich war deutlich über der roten Linie.

Jonas verbeugte sich leicht und setzte ein »Ich sagte doch, ich würde dich schlagen«-Lächeln auf.

Ich schaute Sergeant Ragar an, dessen Gesichtszüge bis auf die Augen keine Regung verrieten. Ich konnte fast spüren, wie sein

Glaube an mich durch meinen Körper rauschte. Alles, was ich tun musste, war, an mich zu glauben.

Die Tür öffnete sich und ich stöhnte auf, als sowohl Dr. Gould als auch mein Onkel hereinkamen. Keiner von ihnen sprach ein Wort, als sie neben den Sergeant traten und ihre Aufmerksamkeit auf Jonas und mich richteten.

Scheiße, kein Druck. Wenn ich wütend werden und das kleinste bisschen Rauch ausstoßen würde, würde Dr. Gould mich nie wieder hier rauslassen.

»Kehrt in die Mitte zurück.«

Ich schaffe das. Ich schaffe das. Ich schaffe das.

Jonas und ich standen uns wieder gegenüber. Schweißperlen kullerten mir über die Schläfen und ich leckte mir die trockenen Lippen. Ein Gefühl der Leere drängte das Essen in meinem Bauch zur Seite.

Sergeant Ragar klatschte in die Hände. »Fangt an.«

Jonas holte erneut zum Schlag aus. Diesmal vertraute ich auf meinen Instinkt, wich aus und drehte mich zur Seite. Ich schwang mein Bein hoch und traf ihn an der Schulter, wodurch er aus dem Gleichgewicht geriet. Ich setzte sofort mit einem weiteren Tritt nach. Jonas flog von den Füßen und landete direkt auf seinem Rücken.

Die Überraschung in seinem Gesicht war unbezahlbar.

Ich schaute zu den drei Männern hinüber, aber keiner von ihnen lächelte auch nur ein bisschen. Leider bekam ich keine Punkte dafür, dass ich Jonas auf den Hintern gehauen hatte, was ich sehr unfair fand.

Jonas kam auf die Beine. »Beeindruckend«, murmelte er. »Ich schätze, ich sollte mich bei dir nicht zurückhalten.«

Sich zurückhalten? Oh, das klang nicht gut.

Wir stellten uns wieder auf.

Sergeant Ragar blies in seine gefürchtete Pfeife. »Fangt an.«

Jonas blockte meinen Schlag mit seinem Arm ab. Er hob sein Bein und verpasste mir einen harten Tritt, der mich rückwärts aus dem Kreis schleuderte.

Sergeant Ragar hob einen Finger. »Punkt für Jonas.«

Mein Brustkorb zog sich zusammen und ließ mein Herz schrumpfen. Ich konnte die drei Männer nicht einmal ansehen, während ich von hier bis Denver in den Arsch getreten wurde, aber ich würde es Jonas trotzdem nicht leichtmachen. Kein bisschen.

Jonas griff nach unten und zog mich auf meine Füße. »Wir sind noch nicht fertig, Chelby. Es wird bald vorbei sein.«

Ich knackte mit dem Nacken und streckte meine Arme über den Kopf. »Glaubst du das?«

Er zog eine Augenbraue hoch. »Ja.«

Hitze schoss durch meinen Körper und ich biss die Zähne zusammen. Meine Brust brannte, aber ich drückte die Hitze zurück. Ich wollte nicht, dass dieser Kampf wegen Rauch im Raum endete. Ich wollte Jonas in den Arsch treten und ihm den selbstgefälligen Blick von seinem hübschen Gesicht wischen.

Wir standen uns wieder gegenüber. Ich straffte die Schultern und hob die Fäuste, bereit zum Kampf. Adrenalin pumpte durch mich hindurch. Meine Muskeln zuckten in Erwartung.

Jonas stürzte sich auf mich, aber ich hatte keine Lust mehr, sein Lieblingsboxsack zu sein. Diesmal ging ich in die Offensive, schlug und trat zu und zwang Jonas in Richtung Kreis. Mit einem letzten Tritt schickte ich ihn über die Linie.

Ein Pfiff ertönte. »Punkt für Chelby.«

Ich verbeugte mich leicht. »Was hast du gesagt?«

Jonas verengte seine Augen. »Lass es uns nochmal versuchen.«

In der nächsten Stunde schlugen und traten Jonas und ich uns gegenseitig, bis wir beide völlig durchgeschwitzt waren. Meine Arme und Beine taten weh. Meine Trainingssachen waren zu einer zweiten Haut geworden. Jonas war in keiner besseren Verfassung als ich. Trotzdem gab ich nicht auf.

Jonas zwang mich zum letzten Mal über die Linie.

Der Sergeant blies in seine Pfeife. »Jonas gewinnt. Endstand: acht zu zwanzig.«

Ich sackte niedergeschlagen zu Boden.

Jonas beugte sich vor und stützte seine Hände auf die Knie. »Chelby, sieh mich an.«

Ich zwang mich, aufzublicken. Bewunderung glänzte in seinen Augen. »Du hast es mir nicht leichtgemacht. Ich musste mit dir auf Zack sein, und das war das erste Mal, dass wir gegeneinander gekämpft haben. Du bist gut. Du bist verdammt gut.«

Dr. Gould und mein Onkel gingen so leise, wie sie gekommen waren.

»Er hat Recht. Das hast du gut gemacht.« Sergeant Ragar reichte mir die Hand und zog mich mühelos auf die Füße. »Sag mal,

Chelby. Als du mit Jonas gekämpft hast, warst du da wütend oder frustriert?«

Ich wischte meine verschwitzten Handflächen an meiner Hose ab. »Ja, manchmal. Warum?«

Jonas lachte. »Du verstehst es nicht, oder?«

Ich atmete mit einem lauten Schnaufen aus. »Was ist so lustig?«

»Chelby«, sagte er sanft. »Du warst wütend und hast die Bude nicht mit Rauch gefüllt oder abgebrannt.«

Meine Augen weiteten sich. Oh mein Gott! Er hatte Recht. Ich war so aufgeregt, dass ich mich in seine Arme stürzte und ihn fest umarmte. Tränen traten mir in die Augen.

Jonas hob mich auf und wirbelte mich lachend herum. »Du hast es geschafft, Chelby. Du hast es geschafft.«

Er setzte mich ab. Ich drehte mich um, um mit Sergeant Ragar zu sprechen, aber er war schon weg.

Ich runzelte die Stirn. »Was meinst du, wo er hingegangen ist?«

»Ich weiß es nicht.« Jonas rieb mir den verschwitzten Nacken. »Hoffentlich, um Gould zu sagen, dass er dich aus diesem goldenen Käfig rauslassen soll.«

»Amen«, flüsterte ich.

Die Tür glitt wieder auf. Jonas ließ seine Hände fallen und wir standen schweigend da und beobachteten gespannt, wie die drei Männer sich näherten. Keiner von ihnen gab uns auch nur einen Hinweis auf das, was gleich passieren würde.

Ich schluckte und hielt meinen Atem an.

Das war's. Entweder hatte ich bewiesen, dass ich meine Wut im Zaum halten und auf die Mission gehen konnte, oder ich würde für eine Ewigkeit an diesem blöden Ort festsitzen.

11

Dr. Gould, Sergeant Ragar und mein Onkel blieben vor uns stehen. Mein Herz raste so schnell, dass ich dachte, es würde explodieren. Der Schweiß rann mir in Strömen den ganzen Körper hinunter. Bald würde ich mich in den Chelby-See verwandeln.

»Ich möchte, dass ihr beide mit mir kommt. Euer Team wartet schon auf euch.«

Jonas und ich tauschten einen WTF-Blick aus.

Unsere drei Ausbilder führten Jonas und mich in den Raum, in dem Brody O'Hara festgehalten wurde.

Jonas starrte Brody mit purem Hass in seinen leuchtend grünen Augen an, aber er sagte kein Wort.

Ich betrachtete mein Team, das auf Holzstühlen vor dem Glaskäfig saß, und versuchte, ihre Gedanken zu lesen. Sie trugen den gleichen verwirrten Gesichtsausdruck, den ich hatte, wenn ein Mathelehrer versuchte, mir Statistik zu erklären. Die beiden leeren Stühle unter ihnen waren offensichtlich für Jonas und mich bestimmt. Er hatte sich bereits einen von ihnen geschnappt, ohne seinen Blick von Brody abzuwenden. Ich setzte mich zwischen Jonas und Justice und schaute dann fragend zu Dr. Gould.

Der Direktor verschränkte die Hände hinter seinem Rücken. »Chelby und Jonas, ich nehme an, ihr fragt euch, warum ihr und der Rest eures Teams hier seid.« Er gestikulierte in Richtung des Glases. »Brody hat uns etwas Wichtiges mitzuteilen, aber er wollte es uns nicht sagen, bevor ihr alle anwesend seid. Besonders du, Chelby.«

»Warum?« Jonas funkelte Brody an, der auf einem Holzstuhl saß und uns von der anderen Seite des Glases ansah.

Brody war barfuß, trug ein blaues Hemd und Jeans. Er saß aufrecht und seine grauen Augen schienen sich auf mich zu konzentrieren.

Dr. Gould legte seine Hände auf meine Schultern. »Chelby, ich möchte, dass du die Führung übernimmst, da du die Einzige zu sein scheinst, mit der er sich unterhalten will.« Die Verärgerung in seiner Stimme war deutlich zu hören.

Jonas schaute mich an. »Trau ihm nicht.«

»Du kennst mich doch gar nicht«, sagte Brody leise.

Jonas hob sein Kinn, antwortete aber nicht. Ich konnte spüren, wie sich die Spannung in ihm aufbaute. Ich legte meine Handfläche sanft auf seinen Oberschenkel und versuchte, ihm zu sagen, dass alles in Ordnung war.

Ich stand auf und näherte mich dem Glas, wobei ich mehrere erschrockene Atemzüge hinter mir ignorierte. Ich konzentrierte mich auf Brody, der mir an der Scheibe entgegenkam.

»Was willst du, Brody?«

Er ließ sich von der Kälte in meiner Stimme oder meinem Blick nicht einschüchtern.

Brody schluckte, bevor er sprach. »Dr. Gould hat durchsickern lassen, dass du und dein Team auf eine Mission gehen werdet. Ich kann nicht länger schweigen.« Seine Augen weiteten sich, als ob er etwas Schreckliches sah, das niemand sonst sehen konnte. »Zu viele Leben stehen auf dem Spiel.« Seine ruhige Stimme bebte vor Angst, aber vielleicht täuschte er sie auch nur vor.

Ich war immer noch nicht davon überzeugt, dass er unschuldig war. Er könnte ein Spion sein, der plante, uns alle in den Tod zu treiben. Ich würde nicht zulassen, dass die Attentäter mein Team ermordeten.

Ich verschränkte meine Arme und hielt meinen Kopf hoch erhoben. »Warum sollte dich unsere Mission interessieren?«

Er schwieg einen langen Moment lang, und Hitze schoss erneut in meine Wangen. Ich hasste es, ihm Schwäche zu zeigen, aber ich musste das Geheimnis herausfinden, das er verborgen hatte und jetzt zu lüften bereit schien.

»Weil ich nicht will, dass du verletzt wirst.«

Schockiert über seine klare Ansage, musterte ich sein Gesicht, um herauszufinden, ob er log. Ich sah nur Besorgnis in seinen Augen, aber ich traute ihm immer noch nicht.

»Warum? Du kennst mich doch gar nicht.« Misstrauen schlich sich in meine Stimme, als ich seine früheren Worte wiederholte.

»Nein, tue ich nicht, aber ich habe eine Verbindung zu dir gespürt. Du bist in einer Pflegefamilie aufgewachsen, genau wie ich.«

»Woher weißt du das?«

Ich warf einen Blick auf Dr. Gould, der Brody anstarrte, ihn studierte und nach einer Schwäche suchte. Hatte der Direktor ihm von meiner Vergangenheit erzählt? Sein versteinertes Gesicht verriet nichts. Und wenn, dann gab er keinen Hinweis darauf, dass er meine Geheimnisse ausgeplaudert hatte.

Brody beantwortete meine Frage nicht.

Er hielt meinem Blick stand. Verzweiflung flackerte in seinen Augen auf, als ob er wollte, dass ich ihm glaubte. »Als ich aus der Pflegefamilie entlassen wurde, wusste ich nicht, wo ich hingehen sollte. Ich lebte schließlich auf der Straße. Ich hungerte, beging kleine Straftaten, um zu überleben, und wurde süchtig nach Meth und Heroin.«

Ich musste zugeben, dass mir das zu Herzen ging. Er weckte Erinnerungen daran, wie ich in diesem System aufgewachsen war. So viele Kinder endeten wie Brody. Sie lebten auf der Straße und wendeten sich einem Leben voller Verbrechen und Dunkelheit zu.

»Was für ein Held«, murmelte Jonas hinter mir.

Meine Schultern strafften sich und ich versteifte mich. Ich hätte leicht so enden können wie Brody, aber das Schicksal hatte einen anderen Plan für mich. Jonas war an einem Fae-Hof aufgewachsen und hatte sich nie Gedanken darüber machen müssen, woher seine nächste Mahlzeit kam oder wo er übernachten würde.

»Halt die Klappe, Jonas«, schnauzte Maggie.

Ich drehte mich nicht um, um mit Jonas zu schimpfen. Stattdessen wartete ich darauf, dass Brody weitersprach.

Brody seufzte schwer und fuhr sich mit einer Hand durch sein kurzes Haar. »Ich war auch nicht so gepflegt. Ich hatte früher lange, fettige Haare.« Er wich meinem Blick aus und lief knallrot an. »Ich war ständig auf Drogen und habe Autos gestohlen, um meine Sucht zu finanzieren.«

Ich hob eine Augenbraue. »Du hast es getan, um deine Vergangenheit zu vergessen, nicht wahr?«

»Ja, aber das ist keine Entschuldigung.« Seine Schultern sackten nach vorne. »Autos zu stehlen, wurde meine Spezialität, aber dann wurde ich erwischt.«

»Wie lange hättest du einsitzen müssen?«

»Zwei bis fünf Jahre. Ich war so abgemagert, dass ich wusste, dass ich als Schlampe von jemandem enden würde.«

Brody war alles andere als schmächtig. Er war eher ein Muskelberg. Ich konnte mir nicht vorstellen, dass ihn jemand zwang, etwas zu tun, was er nicht wollte – es sei denn, er wollte eine verpasst bekommen. »Also, was ist passiert?«

»Ein Mitglied von Sektor Neun hat mich besucht. Officer Banes.«

Ich spannte mich an. Ich erinnerte mich an Banes. Nachdem ich den Bluttest im Rekrutierungszentrum der Army nicht bestanden hatte, hatten er und eine andere Gruppe von Agenten mich bis zu meinem Haus verfolgt, nur, weil ich eine Übernatürliche war. Dieser Albtraum verfolgte mich immer noch.

»Banes hat mich vor die Wahl gestellt. Ich konnte mich ihnen anschließen oder in den Knast gehen. Ich wollte nicht ins Gefängnis, also habe ich die Chance ergriffen.«

Ich konnte nicht glauben, dass er mit diesen Arschlöchern ins Bett gehüpft war. »Du hast keine Fragen gestellt?«

Er lächelte müde. »Dummerweise nicht. Du musst das verstehen. Als ich zu Sektor Neun kam, dachte ich, ich würde für die Guten arbeiten. Sie bildeten mich aus. Sie gaben mir eine Bleibe. Sie halfen mir, von den Drogen wegzukommen.« Seine grauen Augen verengten sich. »Später habe ich gelernt, was es heißt, einem geschenkten Gaul nicht ins Maul zu schauen. Es gab Bedingungen.« In seiner Stimme lag ein harter, bitterer Ton.

Er war wirklich ein guter Geschichtenerzähler. Er zog mich in seinen Bann wie ein Kind, das gespannt auf das Ende der Geschichte wartet. »Welche Bedingungen?«

»Ich musste bereit sein, mich Experimenten zu unterziehen.«

Ich warf einen Blick auf seinen glitzernden Drachenring. »Haben diese Experimente etwas mit deinem Ring zu tun?«

Er setzte sich wieder auf seinen Stuhl und starrte den goldenen Drachen an, der seinen Finger umschloss. »Ja.«

Ich drückte meine Handflächen gegen das Glas. »Sag es mir.«

Nach einer kurzen Pause sagte er: »Sektor Neun wollte eine Superarmee aufbauen. Eine Armee von Soldaten, die stark genug ist, um es mit Vampiren, Werwölfen, Orks oder Fae aufzunehmen.«

Ich hörte Keuchen und Jonas trat hinter mich. Ich spürte, wie sein Herz klopfte, und der finstere Blick in seinem Gesicht hätte so manchen in die Flucht geschlagen.

Dieses Mal konnte Dr. Gould nicht mehr schweigen. »Wie?«

Brody hob den Kopf und betrachtete jeden von uns. Mein Magen verkrampfte sich und ich bekam keine Luft mehr. Ich wollte das Glas durchbrechen und ihn schütteln, bis er es uns sagte.

»Sektor Neun hat ein Bündnis mit einem Fae-König geschlossen.«

Mein Onkel platzte heraus: »König Ash vom Blütenhof.«

Brodys Augenbrauen zogen sich zusammen. »Ja. Woher wissen Sie das?«

Dr. Gould trat näher heran. »Was hat König Ash getan?« Seine Stimme zitterte, aber ich konnte nicht sagen, ob vor Aufregung oder vor Angst. Wahrscheinlich beides.

»Es war ein Blutzauber. Das Blut eines Übernatürlichen wird in einen Menschen gepumpt und macht ihn stärker und schneller.« Er bewegte seine Hände über seinen Körper. »Bis er so aussieht wie ich.«

Die Härchen in meinem Nacken sträubten sich und meine Haut prickelte. Ich starrte seinen Ring an. »Das Blut, das du bekommen hast. Es ist von einem Drachen, nicht wahr?«

»Ja. Unsere Ringe zeigen an, welches Blut wir haben. So behält Sektor Neun den Überblick. Wenn man den Ring einmal am Finger trägt, kann man ihn nie wieder abnehmen.«

»Sie brandmarken euch«, sagte mein Onkel.

»Wie Vieh«, stimmte Brody zu. »Einige von uns überleben den Zauber nicht. Wenn das passiert, wirft Sektor Neun die Leichen weg wie Müll. Sie rekrutieren nur junge Erwachsene, die man nicht vermissen würde. Kinder ohne Familie oder Freunde. Wegwerfkinder.« Seine mürrischen Worte hinterließen einen bitteren Nachgeschmack in meiner Kehle.

Brody starrte seinen Ring an, als ob er sich in eine Schlange verwandelt hätte. »Ich kann sie das nicht mehr machen lassen. Ich war so ein Narr, dass ich nicht gemerkt habe, was sie vorhatten. Erst als einer meiner besten Freunde verschwand. Wir waren wie Brüder, wuchsen in denselben Heimen auf.« Er wischte sich über das Gesicht. »Ich hab ihn überredet, sich Sektor Neun anzuschließen. Der schlimmste Fehler, den ich je gemacht habe. Es ist meine Schuld, dass er tot ist.« Tränen glitzerten in seinen Augen und er drehte sich um, als ob er nicht wollte, dass wir ihn weinen sahen.

Keiner sprach. Seine Schultern zitterten, aber er gab keinen Laut von sich. Es schien eine Ewigkeit zu dauern, bis Brody sich wieder umdrehte. Seine Augen waren trocken, aber seine Wangen waren feucht. »Ich musste herausfinden, was sie tun.«

»Was ist die Mission dieser Armee?«, fragte Dr. Gould.

Brody war nicht mehr auf mich konzentriert. Er schüttete all seine Geheimnisse aus, fast so, als würde er beichten und um Vergebung betteln.

»Wir hatten den Auftrag, Ziele zu jagen, die Sektor Neun oder König Ash als Bedrohung einstuften.«

Jonas biss die Zähne zusammen. »Und du hast ihnen geglaubt?« Sein heißer Atem strich mir über den Nacken. Wenn er gekonnt hätte, hätte er das Glas durchbrochen und Brody die Scheiße aus dem Leib geprügelt.

»Sie waren sehr überzeugend. Sie hatten Bilder, Videos und Social-Media-Clips. Alles, um uns zu überzeugen.«

Das erinnerte mich an die Taktiken von Sekten. Sektor Neun machte Jagd auf die Schwächsten, und mein Pflegevater war der Kopf der Schlange.

Wieder einmal kochte die Wut in mir hoch. Jonas umklammerte meine Hand, und ich atmete aus und ließ die Wut los. Ich war froh, dass Jonas hinter mir stand. Seine Anwesenheit gab mir die Kraft, die harten Fragen zu stellen.

Ich räusperte mich. »Ihr habt Übernatürliche getötet?«

»Manchmal. Normalerweise haben die Attentäter von König Ash die Morde begangen.«

Ich fand es interessant, dass er genau dieses Wort benutzte.

»Aber als sie auf die Jagd nach Kindern gingen ...« Er biss sich auf die Lippe. »Wusste ich, dass es falsch war.« Er stützte seinen Kopf in die Hände. »Was können Kinder nur getan haben, um einen solchen Tod zu rechtfertigen?«

Keiner von uns sprach, während wir Brody erlaubten, sich zu fassen. Er ließ seine Hände fallen und konzentrierte sich auf mich. »Ich musste die Wahrheit herausfinden. Ich musste sehen, was sie vorhatten.«

»Was hast du getan?«, platzte ich heraus.

Brody verschränkte seine Hände hinter dem Rücken. »Du hast mich nie gefragt, wo ich das Bild deiner Mutter gesehen habe.« Seine leise Stimme war wie eine Trompete, die in meinen Ohren dröhnte.

Ich keuchte. Meine Kehle schnürte sich zu und ich presste meinen Kiefer fest zusammen. Wie konnte er es wagen, das Bild meiner Mutter zu erwähnen? Der Bastard köderte mich vor Dr. Gould, meinem Onkel, meinem Ausbilder und meinem Team.

Meine Brust brannte vor Wut. Feuer kroch meine Kehle hinauf, bereit, das Glas zu schmelzen und Brody in Kohle zu verwandeln. Dann wurde es mir plötzlich klar.

Der Test, um zu beweisen, dass ich mit meiner Wut umgehen konnte, war nicht das Sparring mit Jonas.

Das war nur der Beweis, dass ich kämpfen konnte.

Das hier war mein Test. Ich musste nicht nur Dr. Gould, sondern auch meinem Ausbilder, meinem Onkel und vor allem meinem Team beweisen, dass ich mich nicht in einen wütenden Tornado verwandeln würde, der Rauch und Feuer spie. Das Leben meines Teams hing davon ab, ob ich mich zusammenreißen konnte.

Ich würde sie nicht im Stich lassen.

Ich schloss meine Augen, atmete ein und aus.

»Chelby?« Brody flüsterte fast.

Ich öffnete meine Augen. »Okay. Ich frage dich jetzt. Wo hast du das Bild von meiner Mutter gesehen?« Nicht nur meine Stimme war ruhig, auch meine Muskeln waren entspannt.

»In Robert Brooks' Büro. Ich bin dort eingebrochen, hab seinen Aktenschrank aufgebrochen und ein Dossier über Keya Vastina gefunden.«

Seine Stimme war so leise, dass ich nicht sicher war, ob ich ihn richtig verstanden hatte, aber ich suchte seine Augen. Er sagte die Wahrheit.

Das war noch schlimmer. Robert war in diesen Skandal verwickelt.

Das Blut wich aus meinem Gesicht. Kälte überflutete mich und ließ meine Fingerspitzen taub werden. Ich konnte mehrere lange Herzschläge lang nicht sprechen. »Was?«

»Deshalb wurde ich im Vergnügungspark von Sektor Neun gefoltert.«

Diese Boshaftigkeit ließ mich vor Wut zittern. Rauch wirbelte in meiner Brust herum und verlangte danach, freigesetzt zu werden.

Nein, sagte ich mir. Meine Stimme war stark, passend zu meinem Willen, und ich drückte ihn wieder nach unten.

Der Rauch verflüchtigte sich.

Endlich fand ich meine Stimme wieder, obwohl sie leise und brüchig war, als würde sie gleich versagen. »Ich verstehe nicht ganz. Welches Büro?«

Robert hatte viele Büros. Er war ein General im Ruhestand und reiste durch die ganze Welt.

»Das in Schottland im Blossoms Orphan Home. Es ist eine Tarnung, um Soldaten zu erschaffen. Ich wäre fast erwischt worden, also bin ich geflohen und zurück nach Amerika gegangen. Ich wollte nichts mehr mit Sektor Neun oder König Ash zu tun haben.«

Jonas schaute ihn finster an. »Du wolltest also nichts anderes tun, als dich zu verstecken?« Hass troff von jedem seiner Worte.

»Nein, ich wollte hierherkommen. Zum Paranormalen Söldnerkorps.«

»Warum?« Dr. Gould klang neugierig.

Brody stand auf und straffte die Schultern. Er ging zu Dr. Gould, der am Glas stand. »Ich möchte mich euch anschließen. Ich will sie davon abhalten, unschuldige Übernatürliche zu verletzen und verlorene Kinder zu rekrutieren.«

Das erschrockene Luftschnappen im Raum hallte wie ein Donnerschlag wider.

12

»NIEMALS«, FAUCHTE JONAS UND SCHLUG SO FEST GEGEN DAS GLAS, dass es erzitterte.

Dr. Gould packte Jonas' Handgelenk. »Hör. Sofort. Auf.« Er zerrte Jonas von der Glaswand weg.

Jonas knurrte. »Sie glauben diesem Arschloch doch nicht etwa, oder? Ich dachte, Sie wären schlauer.«

Ich zuckte zusammen. Jetzt hatte er es geschafft.

Der Direktor hob Jonas vom Boden auf. Jonas baumelte wie ein Kind in der Luft und strampelte mit den Füßen. Dr. Goulds Augen färbten sich golden. »Stell niemals mein Urteil in Frage.«

Das ganze Blut wich aus Jonas' Gesicht. »Es … es tut mir leid, Sir.«

»Sergeant, nachdem Sie Chelby in ihr Zimmer gebracht haben, bringen Sie diesen Aufrührer nach draußen und lassen ihn rennen, bis er kotzt. Und dann gleich noch einmal. Ist das klar?«

Hicks schüttelte den Kopf. Maggie wurde blass. Justice hielt den Mund, während Kog der Einzige war, der mit einem Lächeln zu kämpfen schien. Manchmal brachte Jonas das Schlimmste in den Menschen zum Vorschein.

Dr. Gould wandte sich an meinen Onkel. »Commander, wir müssen reden.«

Sergeant Ragar begleitete uns aus dem Raum. Jonas' Gesicht war lila angelaufen und seine Fäuste waren geballt. Bevor ich ihm sagen konnte, er solle sich beruhigen, wurde ich sofort in meinem Zimmer abgesetzt.

Ich starrte die verschlossene Tür mit einer so starken Sehnsucht an, dass sie sich in einem dumpfen Schmerz in meiner Brust manifestierte. Ich wünschte, ich hätte jemanden, mit dem ich das alles verarbeiten konnte, aber keiner meiner Teamkollegen erschien in meinem Zimmer.

Nicht Dr. Gould.

Nicht mein Onkel.

Nicht einmal Sergeant Ragar.

Alle hatten etwas zu erledigen, nur ich nicht.

Ich stapfte zu meinem Bett und drückte meinen Drachen fest an mich. Es mochte kindisch erscheinen, aber irgendetwas an dem Plüschtier gab mir ein Gefühl der Sicherheit. Es war fast so, als hätte es eine Macht, die mich einhüllte und alle meine Ängste verjagte. Ich fühlte mich, als hätte ich an einer Beerdigung teilgenommen, denn Die Vergangenheit und eine Vielzahl von Gefühlen belasteten mich. Auf eine seltsame Art und Weise hatte ich das auch. Das mit Robert Brooks hatte das Fass endgültig zum Überlaufen gebracht. Es war schon schlimm genug, dass er mich tot sehen wollte, aber er war auch mitverantwortlich für den Tod meiner Mutter. Er hatte ein verdammtes Foto von ihr in einem Dossier. Ein Bild von ihrer Leiche.

Gott, dieser Bastard. Er war ein herzloser Dämon.

Trotzdem hatte er mich in sein Haus aufgenommen. Mein Onkel hielt das für einen Zufall. Ein dummer Sozialarbeiter, der mich bei einer liebevollen Familie hatte unterbringen wollen. Aber bis jetzt war nichts ein Zufall gewesen. Warum sollte *das* einer sein?

Hatte Robert von Anfang an gewusst, was ich war? Er schien wirklich überrascht gewesen zu sein, als er es erfahren hatte. Waren da noch andere Kräfte am Werk, von denen nicht einmal Dr. Gould oder mein Onkel wussten?

Das Training und das Verhör heute hatten mir alle Energie geraubt und ich fiel in einen unruhigen Schlaf ...

Ich saß auf einer Schaukel und schaukelte vor und zurück. Andere Kinder jagten sich gegenseitig auf dem Spielplatz. Einige hüpften auf einer Wippe auf und ab. Das Sonnenlicht wärmte mein Gesicht, und ich lachte.

Die blonde Frau sprach mit einer Nonne aus dem Waisenhaus. Ich erinnerte mich an sie. Ihr Name war Schwester Margaret und sie machte die besten Schokoladenkekse.

Ich konnte das Gesicht von Schwester Margaret nicht sehen, weil sie kleiner war als meine Mutter. Plötzlich schüttelte sie den Kopf, als ob sie verärgert wäre.

Meine Mutter drückte ihre Hand, und Schwester Margaret verstummte und senkte ihren Kopf.

Ein tiefes Knurren hinter mir erregte meine Aufmerksamkeit und ließ mir das Blut in den Adern gefrieren.

Ich drehte mich um ...

Jemand schüttelte mich sanft. »Chelby. Chelby, wach auf.«

Ich schlug um mich und richtete mich ruckartig auf. Dr. Gould saß auf meinem Bett und seine Augen glitzerten vor Sorge.

»Du hattest einen Albtraum?«

Ich nickte. »Ja. Ich war im Blossoms Orphan Home, und hinter mir war ein bedrohliches Knurren zu hören.«

Er runzelte die Stirn. »Hast du gesehen, was es war?«

»Nein. Wissen *Sie* es?«

Er umklammerte meine zitternde Hand. »Es gibt viele Dinge, die knurren, Chelby. Es könnte alles Mögliche gewesen sein.«

»Was ist passiert? Wie lange habe ich geschlafen?«

Er lächelte freundlich. »Ich glaube, für ein paar Stunden. Du hattest einen langen Tag.«

»Oh.« Ich setzte mich auf. »Haben Sie das Abendessen mitgebracht?« Ich schaute hinter ihn, aber ich sah den üblichen Servierwagen nicht.

»Nein. Ich bin sehr zufrieden mit deinen Fortschritten, Chelby. Ich denke, es ist an der Zeit, dass du das Therapiezentrum verlässt.«

»Wirklich?«

»Dein altes Zimmer wurde repariert und du kannst dorthin zurückkehren.«

Ich klatschte in die Hände. »Danke.«

»Ich werde dich hinbegleiten. Ich habe außerdem beschlossen, dass du an der Mission teilnehmen wirst.«

»Was ist mit Brody passiert?«

Er öffnete die Tür. »Das werde ich dir und deinem Team rechtzeitig sagen.«

Ich wollte ihn nach Jonas fragen, aber ich ahnte, dass mich das in Schwierigkeiten gebracht hätte, und ich wollte nicht noch eine Nacht hier drin verbringen. Ich umklammerte meinen kleinen Drachen und folgte ihm aus dem Zimmer.

Ich ging die Treppe hinauf und konnte immer noch nicht glauben, dass meine Gefängnisstrafe vorbei war. Dr. Gould öffnete die Glastür, und ich atmete die frische Bergluft ein.

Es dämmerte und der Innenhof war leer.

Ich sah den Direktor an. »Wo sind alle?«

Er zuckte mit den Schultern. »Wahrscheinlich beim Abendessen. Ich bin sicher, dein Team ist dort. Willst du dich ihnen anschließen?«

»Ja.« Etwas am Himmel erregte meine Aufmerksamkeit. Pegasi flogen umher, und ich erinnerte mich daran, wie sehr ich ein bestimmtes geflügeltes Pferd vermisst hatte. »Zuerst möchte ich Eros sehen«, sagte ich.

Er gestikulierte über den Innenhof. »Du kannst gehen. Morgen erzähle ich dir von den Plänen, die wir beschlossen haben. Möchtest du, dass ich deinen Plüschdrachen in dein Zimmer bringe?«

Ich reichte ihn ihm, ohne zu zögern. »Danke.«

Ich rannte eilig über den Hof und den Hügel hinauf zu den Ställen. Ich konnte es kaum erwarten, Eros zu sehen. Ich hatte ihn so sehr vermisst, dass es wehtat.

Sergeant Regina Santos verteilte gerade Heu in den Ställen. Ihr langes schwarzes Haar war zu einem Pferdeschwanz gebunden, und sie trug ihre übliche Uniform. Sie grinste. »Chelby. Schön, dich zu sehen. Der Direktor hat dich also endlich aus der Haftanstalt entlassen.« Ihre Stimme war fröhlich und ich konnte keine Anzeichen von Missbilligung entdecken.

»Kann ich Eros sehen?«

»Nur zu gerne. Er ist launisch, seit du weg bist.«

Ich grinste und eilte zu Eros' Stall, wo er ungeduldig mit den Hufen stampfte, als wolle er hinaus. Ich riss das Tor auf und schlang meine Arme um seinen dicken Hals. »Gott, ich hab dich so vermisst.«

»Willst du ihn reiten?«

Ich drehte mich um und sah meinen Onkel mit seinem weißen Pferd, Celestial.

»Darf ich?«

Er legte den Kopf schief. »Komm schon.«

Als ich Eros aus seinem Stall führte, spürte ich seine Aufregung. Seine Muskeln zuckten, genau wie die meinen.

Sergeant Santos blickte vom Heuharken auf. »Viel Spaß.«

Ich schwang mich auf Eros' Rücken und er breitete sofort seine großen, schwarzen Federschwingen aus. Energie sprudelte durch mich, als hätte ich acht Monster getrunken. Mein rasendes Herz tanzte, und die Dunkelheit, die mich niederdrückte, schmolz dahin. Ich fühlte mich, als hätten sich Ketten von meinen Hand- und Fußgelenken gelöst. Ich wollte Eros reiten, bevor die Sonne unterging.

Ich wartete nicht einmal auf meinen Onkel. Eros stürzte sich in den Himmel, und ich lachte, als die Luft über mich hinwegrauschte. Freiheit war wie eine Droge für mich, die mich immer weiter nach oben brachte.

Die Nässe der Wolken feuchtete meine Haut an. Die PSK-Gebäude wurden unter uns immer kleiner.

Mein Onkel holte mich schnell ein.

»Halt dich von den Barrieren fern«, warnte er.

Ich erschauderte, als ich daran dachte, was das letzte Mal passiert war, als ich diesen Fehler gemacht hatte. Ich schaute unruhig zu der Stelle, an der ich angeschossen worden war, nahe der höchsten Kiefer in Sichtweite. Dieser Baum musste älter und weiser sein als die anderen. Er wuchs direkt außerhalb der Barriere.

Eros hielt sich davon fern und flog in einem Kreis um die Bäume herum, als ob er genau wüsste, wo sich die Grenze befand. Ich vertraute ihm und wusste, dass er mich nicht in Gefahr bringen würde.

Ich warf einen Seitenblick auf meinen Onkel. »Mach dir keine Sorgen. Ich werde nicht nochmal durch diese Hölle gehen.«

Mein Onkel und sein Pferd hielten mit Eros und mir Schritt. Keiner von uns sprach, während wir über dem Boden schwebten.

Als die Sonne hinter den Bergen unterging, wurde die Luft kälter, und ich fröstelte.

»Ich glaube, es ist Zeit, umzukehren«, schlug mein Onkel vor.

»Okay. Werden die Pegasi mit uns nach Übersee gehen?«

Auf Eros in Schottland zu reiten, wäre so verdammt toll.

»Nein. Leider müssten sie unter Quarantäne gestellt und dort gelassen werden. Die Pferde sind nur unsichtbar, wenn sie fliegen, also müssten wir eine Menge Fragen zu ihren Flügeln beantworten. Sie werden nur bei Missionen in den Staaten eingesetzt.«

Die Enttäuschung packte mich. Mein Magen krampfte sich zusammen und drehte sich unruhig. Ich wollte nicht wieder von Eros getrennt werden, aber ich konnte mir nur vorstellen, was Sektor Neun tun würde, wenn sie meinen Pegasus in die Finger bekämen. Das konnte ich nicht riskieren. Robert würde niemals mein schönes Pferd in die Finger kriegen.

Eros landete problemlos bei den Ställen und ich rutschte von seinem Rücken.

Mein Onkel trat neben mich. Er hatte Celestial auf die eingezäunte Wiese neben den Ställen gelassen. »Geht es dir gut?«

Ich grinste. »Ich werde mich nicht in einen Vulkan verwandeln, wenn du das meinst.«

Er lachte. »Du hast den gleichen Humor wie deine Mutter.« Das Lachen erstarb auf seinen Lippen und seine Augen glitzerten vor Aufrichtigkeit. »Im Ernst, ich wollte dir sagen, wie stolz ich auf dich bin. Deine Mutter hatte die gleiche Entschlossenheit und hat sich nie von irgendetwas aufhalten lassen, um zu erreichen, was sie wollte.« Ich konnte nicht sagen, ob er tatsächlich stolz war oder sich über mich ärgerte.

Ich blieb stehen. »Was wollte sie?«

»Dich beschützen. Dir helfen, dein Schicksal zu erfüllen. Sie hat immer gesagt, dass du ihre größte Errungenschaft bist.«

Ich senkte meinen Kopf und umklammerte meinen Anhänger. »Ich wünschte, ich hätte gewusst, wer sie wirklich war. Sie war immer eine geheimnisvolle Betreuerin, die mir von Waisenhaus zu Waisenhaus gefolgt ist.«

»Fandest du das nicht seltsam?«, fragte er leise.

Ich zog die Brauen hoch. »Nein, denn einige der Nonnen machten das auch. Ich dachte, sie wäre da, um sich um alle Kinder zu kümmern, so wie die anderen auch. Warum hat sie mir nicht gesagt, wer sie ist?«

»Ich weiß. Es war wirklich eine Schande.« Seine Gesichtszüge wurden weicher und Bedauern erfüllte seine grünen Augen. »Sie musste ihre Identität geheim halten. Sie hat dich auf die einzige Weise beschützt, die sie kannte. Wenn jemand herausgefunden hätte, wer sie wirklich war, wärt ihr beide in Gefahr gewesen.«

»Das verstehe ich. Aber es ist trotzdem ätzend.« Ich führte Eros in seine Box und striegelte ihn.

Mein Onkel stützte sich mit den Unterarmen auf Eros' Stall ab. »Er hat dich wirklich vermisst. Nicht einmal Sergeant Santos konnte sich ihm nähern, um ihn zu striegeln.«

»Bist du störrisch, Eros?«

Eros drehte sich um und nickte, als ob er es bestätigen wollte.

Ich klopfte ihm auf das Hinterteil. »So ein Stinkstiefel.« Ich gab ihm einen grünen Apfel, bevor ich seinen Stall verließ, und streichelte ihm über die Stirn. »Wir sehen uns morgen, Kumpel.«

Mein Onkel und ich verließen die Ställe gemeinsam. Ich warf noch einen letzten Blick auf Eros, bevor wir hinausgingen. Er war wirklich ein prächtiges Tier.

Ich schaute meinen Onkel an. »Was ist Dr. Goulds große Ankündigung?«

»Oh, nein. Das werde ich nicht ausplaudern.« Er gluckste. »Wenn ich das täte, würde ich in der Haftanstalt landen. Du wirst warten müssen.«

»Bitte …«

Er schüttelte den Kopf. »Nein. Es betrifft dein ganzes Team, nicht nur dich.«

Meine Augen weiteten sich. »Geht es um die Mission?«

»Hast du Hunger? Ich denke, wir sollten dir vor dem Schlafengehen etwas zu essen besorgen.«

Ich verdrehte die Augen, bedrängte ihn aber nicht. Ich rieb mir den Nacken und seufzte. Es würde eine lange Nacht werden.

Geduld war noch nie meine Tugend gewesen.

13

Endlich kam der Morgen. Überraschenderweise hatte ich letzte Nacht wie ein Stein geschlafen.

Keine Träume.

Keine Albträume.

Nur glückseliger Schlaf.

Ich musterte mein Zimmer. Es sah genauso aus wie vorher. So rosa wie immer, aber ich lächelte trotzdem. Es war mein Zuhause.

Die Mädchen, die in meinem Flur wohnten, waren nicht gerade begeistert, dass ich zurück war. Ich war mir sicher, dass sie dachten, ich würde das Wohnheim jeden Moment niederbrennen.

Ich schlug die dicke Bettdecke zurück und ging in Richtung Balkon. Die Sonne lugte über die Berge. Alles war ruhig. Ich öffnete meine Balkontür und sah zu, wie der Berg erwachte. Eichelhäher flogen von den Ästen der Bäume. Eichhörnchen und Streifenhörnchen kletterten die Bäume hinauf und hinab.

Leise Schritte knirschten auf dem Kies. Unten joggte eine einsame Gestalt über die Außenbahn. Ich konnte es nicht glauben. *Jonas.* Ich hätte gedacht, joggen wäre das Letzte, was er jetzt tun wollte.

Ich dachte darüber nach, mich ihm anzuschließen, aber es machte mir Spaß, die Spannerin zu spielen. Jonas war oberkörperfrei und der Schweiß glitzerte auf seinem Rücken. Seine Haare waren zu einem Man Bun zusammengebunden, und seine Jogginghose schmiegte sich an seine muskulösen Beine. Jonas Fox war definitiv zum Anbeißen. Ich fragte mich, wie es wohl wäre, ihn zu küssen. Mein Deckname war Amor, weil ich wusste, wer füreinander bestimmt war, zumindest wenn es sich um Menschen handelte. Aus irgendeinem Grund funktionierte diese Fähigkeit hier nicht.

Ein verschmitztes Lächeln huschte über mein Gesicht. Was würde mein Team denken, besonders Jonas, wenn sie wüssten, dass ich noch nie geküsst worden war? In der High School hatte ich nie ein Date gehabt. Das war eher das Ding meiner Pflegeschwester Jamie gewesen.

Doch immer, wenn ich Jonas sah, musste ich an Kino, Essen gehen oder Küssen denken. Er konnte ein Arschloch sein, aber es gab auch diese anderen Momente ... die Momente, in denen er mir unter die Haut ging. Die Momente, in denen ich nichts mehr wollte, als ihn zu küssen.

Er schaute von der Bahn zu mir hoch, als ob er wüsste, was ich dachte. Eine heiße Schamesröte überlief mich. Ich riss mich los und verschwand in meinem Zimmer.

Ich brauchte eine kalte Dusche, um die dummen Gedanken an den Kuss mit Jonas wegzuwaschen. Ich war müde. Das war alles.

Ich blieb unter der Dusche, bis mein Blut anfing zu pumpen. Ich war hellwach und bereit, Dr. Goulds große Ankündigung zu hören.

Mein Magen knurrte laut. Das Frühstück würde mich von Dr. Goulds Plänen ablenken. Ausnahmsweise musste ich nicht meine rosa Trainingskleidung anziehen. Stattdessen zog ich meine Uniform an, eine weiße Bluse und einen schwarz-weißen Rock. Das fühlte sich so viel besser an, als eine rosa Lakritzstange zu sein.

Ich beschloss, mich ein wenig zu schminken. Lila Lidschatten, rosa Rouge und ein wenig rosa Lipgloss. Ich konnte mir ein Lachen nicht verkneifen. Dr. Goulds Vorliebe, mich in Rosa zu kleiden, war ansteckend.

Als ich die Tür öffnete, sah ich alle anderen Mädchen im Flur, die mich misstrauisch anschauten.

»Guten Morgen«, sagte ich zögerlich.

Nur eine antwortete mir. »Morgen.«

Die anderen sahen sie finster an, als hätte sie einen Schweigepakt gebrochen.

»Was? Wenn ich nicht hallo sage, fackelt sie mein Zimmer ab.«

Im Ernst? Dummheit war unter diesen fiesen Mädchen wohl ansteckend. Ich eilte den Flur entlang, um von ihnen wegzukommen, und stieß mit Maggie zusammen. Sie trug die gleiche Uniform wie ich. Wie ich hatte sie ihr schwarzes Haar zu einem Pferdeschwanz gebunden, der ihre dunklen Augen betonte.

Sie musterte mich. »Du siehst toll aus.«

Ich grinste. »Ich bin so froh, dass ich mal etwas anderes als Rosa trage.«

Sie zuckte mit den Schultern. »Ich weiß nicht. Du siehst wirklich hübsch aus in Rosa.«

Ich blinzelte. »Darüber hab ich wohl nie nachgedacht.«

Sie lachte. »Große Überraschung. Du merkst gar nicht, wie schön du bist.«

Meine Wangen liefen rot an. »Nein, bin ich nicht.«

Ihr Gesicht verfinsterte sich. »Doch, das bist du.« Sie drückte den Knopf für den Aufzug. Wir drängten uns zu den anderen Mädchen und fuhren in den ersten Stock.

Mein Magen knurrte wieder und einige der Mädchen kicherten, sodass ich mich zwei Zentimeter groß fühlte. Er knurrte lauter, und die Mädchen brachen in Gelächter aus. Ich fluchte, als mir eine heiße Schamesröte über den Nacken lief. Sogar meine Ohren brannten. Ich musste aussehen wie eine wütende Miss Piggy.

Der Aufzug hielt schließlich an und wir stiegen aus. Als wir in Richtung Cafeteria gingen, sah ich die Jungs auf uns zukommen. Kog überragte sie wie ein grüner Berg. Sein Lächeln war wie ein Sonnenstrahl, der die Finsternis in mir vertrieb.

Er musterte uns und grinste. »Hey, ihr seht beide fantastisch aus.«

Jonas und ich starrten uns an. Sein »Du siehst verdammt gut aus«-Blick brachte mein Blut in Wallung. Schweißperlen brachen mir unter meiner Kleidung aus und ließen sie an meiner geröteten Haut kleben. Warum verwandelte mich ein einfacher Blick von ihm in ein brodelndes Chaos?

Vergiss es.

Hicks öffnete die Tür für uns. »Seid ihr bereit für Goulds Ankündigung?« Seine leise Stimme ließ meinen Nacken kribbeln und ich bekam eine Gänsehaut – nicht vor Angst, sondern vor Vorfreude.

»Ist doch klar, dass es um die Mission geht«, sagte Justice unverblümt. »Ich glaube nicht, dass wir nur noch beobachten werden. Nicht, nachdem Brody uns das gestern aufgedrückt hat.«

»Du glaubst diesem Arschloch doch nicht wirklich, oder?«, knurrte Jonas.

Ich runzelte die Stirn. »Du traust ihm nicht?«

»Niemals. Einmal ein Dieb, immer ein Dieb.«

Gott, er neigte dazu, alles schwarz-weiß zu malen. »Du vergibst nicht gerade leicht, oder?«

Der Hass in seinen Augen raubte mir den Atem. »Zumindest niemandem, der uns bei der ersten Gelegenheit in den Rücken fallen wird. Gould ist ein Narr, wenn er ihm glaubt.«

»Ich würde das nicht zu laut sagen, sonst rennst du von hier bis nach Denver«, mahnte Justice.

Jonas öffnete den Mund, um etwas zu erwidern, schloss ihn aber schnell wieder, als er bemerkte, dass Dr. Gould am Eingang der Cafeteria mit Commander Wyland sprach.

Ich freute mich so darüber, dass ich mir mein Essen wieder selbst aussuchen konnte. Ich war gar nicht so lange in der Haftanstalt gewesen, aber es kam mir wie eine Ewigkeit vor.

Wir stellten uns alle an. Ich entschied mich für einen Wurst-Burrito mit grünen Chilischoten und Avocado-Scheiben. Ich setzte mich an unseren üblichen Tisch und wartete auf mein Team.

»Hallo, Chelby. Du siehst heute wunderschön aus.«

Ich erstarrte, meine Gabel auf halbem Weg zu meinem Mund. Ich drehte mich um und sah Brody, der grinste wie die Grinsekatze. Er trug eine Jeans, die seine Muskeln betonte, und ein blaues Poloshirt, das seine tiefgrauen Augen hervorhob.

Er sah verdammt gut aus, als wäre er das Lieblings-Pin-up-Poster eines jeden Mädchens.

Wenn Jonas ihn hier erwischte, würde der dritte Weltkrieg ausbrechen.

Mit einem lauten Klirren ließ ich meine Gabel auf meinen Teller fallen. »Was machst du denn hier?«

Er setzte sich neben mich, als ob er ein Recht darauf hätte. »Gould hat mich heute Morgen rausgelassen.«

Ich schaute ihn nicht an. Ich scannte die Cafeteria, auf der Suche nach Jonas, der uns entdeckt hatte. Wie ein wütender Elefantenbulle bahnte er sich seinen Weg zu uns.

Meine Neugierde übermannte mich. Ich ignorierte den angreifenden Elefanten und konzentrierte mich auf Brody. »Warum hat er dich rausgelassen?«

Brody nippte an seinem Kaffee und antwortete mir nicht.

Ein Kribbeln lief mir über den Nacken. »Ach du Scheiße. Du kommst mit auf die Mission, oder?«

»Nein, tut er nicht«, sagte eine kalte Stimme hinter uns.

Jonas hielt ein Tablett in der Hand, auf dem sich Rührei und Biscuits and Gravy türmten. In seinen harten grünen Augen schimmerte ein boshaftes Glitzern.

Ich befeuchtete meine Lippen, als jemand anderes wie eine Katze hinter ihm auftauchte. »Tu's nicht, Jonas.«

»Gibt es ein Problem?«, fragte Dr. Gould. Seine Stimme war sanft, aber sie enthielt eine verschleierte Drohung.

Jonas warf einen Blick über seine Schulter und biss die Zähne zusammen. »Nein, Sir. Überhaupt kein Problem.«

»Dann schlage ich vor, dass du dich hinsetzt und dein Frühstück isst, Mr. Fox.«

Jonas setzte sich schnell neben mich. Oh, mit Jonas auf der einen und Brody auf der anderen Seite würde das ein tolles Essen werden. Ich fühlte mich, als wäre ich das Seil in einem Tauziehen zwischen diesen beiden Männern. Der Rest des Teams strömte zum Tisch und wirkte schockiert, als sie Brody neben mir entdeckten, der ruhig seinen Kaffee trank, als ob kein Wässerchen ihn trüben könnte.

Dr. Goulds Anwesenheit hielt jeden davon ab, auf Brody loszugehen. Wir aßen schweigend, außer Jonas. Er rührte keinen einzigen Bissen an, aber wenigstens hielt er den Mund.

Trotz der Anspannung, zwischen Jonas und Brody zu sitzen, schaffte ich es irgendwie, mein Frühstück zu essen. Das Team stand auf, und wir brachten unsere Tabletts zur Spülmaschine.

Dr. Gould stand wie ein Wächter hinter Brody. Ich war mir nicht sicher, was das zu bedeuten hatte. Als wir zu unserem Tisch zurückgingen, schaute der Direktor jeden von uns an. »Wir werden uns in meinen Konferenzraum zurückziehen und über eure Mission sprechen. Ihr reist am Freitag ab.«

Ich keuchte. Das war in zwei Tagen. Waren wir bereit?

Dr. Gould ging voraus. Brody folgte ihm. Keiner sagte ein Wort, während wir die Treppe statt des Aufzugs zum Konferenzraum nahmen. Als wir dort ankamen, waren der Commander und fünf weitere Personen bereits im Raum. So wie es aussah, waren es ein männlicher und eine weibliche Fae, zwei Vampire und möglicherweise eine Wolfswandlerin.

»Hallo.« Mein Onkel schwang seinen Stuhl in unsere Richtung und lächelte, als hätte er unseren Lottogewinn ausgerufen. »Wir schicken nicht nur ein Team. Wir schicken zwei. Das sind die Champions.«

Ich hatte von ihnen gehört. Sie waren ein knallhartes Team, auf das man nicht in einer dunklen Gasse treffen wollte. Sie schätzten uns mit kurzen Blicken ab, und ihre finsteren Blicke und ihr spöttisches Lächeln ließen vermuten, dass wir ihnen nicht gewachsen waren. Vielleicht lag es aber auch nur an mir.

Wir nahmen die leeren Plätze ein.

Dr. Gould trat vor ein Whiteboard. »Ich habe die Champions bereits über unsere Mission gebrieft. Jetzt möchte ich sie mit euch durchgehen. Bevor wir anfangen, Champions, möchte ich euch die *Anchorae Salutis* vorstellen. Bitte stellt euch vor.«

Der dunkelhaarige männliche Fae war Lark und die rothaarige weibliche war Elisa. Die Vampire hießen Felix und Martin. Sie waren Zwillinge, aber im Gegensatz zu Justice hatten sie kurze blonde Haare. Die Wolfswandlerin war eine Frau namens Tessa.

Dr. Gould trat hinter Brody. »Brody O'Hara war Mitglied von Sektor Neun und hat das Team gewechselt.«

Jonas schnaubte laut.

Dr. Gould verengte seine Augen. »Hast du ein Problem damit, Mr. Fox?«

»Nein, Sir.« Seine Worte klangen respektvoll, aber seine Augen sagten etwas anderes.

»Gut. Brody kommt mit uns, weil er uns reinbringen kann. Das Blossoms Orphan Home ist eine Fassade für das eigentliche Ziel von Sektor Neun, nämlich Supersoldaten herzustellen. Sektor

Neun hat jedoch eine Netzhautsicherung und einen Ringscan, um hineinzukommen.«

Jonas verschränkte die Arme. »Hätte Sektor Neun seinen Zugang nicht sofort deaktiviert, als er sie verraten hat? Nicht einmal Sektor Neun ist so dumm.«

Dr. Gould seufzte. »Unser Plan ist es, die Wachen am Tor davon zu überzeugen, dass er in geheimer Mission unterwegs war.«

Jonas schnaubte.

Dr. Gould fuhr fort. »Jeder Supersoldat hat einen einzigartigen Ring, der ihm Zugang gewährt. Ohne Brody müssten wir einen offenen Angriff starten, und ich glaube nicht, dass das klug wäre. Der Plan sieht vor, dass Brody das Gebäude betritt und das Sicherheitssystem ausschaltet, damit der Rest von uns eindringen kann. Unser Ziel ist es, den Blutzauber zu brechen.«

Commander Wyland stand auf. »Ich glaube, ich weiß, welchen Zauber der König Sektor Neun gegeben hat. Nur die Fae können diesen Zauber brechen, und es wird unser Blut brauchen, um ihn zu zerstören.«

»Die andere Möglichkeit ist Drachenfeuer«, fügte Dr. Gould hinzu. »Aber es könnte beides nötig sein, um das Blut zu zerstören, das sie den Menschen geben. Commander Wylands Bericht zufolge hat König Ash ihnen einen sehr mächtigen Zauber gegeben.« Seine Augen verfinsterten sich. »Er versucht wohl verzweifelt, uns zu verraten.«

Dr. Gould legte eine Hand auf Brodys Schulter. »Falls ihr euch fragt, warum wir Brody vertrauen: Der Commander hat ihn mit einem Zauber belegt. Wenn er uns verrät, wird er unerträgliche Schmerzen erleiden. Und nur der Commander kann den Zauber aufheben.«

»Ich werde keinen von euch verraten«, murmelte Brody. »Ich schwöre.«

Jonas rollte mit den Augen, aber sonst tat das niemand.

Lark hob seine Hand. »Warum haben wir zwei Teams?«

»Die *Anchorae Salutis* werden das Backup-Team sein, während Brody und die Champions reingehen. Das Backup-Team soll verhindern, dass die Verstärkung von Sektor Neun ihnen hinein folgt. Wenn die Champions in Schwierigkeiten geraten, werden die *Anchorae Salutis* eingreifen, aber nur, wenn die Champions Unterstützung brauchen.«

»Was ist mit den Kindern?«, platzte ich heraus.

»Wir werden auch sie retten«, versicherte uns der Commander. »Leider glaube ich, dass sie und ihre Betreuer gegen ihren Willen festgehalten werden, um die illegalen Aktivitäten von Sektor Neun zu vertuschen.«

»Wenn wir die Kinder befreien, müssen die *Anchorae Salutis* auf sie aufpassen«, verkündete Lark.

»Toll«, brummte Jonas. »Jetzt sind wir Babysitter.«

»Kannst du diese Mission erfüllen, Mr. Fox?«, knurrte Dr. Gould. »Ich bin mir nicht sicher, ob du hier richtig bist.«

Jonas wurde blass. »Ich entschuldige mich, Sir. Ich werde alles tun, was nötig ist.«

»Gut. In den nächsten zwei Tagen werdet ihr als Team trainieren. Dann brechen wir nach Schottland auf.«

Tessa, die Wolfswandlerin, sah mich an. »Sollte sie nicht ein Drache sein?«

»Sie ist ein Drache«, korrigierte Dr. Gould. »Sie hat sich noch nicht verwandelt.«

»Wirklich? Das ist seltsam. Warum kommt sie mit?«

Meine Wangen brannten und ich senkte meinen Kopf.

»Weil sie auch eine mächtige Fae ist«, fügte Jonas hinzu.

Tessas Augenbrauen hoben sich. »Sie hat zwei Blutlinien? Interessant. Vielleicht sind die Gerüchte, dass sie knallhart ist, ja doch wahr.« Doch das Glitzern in ihren Augen und ihr Tonfall verrieten, dass ich eine große Enttäuschung war.

Es kursierten Gerüchte, dass ich knallhart sei. Das war mir neu.

»Chelby kommt auch aus Schottland und hat als Kind im Blossoms Orphan Home gewohnt«, erklärte mein Onkel. »Sie hat vielleicht Erkenntnisse, die sie vergessen hatte und die für unser Team sehr hilfreich sein werden.«

Tessa kicherte, als ob das das Lustigste wäre, was sie je gehört hatte.

Die anderen Champions schauten mich neugierig an, sodass ich mir wie eine neu entdeckte Blume vorkam. Dr. Gould und der Commander erklärten uns mehr über den Plan. Die *Anchorae Salutis* waren hauptsächlich Verstärkung.

Tessa warf mir immer wieder fiese Blicke zu, die meine Haut zum Kribbeln brachten. Ich wünschte, eine große Spinne würde auf ihrem Kopf landen.

Ein kribbelndes Gefühl durchfuhr mich. Plötzlich sprang Tessa auf und strich sich mit den Händen durch die Haare. »Holt sie von mir runter. Holt sie von mir runter!«

Dr. Gould runzelte die Stirn. »Was denn?«

»Da war eine große Spinne in meinem Haar.« Sie sah sich wild um. »Wo ist sie hin?«

Lark rollte mit den Augen. »Setz dich, Tessa. Da ist keine Spinne. Das bildest du dir nur ein.« Sein Tonfall triefte vor Hohn.

Tessa untersuchte ihren Stuhl, bevor sie sich mit einem verwirrten Blick setzte.

Ich neigte den Kopf, bedeckte meinen Mund mit der Hand und versuchte, nicht zu lachen.

Nach der Besprechung zog mich mein Onkel zur Seite. »Chelby, was hast du mit Tessa gemacht? Ich habe die Blicke gesehen, die ihr euch zugeworfen habt.«

Meine Augen weiteten sich. »Was meinst du? Ich habe gar nichts mit ihr gemacht.«

Er verengte die Augen. »Du machst mir nichts vor. Tessa hat Angst vor Spinnen und plötzlich beschwert sie sich, dass eine Spinne auf ihrem Kopf gelandet ist, die sonst niemand sehen kann? Das klingt, als hättest du Glamour auf sie angewandt.«

Ich blinzelte. »Wirklich?« Ich konnte die Aufregung in meiner Stimme nicht unterdrücken, aber das entlockte ihm nur einen finsteren Gesichtsausdruck.

»Chelby«, warnte er.

»Das war keine Absicht. Ehrlich.«

Er verzog seine Lippen. »Du solltest das besser in den Griff bekommen, sonst landest du wieder in der Haftanstalt und bist raus aus der Mission.«

»Das werde ich. Bitte gib mir noch eine Chance.«

Anstatt zu antworten, verließ er verärgert den Konferenzraum.

Ich dachte, er wäre stolz auf mich, weil ich meinen Glamour eingesetzt hatte, aber offensichtlich war es ein großes Tabu, fiesen Mädchen Streiche zu spielen. Ich verließ den Raum mit gesenktem Kopf. Das Letzte, was ich wollte, war, ihn zu enttäuschen, und ich würde alles tun, um es wiedergutzumachen.

14

Die nächsten Tage vergingen wie im Flug, aber ich hielt mein Versprechen. Egal, wie sehr Tessa mich mit ihren Blicken oder ihrem Sarkasmus köderte, ich schlug nicht zurück. Außerdem blieb ich wachsam und achtete auf alle Empfindungen, die in mir brodelten. Wann immer ich etwas Ungewöhnliches spürte, entfernte ich mich von Tessa. Wenn ich das nicht konnte, versuchte ich, an eine angenehme Erinnerung zu denken, was mir zu helfen schien, meinen Glamour zu kontrollieren.

Wir trainierten mit unseren Waffen und lernten Verteidigungstaktiken. Ich war überrascht, wie einfach es war, mit den Champions zu arbeiten. Sogar Jonas entspannte sich, außer wenn es um Brody ging. Er vertraute ihm immer noch nicht.

Ich musste zugeben, dass ich auch nicht gerade zum Brody-Fanclub gehörte.

Morgen würden wir nach Schottland aufbrechen, und ich konnte nicht schlafen. Ich warf einen Blick auf die Uhr und stellte fest, dass es kurz nach Mitternacht war. Ich sollte mich um fünf Uhr morgens mit meinem Team und den Champions treffen, und ich hätte dringend Schlaf gebrauchen können. Doch alles, woran ich denken konnte, war Sektor Neun, König Ash und natürlich mein guter alter Pflegevater Robert Brooks. Hoffentlich war er nicht in Schottland, da er mit dem Wahlkampf für das Amt des Senators beschäftigt war. Die Wahl stand kurz bevor, und ich hoffte, dass er haushoch verlieren würde.

Ich hoffte auch, dass Brody und Jonas mich nicht ablenken würden. Sie schienen beide um meine Aufmerksamkeit zu buhlen, was die Mission behindern könnte. Ich hoffte, dass sie sich zusammenreißen konnten. Im Moment war nur wichtig, den Blutzauber zu brechen. Ich vermutete, dass diese Supersoldaten nicht nur Übernatürliche gefährdeten, sondern auch Menschen. Ich konnte nicht verstehen, warum mein Pflegevater oder der König des Blütenhofs die Leben ihrer eigenen Leute für eine Macht riskieren würden, die ihnen um die Ohren fliegen könnte.

Ich hatte gestern Abend gepackt, und meine Tasche wartete neben der Tür. Dr. Gould hatte uns schwarze Anzüge gegeben, die sich an unsere Körper anpassten. Sie erinnerten mich an das, was Black Widow in den Avengers-Filmen trug. Sie waren fast wie eine zweite Haut und würden uns helfen, in der Dunkelheit zu verschwinden, vor allem, da wir das Waisenhaus nachts angreifen würden. Vielleicht würde es Sektor Neun schwerfallen, uns zu sehen, aber die Attentäter würden keine Probleme haben.

Ich schlug die Decke zurück und ging auf meinen Balkon.

Luft. Ich brauchte frische Luft.

Ich riss die Balkontür auf und trat nach draußen. Das Mondlicht strömte durch die Bäume und warf Schatten auf das Gras. Es war friedlich, und mir wurde klar, dass ich das PSK mittlerweile als mein Zuhause betrachtete.

Morgen würde ich diese schützenden Mauern verlassen. Ich hatte immer noch die Befürchtung, dass Sektor Neun draußen auf mich warten würde, um mich zu schnappen und in ein weiteres Gefangenenlager zu bringen.

Sie waren aber nicht so furchterregend wie die Attentäter. Die Attentäter wollten mich tot sehen. Sie wollten ein Foto von meiner Leiche machen und es meinem wunderbaren Cousin, König Ash, geben. Ich hatte das Gefühl, dass jede Entscheidung, die ich traf, in einer Katastrophe enden konnte.

Ich umklammerte das Geländer und genoss die Brise, die mich umwehte, während das Mondlicht auf dem Weg unter mir leuchtete. Die Morgendämmerung war nicht mehr weit entfernt, und bald würde ich auf dem Weg nach Schottland sein.

Dann bemerkte ich eine Bewegung auf dem Weg. Jemand joggte. Dem Gang, den langen Haaren und der muskulösen Statur nach zu urteilen, war es Jonas. Offensichtlich konnte auch er nicht schlafen.

Vielleicht brauchte er Gesellschaft, oder er wollte mit seinen Gedanken allein sein. Ich beschloss, nicht zu fragen. Ich setzte mich auf meinen Balkonsessel, legte meine Füße auf den Tisch und starrte hinauf zum Mond, bis mich der Schlaf überkam ...

»Beeil dich, Chelby. Sie kommen.« Ihre Stimme ließ mein Herz schneller schlagen und ich schaute immer wieder über meine Schulter.

Die schöne blonde Frau hielt meine Hand fest und zerrte mich die Treppe hinunter. Ich hatte mir einen Rucksack über die Schultern geschnallt und umklammerte meinen kleinen Stoffdrachen. Die Frau trug eine weitere Tasche. Ich war vielleicht vier oder fünf Jahre alt.

Wir stiegen eine gemauerte Wendeltreppe hinunter, die sich scheinbar endlos in die Tiefe schlängelte. Kühle Luft strich über uns. Flackernde

Fackeln warfen unsere Schatten an Wände, die mit Wandmalereien von Drachen, Wölfen, Fae und Vampiren bemalt waren.

»Wir müssen schnell sein.«

»Warum gehen wir?«

»Weil der Feind uns wieder gefunden hat. Sie sind auf der Jagd nach dir, mein Schatz. Sie verstehen nicht, was für eine schöne Seele du bist.«

Ich blieb stehen. Tränen liefen mir über die Wangen. »Bin ich schlecht?«

Die Frau kniete vor mir nieder und wischte mir über die Wangen. »Nein, Liebes. Du bist etwas Besonderes. Jemand, der unsere Welt für immer verändern wird. Du bist einfach nicht stark genug, um dich ihnen zu stellen. Noch nicht.«

Bumm-Bumm-Bumm!

Ich wachte ruckartig auf. Schweißperlen kullerten mir über den Körper und mein Nachthemd klebte an meiner Haut.

»Chelby, bist du wach?« Dr. Goulds Stimme war wie ein lauter Wecker, ein nerviges Klingeln in meinem Ohr.

Der Mond stand tiefer, und die Nacht war dem Tageslicht gewichen. Scheiße, ich hatte verschlafen.

Mein Herz klopfte wie wild, als ich in mein Zimmer rannte und die Balkontür zuschlug. »Ja, ich bin wach. Ich bin wach.«

»Du hast fünfzehn Minuten Zeit, um dich fertig zu machen«, rief der Direktor hinter der Tür.

»Ich bin gleich fertig.« Ich riss mir mein Nachthemd vom Leib und rannte ins Bad.

Innerhalb weniger Minuten war ich geduscht und in meine Freizeitkleidung gekleidet. Wir hatten die Erlaubnis, uns leger zu kleiden, da Sektor Neun und König Ash die Uniformen des PSK kannten.

Ich legte ein wenig Make-up auf und steckte meine Haare zu einem Dutt. Make-up wurde für mich langsam zur zweiten Natur. Nicht sehr viel. Lediglich so viel, dass ich mich gut fühlte.

Ich eilte zu meinem Rucksack neben der Tür und öffnete ihn wieder. Vorsichtig steckte ich meinen lila Plüschdrachen hinein. Ich hätte es nicht ertragen, ihn zurückzulassen. Das war meine erste Mission, und ohne ihn würde ich nirgendwo hingehen.

Ich öffnete die Tür und fand mich vor Commander Wyland wieder, der auf mich wartete.

Ich runzelte die Stirn. »Was machst du denn hier? Und warum darfst du Jeans und ein T-Shirt tragen?«

Er schaute auf seine Uhr. »Ich bin ein Commander. Ich kann tragen, was ich will. Bist du bereit?«

»So bereit, wie es nur geht.«

Er sah mich an. »Wenn du in Schwierigkeiten gerätst, beschwör deinen Glamour, Chelby. Selbst wenn du deine Haarfarbe änderst, wird das Sektor Neun abschütteln.« Er umklammerte meinen Arm. »Sei vorsichtig, wenn du etwas aus ihren Ängsten machst, wie du es bei Tessa getan hast.«

»Das war wirklich keine Absicht«, platzte ich heraus und meine Zunge purzelte über jedes Wort. »Ich wusste nicht einmal, dass ich das *kann*. Es war ein Unfall. Ehrlich. Bist du immer noch böse auf mich?«

Er schüttelte den Kopf. »Nein. Es hat mich einfach überrumpelt. Aber du musst vorsichtig sein. Wenn du das in der Hitze des Gefechts versuchst, könnte es nach hinten losgehen und du könntest deine schlimmsten Ängste beschwören, anstatt die der anderen. Hast du das verstanden?«

»Das ist nicht sehr beruhigend.« Ich musterte ihn. Schatten lagen unter seinen Augen, als ob er letzte Nacht nicht geschlafen hätte. »Du machst dir Sorgen um mich, nicht wahr?«, fragte ich sanft.

»Ich mache mir Sorgen um euch alle. Wir begeben uns hier in echte Gefahr. Du musst deine Fae-Kräfte und das, was euch Sergeant Ragar beigebracht hat, nutzen. Das könnte dich retten. Das Einzige, was sonst noch helfen könnte, wäre, wenn du dich verwandeln könntest.«

»Selbst, wenn ich wollte, weiß ich nicht, wie man sich verwandelt.«

Er umklammerte meinen Arm. »Du musst deine Angst und deine Wut loslassen. Das wird dir erlauben, dich zu verwandeln.«

Ich nickte, nicht sicher, ob ich ihm hundertprozentig glaubte.

Er öffnete meine Tür. »Zeit zu gehen.«

Ich schnappte mir meinen Rucksack und schlang ihn mir über die Schulter.

Mein Onkel griff danach. »Willst du, dass ich den trage?«

»Nein, ich mach das schon.«

Dr. Gould stand im Schatten des Flurs. »Bist du bereit, Chelby?«

»Ja. Ich bin bereit.«

Er warf mir einen strengen Blick zu. »Die Attentäter werden dort sein, Chelby.«

Ich verkrampfte mich bei dem Gedanken an sie. Sie waren tödlich und hatten meine Mutter und möglicherweise auch meinen Vater umgebracht. Mein Atem ging schneller und ich versuchte, die Angst zu verdrängen, die ausbrechen wollte.

Er wartete darauf, dass der Commander und ich uns zu ihm gesellten. »Vergiss nicht, dass du nicht allein bist, Chelby. Du hast zwei Teams, mit denen du zusammenarbeiten kannst. Noch wichtiger ist, dass du Fähigkeiten erlernt hast, die dir nicht nur helfen, dich zu schützen, sondern auch diese Mission zu erfüllen.«

Irgendwie dachte ich nicht, dass es so einfach sein würde.

Dr. Gould eilte zum Aufzug. »Ihr müsst euch beide beeilen. Sonst kommen wir zu spät zum Einsatz.«

Die Schritte des Direktors und des Commanders waren so groß, dass ich Mühe hatte, mit ihnen Schritt zu halten.

Ich musste praktisch joggen, um mit Dr. Gould Schritt zu halten. Er war schneller als die Hasen in der Gegend. »Dr. Gould, ich muss Ihnen etwas sagen.«

Er sah mich von der Seite an. »Was?«

»Ich hatte letzte Nacht wieder einen Traum über das Blossoms Orphan Home.«

Dr. Gould blieb stehen und sah mich an. »Hast du von etwas geträumt, das uns bei dieser Mission helfen könnte?«

»Nein, nicht wirklich. Da war eine lange Wendeltreppe mit Wandmalereien von Übernatürlichen, aber das war's. Ich habe nichts Nützliches gesehen.«

Dr. Gould rieb sich den Bart. »Hm, vielleicht doch. Dieses Treppenhaus könnte zu dem Ort führen, an dem Sektor Neun seine Spezialarmee aufbaut.«

Ich kaute auf meiner Wange. »Vielleicht. Vielleicht auch nicht. Das werden wir bald sehen.«

Dr. Gould ging vor mir her, aber mein Onkel blieb an meiner Seite. Mit jedem Schritt schlug mein Herz schneller, und meine Handflächen wurden feucht. Ich war kurz davor, in ein Flugzeug zu steigen und auf meine Feinde zuzufliegen, anstatt mich vor ihnen zu verstecken.

Mein Onkel schaute mich an. »Bist du nervös?«

Warum lügen? »Ja, bin ich.«

»Halt dich an den Plan, Chelby. Es ist wichtig, dass du dem Teamleiter folgst. In diesem Fall ist das Lark. Ihr arbeitet gut zusammen.« Er schenkte mir ein beruhigendes Lächeln. »Wir werden Erfolg haben.« Doch ich hörte die Besorgnis in seiner Stimme, die meine eigenen Gefühle widerspiegelte.

Mein Onkel und ich schlossen uns der Gruppe im Innenhof an. Alle trugen Rucksäcke über ihren Schultern, so wie ich. Hier gab es keine Hotelpagen und es wurde von uns erwartet, dass wir unsere Taschen selbst trugen. Wenn mein Onkel meine genommen hätte, hätte ich mich zu Tode geschämt, besonders vor Tessa. Sie hielt mich ohnehin schon für nutzlos, und wenn ich meine Tasche nicht selbst getragen hätte, hätte es das nur bestätigt.

Ich wollte nicht vor allen schwach erscheinen, vor allem nicht vor Brody. Ich war mir immer noch nicht sicher, ob ich diesem Möchtegern-Captain America trauen konnte. Es schien zu gut, um wahr zu sein. Außerdem war der echte Captain America mit keinem schmerzhaften Zauber belegt, der ausgelöst werden würde, wenn er uns verriet.

»Hey, Chelby.« Maggie gesellte sich zu meinem Onkel und mir.

Commander Wyland nickte uns zu. »Wenn ihr mich entschuldigt, ich muss mit Dr. Gould und Lark sprechen.«

Maggie ließ ihren Blick über mich schweifen. »Du siehst toll aus.« Sie beugte sich zu mir vor. »Hast du Angst? Bist du nervös?«

»Ja, und du?«

Sie nickte. »Ich bin kurz davor, aus der Haut zu fahren.«

Kog kam zu uns herüber. »Seid ihr bereit?«

Ich grinste. »Bist du auch nervös?«

Sein sonst so fröhliches Gesicht wurde nachdenklich. »Jeder, der nicht nervös ist, ist ein Idiot. Wir treten gegen die Attentäter an. Selbst Orks haben Angst vor ihnen.«

Hicks, Justice und Jonas schlossen sich unserer Gruppe an. Ihre verkniffenen Gesichter verrieten, dass sie genauso besorgt waren wie der Rest von uns. Auch die Champions drängten sich umeinander.

Brody steckte die Hände in die Taschen und stand alleine da. Er war ein Mann ohne Team.

Mein Team und die Champions würden mit ihm zusammenarbeiten, aber ich glaubte nicht, dass irgendjemand ihm vertraute.

Noch nicht.

Er musste es sich verdienen.

Dr. Gould stellte sich in die Mitte der Gruppe. »*Anchorae Salutis*, ihr folgt dem Commander, um eure Waffen aus der Waffenkammer zu holen. Wie ihr sehen könnt, haben die Champions ihre Waffen bereits dabei. Ihr werdet eure Waffen immer bei euch tragen.«

Mein Bauch zog sich zusammen und ich schluckte schwer. Es war so weit. Wir würden wirklich in den Krieg ziehen.

Ich musste so müde gewesen sein, dass ich nicht bemerkt hatte, dass die Champions ihre Waffen bei sich hatten. Die Fae und die Zwillingsvampire hatten Schwerter an ihre Wehrgehänge geschnallt. Die Wandlerin trug einen Köcher mit Pfeilen auf ihrem Rücken und einen Bogen in der rechten Hand. Ich blinzelte überrascht über die Pistole, die in Brodys Halfter steckte. Kugeln konnten gegen Übernatürliche nicht viel ausrichten, aber wir hatten es ja nicht nur mit Übernatürlichen zu tun.

Ein Wiehern lenkte meine Aufmerksamkeit auf die Ställe. Ich wünschte, Eros würde mit uns kommen, aber was wäre, wenn ein Sternschnuppenpfeil ihn treffen würde? Ich würde es mir nie verzeihen, wenn ihm etwas zustoßen würde. Hier war er sicherer.

Der Commander führte uns in die Waffenkammer, wo Sergeant Ragar wartete. Ich wünschte, er würde auch mitkommen. Er hatte mir in den letzten schrecklichen Tagen wirklich geholfen, und sein Glaube an mich hatte einige meiner Selbstzweifel zerstreut.

»Guten Morgen, *Anchorae Salutis*«, begrüßte der Sergeant uns. »Ich habe alle eure Waffen für euch bereitgelegt.«

Ich ging zu meinem Bogen und Köcher.

Sergeant Ragar folgte mir zum Eingang. »Du bist ein Naturtalent mit dem Bogen, Chelby. Du musst ihm vertrauen, wenn du in den Kampf ziehst. Wenn du deine Angst und Wut loslässt, könntest du dich selbst überraschen und dich verwandeln.«

Er war die zweite Person, die mir das sagte.

»Ruf deinen Drachen. Er wird dir antworten.« Er drückte meine Schulter. »Ich glaube an dich. Viel Glück!«

Bei seinen freundlichen Worten bildete sich ein Kloß in meinem Hals. »Danke für alles.«

Er nickte und musterte den Rest meines Teams. »Ich möchte euch viel Erfolg bei eurer Mission wünschen. Ihr habt alle gut trainiert. Kommt zurück zu mir.«

Ich war mir nicht sicher, aber ich glaubte zu hören, dass seine Stimme brüchig war. Er blinzelte, und obwohl seine Augen trocken blieben, zitterten seine Wangen. Wie der Commander machte er sich Sorgen. Nicht immer überlebten alle jede Mission, aber viele taten es. Ich hoffte nur, dass alle *Anchorae Salutis* zurückkehren würden. Ich konnte den Gedanken nicht ertragen, einen von ihnen zu verlieren. Sie waren meine Familie.

Mein Onkel wartete vor der Tür. »Dr. Gould hat alle notwendigen Papiere, einschließlich der Pässe, für die Einreise nach Schottland. Der Van wartet schon, um uns zum Hangar und zu unserem Privatjet zu bringen. Der Hangar ist etwa eine Autostunde entfernt und mit einer Schutzbarriere umgeben, damit Menschen ihn nicht sehen können. Die Fahrt vom PSK zum Hangar ist jedoch nicht geschützt, also seid auf mögliche Angriffe gefasst.«

Mist, das war nicht gut.

Wir folgten ihm schweigend aus der Waffenkammer. Jeder war in seine eigenen Gedanken versunken. Das war unsere erste Mission, und den ernsten Gesichtern meines Teams nach zu urteilen, waren ihre Eingeweide genauso verknotet wie meine.

Ein beiger Van wartete auf dem Parkplatz. Es war kein Logo darauf zu sehen. Das PSK mochte es nicht, Aufmerksamkeit auf sich zu ziehen, also war ein schlichter Van keine große Überraschung. Das Fahrzeug war groß genug, um beide Teams, einschließlich eines Orks, unterzubringen. Ich atmete einen angestauten Atemzug aus, als ich an Bord kletterte und mich nach vorne setzte. Die Champions hatten die besten Sitze auf der Rückbank.

Maggie schlüpfte mit einem kleinen Lächeln neben mich. Sie konnte nicht aufhören, mit den Händen zu ringen, und ich tat so, als würde ich es nicht bemerken. Sie war nicht die Einzige, die eine Scheißangst hatte. Mein Herz hörte nicht auf zu rasen, als hätte es jemand im Leerlauf gelassen, und ich war so nervös, dass ich vergaß zu atmen.

Brody saß zwischen dem Commander und Dr. Gould. Es war klar, dass sie ihn genau im Auge behalten würden, Zauberspruch hin oder her.

Ich starrte aus dem Fenster, als der Wagen den Parkplatz verließ. Ich konnte die Ställe auf dem Hügel sehen, aber es waren keine Pegasi zu sehen. Eros hatte sich in seinem Stall versteckt. Ich wünschte, ich hätte ihn noch einmal sehen können, bevor ich abfuhr, aber dafür war keine Zeit.

Dr. Gould, Sergeant Ragar und sogar mein Onkel hatten mir gesagt, dass ich in der Lage sein würde, mich in meinen Drachen zu verwandeln, wenn ich meine Angst überwinden konnte. Trotzdem konnte ich nur daran denken, wie der blaue Drache zu Stein geworden und zerbrochen war.

Bald würde ich dem Team gegenüberstehen, das ihn getötet hatte und mich umbringen wollte.

15

Als der Van auf den Highway auffuhr, schalteten alle meine Sinne auf höchste Alarmbereitschaft. Ich umklammerte meinen Bogen fest und suchte den Highway nach einem dunklen Van oder einem anderen Fahrzeug ab, das uns eventuell verfolgte.

Es waren kaum Autos auf der Straße unterwegs. Dr. Gould und der Commander schienen entspannt zu sein, aber ich kannte sie. Sie waren in höchster Alarmbereitschaft und hielten nach allem Verdächtigen Ausschau, genau wie ich.

Niemand sprach während der gesamten Fahrt im Van. Als die Dämmerung die Dunkelheit vertrieb, lehnte ich meinen Kopf gegen das Fenster. Es war so weit. Ich ging auf meine erste Mission, und meine Aufgabe war es, die Champions zu unterstützen. Ein Schauer lief mir über den Rücken, und die Härchen auf meinen Armen stellten sich auf. Was, wenn die Attentäter und Sektor Neun wussten, dass wir kamen? Was, wenn Brody ihnen eine geheime Nachricht hatte zukommen lassen, von der Dr. Gould und mein Onkel nichts wussten?

Hör auf, hör auf, hör auf.

Meine Angst würgte mich wie eine Boa Constrictor. Ich sollte sie loslassen, statt sie zu füttern.

Ich erwog, mich abzulenken und mit Maggie zu reden, aber selbst ein Flüstern wäre wie ein Megafon in dem stillen Van gewesen, also schaute ich einfach weiter aus dem Fenster.

Der private Flugplatz des Paranormalen Söldnerkorps lag etwa eine Stunde von Colorado Springs entfernt. Die Menschen hatten den Cheyenne Mountain, in dem NORAD versteckt war, und die Air Force Academy lag etwa zehn Meilen östlich von Black Forest. Unser Stützpunkt lag in der Nähe des Pikes Peak, einem der höchsten Berge in Colorado. Man konnte ihn von Denver aus sehen, obwohl er fast hundert Meilen entfernt war.

Wie NORAD war auch unser Flughafen versteckt – nicht durch Berge, sondern durch Magie.

Ich hatte nicht gewusst, dass dieser Flughafen existierte, und ich lebte in Colorado Springs. Ich fragte mich, ob Robert und Sektor Neun davon wussten. Auch wenn der Flugplatz durch Magie geschützt war, vermutete ich, dass sie Wege hatten, Magie zu erschnüffeln. Wie beim PSK konnten sie die Barriere nicht überwinden, aber das hieß nicht, dass sie nicht wussten, dass er da war.

Unser Fahrer verließ die Hauptstraße und fuhr den Berg hinauf. Bald bog er auf eine Schotterstraße ab, die sich um steile Hänge schlängelte.

Dr. Gould drehte sich zu uns um. »Wir haben die Barriere überquert, hinter der uns die Menschen nicht sehen können.«

Ich glaube, er sagte das vor allem, um mein Team zu beruhigen, und nicht unbedingt die Champions. Mein Team und ich stießen lang angehaltene Atemzüge aus. Meine Muskeln entspannten sich, und ich lockerte den Griff um meinen Bogen.

Kiefern und Gestrüpp verschwanden, als wir die Baumgrenze erreichten, die ihre eigene Schönheit hatte. Der Pikes Peak war bekannt für seinen Reichtum an Rauchquarzkristallen und Topasen, die den Granit säumten.

Der Van bog in eine weitere Schotterstraße ein und meine Augen weiteten sich, als ich den PSK-Flughafen zum ersten Mal sah. Ein großes Zementschild mit der Aufschrift *Paranormales Söldnerkorps* kennzeichnete ein riesiges, vierstöckiges rotes Backsteingebäude mit doppelten Glastüren. Wildblumen wie Akeleien, Gänseblümchen, roter und orangefarbener Mohn und Glockenblumen säumten die Bürgersteige, die zum Gebäude führten.

Neben einem Restaurant standen mehrere Korbstühle, Hocker und eine Feuerstelle mit Sonnenschirmen darüber. Es sah mehr nach einem Hotel als nach einem Militärflugplatz aus.

Es gab drei lange Landebahnen und einen Metallhangar. Kleine Flugzeuge, Hubschrauber und Privatjets waren auf dem Gelände verteilt. Das sah nicht aus wie ein Militär- oder Luftwaffenstützpunkt. Eher wie der Spielplatz eines Milliardärs.

»Verdammt«, sagte Brody hinter uns. »Ich habe diese Gegend schon hundertmal gesehen und wusste nicht, dass es das hier gibt.«

Ich warf einen Blick über meine Schulter. Er sah genauso verwirrt aus, wie ich mich fühlte.

Dr. Gould gestikulierte. »Du kannst es wegen deines neuen übernatürlichen Blutes sehen.«

»Es sieht aus wie der Privatflughafen eines Filmstars«, stammelte ich.

Maggie klopfte mir auf den Oberschenkel. »Das ist das Schöne daran. Einer unserer vielen Vorzüge.«

Ich beugte mich zu ihr vor. »Wo ist unser Flugzeug?«

Sie nickte in Richtung eines kleinen Flugzeugs mit offener Tür. »Der Privatjet dort.«

»Wirklich? Wir fliegen nicht mit einem Militärtransportflugzeug?«

»Nein. Laut Dr. Gould ist das einer der Vorteile. Wir fliegen mit Stil, wohin wir auch gehen.« Sie klatschte aufgeregt in die Hände. »Ist das nicht toll? Ich hasse es, in der Touristenklasse zu fliegen.«

Ich runzelte die Stirn, da ich ihre Begeisterung nicht teilte. Das würde uns so unsichtbar machen wie einen Albino-Büffel inmitten einer normalen Herde. »Zieht das nicht Aufmerksamkeit auf uns?«

»Eigentlich werden Privatjets als unbedrohlich angesehen. Aber falls wir entdeckt werden, sind unsere Flugzeuge mit Maschinengewehren, Raketen und Bomben ausgerüstet.«

Es fiel mir schwer, das alles zu glauben. »Ernsthaft?«

»Auf jeden Fall.«

Ich grinste. »Wir sind also der James Bond der Lüfte.«

Sie grinste und zwinkerte mir zu. »Null-Null-Sieben. Lizenz zum Töten.«

Der Fahrer hielt den Van neben dem Flugzeug an und der Commander stand auf. »Alle Mann, schnappt euch eure Ausrüstung. Es ist Showtime.«

Ich schnappte mir meine Tasche wie alle anderen, weil ich keine Sonderbehandlung wollte. Wir trugen sie zum Ende des Flugzeugs, wo eine weitere Tür offen war, und stellten sie in den Gepäckraum. Ich folgte Maggie ins Flugzeug und mir fiel die Kinnlade herunter.

Dieses Flugzeug war anders als alle anderen, die ich je gesehen hatte. Die braunen Ledersessel, die mit dem Boden verschraubt waren, sahen aus, als könnten sie mich verschlucken. Jeder Sessel hatte einen Fensterplatz, und es gab zwei pro Reihe, wenn man das so nennen konnte, weil sie durch einen breiten, geräumigen Gang voneinander getrennt waren. Auf jedem der großen, schwenkbaren Holztabletts, die an den Stühlen befestigt waren, lag eine Mappe.

Der Commander stand im hinteren Teil des Flugzeugs. »Bitte nehmt alle Platz. Das Frühstück wird serviert, sobald wir abgehoben haben.«

Ich warf Maggie einen Blick zu. »Wir kriegen Frühstück?«

»Natürlich. Es sind mindestens fünfzehn Stunden von hier nach Edinburgh. Wir werden auch Mittag- und Abendessen bekommen.«

»Wow.« Ich schaute mich im Flugzeug um und bewunderte den Teppichboden, die bequemen Sessel, die Bar und die Küche im hinteren Bereich. »Das ist so luxuriös. Wer bezahlt das?«

»Wir haben im Unterricht gelernt, dass wir ein Budget haben, wie die Streitkräfte der Menschen, nur in einem viel kleineren Maßstab. Jede übernatürliche Familie zahlt einen Prozentsatz ihres Einkommens an uns, und wir haben einige große Gönner. Dr. Gould ist einer von ihnen.«

Ich ließ mich auf einem Sitz nieder und staunte darüber, wie bequem und geräumig er war, bevor ich Maggies Erklärung ansprach. »Was? Ist das dein Ernst?«

»Ja, er ist stinkreich. Seine ganze Familie ist reich. Sie sind Milliardäre.«

Ich dachte an sein schickes Büro. »Ich schätze, das macht Sinn. Übrigens, ich muss dir etwas gestehen.«

Maggie sah mich neugierig an. »Was?«

»Das ist meine erste Flugreise.«

»Nun, du bekommst eine Sonderbehandlung. Das ist so viel besser, als in der Touristenklasse einer kommerziellen Fluggesellschaft zu fliegen.«

Eine Frau in einem marineblauen Hosenanzug mit dunklen Haaren, die zu einem ordentlichen Dutt gebunden waren, ging zum vorderen Teil des Flugzeugs. Sie drückte einen Knopf an der Wand. Die Flugzeugtür schloss sich und sie wandte sich uns zu. »Willkommen an Bord der Dragon's Lair. Ich bin Pam, eure Flugbegleiterin auf dem Flug nach Edinburgh. Ich werde euch Getränke und Frühstück servieren, sobald wir fünfzehntausend Fuß erreicht haben. Bitte schnallt euch an. Wir werden in Kürze abheben.«

Mein Herz und mein Magen flatterten und ich klammerte mich an die Armlehnen.

Maggie lachte. »Hab keine Angst, Chelby.«

Ich nickte, antwortete ihr aber nicht.

Die Motoren dröhnten und das Flugzeug bewegte sich sanft auf eine der Landebahnen zu.

Ich klammerte mich weiter so fest ich konnte an die Armlehnen.

Pam ging die Anwendung der Sauerstoffmasken und Schwimmwesten durch. Da ich ihr am nächsten war, hörte ich ihr zu, obwohl es das Letzte war, was ich wollte. Meine zitternden Knochen klapperten so stark, als ob sie Jingle Bells für alle spielen wollten.

Nachdem Pam ihren Vortrag beendet hatte, kehrte sie auf ihren Platz im hinteren Teil des Flugzeugs zurück.

Ich grub meine Fingernägel in das Leder und versuchte, ruhig zu bleiben. Wenn ich ehrlich war, wollte ich, dass Jonas mich in den Arm nahm und mir sagte, dass alles gut werden würde. Aber er saß hinten bei Justice. Gott, ich war doch angeblich knallhart sein. Nicht ein verängstigtes kleines Mädchen.

»Bist du immer noch nervös?«, fragte Maggie leise.

Ich sah sie nicht einmal an. »Ja.« Das Wort wurde zu einem erstickten Zischen.

»Fliegen ist sicherer als Autofahren«, sagte sie.

»Das hab ich schon gehört.« Ich hatte das nie wirklich geglaubt.

GGGGRRRRR-GGGGRRRR!

Der Jet raste dröhnend die Landebahn hinunter und drückte meinen Körper noch tiefer in den bequemen Liegesessel. Ich hielt den Atem an, biss die Zähne zusammen und betete, dass wir ohne Probleme in die Luft kommen würden. Das felsige Gelände zischte an uns vorbei, als der Jet sich in die Luft erhob und schneller wurde.

Stürz nicht ab, stürz nicht ab, stürz nicht ab.

»Willkommen in der Dragon's Lair. Bitte bleiben Sie auf Ihren Plätzen, während wir aufsteigen«, verkündete eine männliche Stimme, die ich für den Piloten hielt, über die Sprechanlage. »Wir kommen morgen um zehn Uhr in Edinburgh an. Im Moment ist der Himmel klar. In zehntausend Fuß Höhe können Sie Ihren Sicherheitsgurt lösen und sich frei bewegen, sobald ich das Anschnallzeichen über Ihnen ausschalte.«

Ich spürte, wie der Druck in der Kabine zunahm, während die Triebwerke laut blieben. Ich schloss die Augen und versuchte, mich zu entspannen, indem ich mich an mein Training zur Selbstberuhigung erinnerte. Ich atmete langsam ein und aus, spannte meine Zehen so fest wie möglich an und ließ sie dann los. Das wiederholte ich mit meinen Beinen, meinem Bauch und schließlich mit meinen Armen.

Ding.

»Ich bitte um Ihre Aufmerksamkeit. Ich habe das Anschnallzeichen ausgeschaltet, und Sie können sich gerne in der Kabine bewegen«, kam die Stimme des Piloten über die Sprechanlage.

»Geht es dir gut, Chelby?«, fragte eine sanfte Männerstimme.

Ich öffnete meine Augen.

Mein Onkel starrte mich besorgt an.

Ich rutschte auf meinem Stuhl hin und her. »Meine erste Flugreise.«

»Ah, ja. Ich hätte es wissen müssen. Unser Privatjet ist ruhiger als ein Linienflugzeug, also wirst du dich hoffentlich beruhigen können.«

»Das werde ich.« Das stimmte noch nicht ganz. Meine Handflächen waren klamm und ich musste sie an meinem Rock abwischen.

Er deutete auf die Mappen auf unseren Ablagetischen. »Wir fangen mit dem Briefing an, bevor Pam Kaffee und Frühstück serviert.«

Dr. Gould stand am Kopfende des Flugzeugs. »Wenn ihr bitte eure Mappen öffnen und euch das Dossier ansehen könntet, fangen wir an.«

Ich öffnete meine und erstarrte. Das Blut wich aus meinem Gesicht und ich brach in kalten Schweiß aus, als ich das Foto des zweistöckigen Bauernhauses sah. Es war genau so, wie ich es in Erinnerung hatte. Schaukeln, die von einer großen Eiche baumelten, eine Wippe und ein Klettergerüst. Ein großer, offener Platz umgab alles. Alles sah noch genauso aus wie damals, nur, dass die niedrige Steinmauer, die das Waisenhaus einst umgeben hatte, durch einen hohen, bedrohlichen Sicherheitszaun ersetzt worden war. Diese armen Kinder. Das sah eher nach einem Gefängnis als nach einem Waisenhaus aus.

Verdammt, Robert Brooks war wirklich ein Mistkerl.

Dr. Gould fuhr fort: »Es gibt unter uns nur eine Person, die schon einmal im Blossoms Orphan Home war.« Er fing meinen Blick auf. »Nein, das stimmt nicht. Es gibt zwei Personen. Chelby lebte dort für kurze Zeit als Kind, bevor sie nach Amerika kam.« Er machte eine Geste, und Brody stellte sich neben ihn.

Brody saß offensichtlich neben Dr. Gould. Das war interessant. Entweder war er im Status aufgestiegen oder, was wahrscheinlicher war, Dr. Gould wollte ihn im Auge behalten.

Der Direktor legte ihm eine Hand auf die Schulter. »Brody wird euch darüber informieren, was uns erwarten wird, wenn wir das Haus betreten.«

Ich hörte ein lautes Schnauben hinter mir und wusste instinktiv, dass es Jonas war. Dr. Gould kniff die Augen zusammen, aber kein einziger Pieps ertönte mehr. Jonas spielte definitiv mit dem Feuer. Ich hatte das ungute Gefühl, dass sich Jonas und Brody noch vor Ende der Mission in die Haare kriegen würden.

Brody räusperte sich. »Danke, Dr. Gould. Leider habe ich keine Fotos vom Inneren, aber ich habe einen Bericht über meinen letzten Besuch geschrieben. Im ersten und zweiten Stock sieht es aus wie ein normales Waisenhaus mit Schlafzimmern, einer Küche, einem Wohnzimmer und einem Spielzimmer. Dort leben etwa fünfzehn Waisenkinder, die alle übernatürlich sind. Sie sind zwischen fünf und acht Jahre alt.«

Ich runzelte die Stirn, weil mir nicht gefiel, worauf das hinauslaufen würde. Ich hob meine Hand.

»Ja, Chelby?«

»Warum sind sie alle übernatürlich? Das war nicht der Fall, als ich dort war.«

Brody schaute auf seine Füße. »Alle Menschenkinder wurden an einen anderen Ort gebracht, aber die übernatürlichen Kinder mussten bleiben. Leider haben Sektor Neun und die Attentäter ihre Eltern ermordet. Sie sind eine Tarnung, und wenn Sektor Neun keine Verwendung mehr für sie hat, werden sie wie ihre Eltern getötet.«

Wenn Sektor Neun diesen Kindern auch nur ein Haar krümmte, würde ich jeden einzelnen dieser Bastarde erschießen.

»Es gibt eine gemauerte Treppe, die in den Keller führt«, erklärte Brody. »Sie ist mit Wandmalereien von Drachen, Wölfen, Fae und Vampiren ausgekleidet. Sektor Neun hat versucht, die

Wandmalereien zu entfernen, aber sie ließen sich nicht abmachen. Es war, als wären sie durch Magie geschützt.«

Vielleicht waren sie das. Vielleicht hatten meine Mutter oder mein Onkel etwas damit zu tun.

»Sektor Neun hat den Keller ausgebaut und in ein wissenschaftliches Labor verwandelt. Dort gibt es Zellen, in denen sie Übernatürliche festhalten, mit denen sie experimentieren wollen.«

Lark runzelte die Stirn. »Sind diese Zellen der einzige Ort, an dem sie Geiseln festhalten würden?«

Brody schüttelte den Kopf. »Ich glaube nicht. Im Keller gibt es zwei rote Türen, zu denen nur die hohen Tiere und die Wissenschaftler Zutritt haben. Ich stand offensichtlich nicht auf dieser Liste. Ich weiß nicht, was hinter diesen Türen vor sich geht, aber ich kann euch sagen, dass dort ihre geheimen Experimente durchgeführt werden. Ich glaube, dass sie dort die Übernatürlichen festhalten, die sie zur Blutentnahme für die Supersoldaten benutzen.«

»Wenn ihr in eurem Dossier nachseht, findet ihr dort eine von mir gezeichnete Karte, die alles enthält, woran ich mich vom letzten Mal, als ich im Keller war, erinnern kann.« Brody nahm eine Kopie der Karte in die Hand. »Das sind die Zellen und an deren Ende befinden sich die streng geheimen Räume.« Er zeigte auf eine weitere Reihe von Räumen. »Dort sind die Menschen, denen sie das Serum geben.« Er schluckte und Tränen glitzerten in seinen Augen, als er auf einen weiteren Punkt zeigte. »Hier ist die Verbrennungsanlage für die Menschen, die es nicht schaffen.«

Das war so kalt, grausam und gefühllos. Keines der Leben in diesem Gebäude hatte irgendeine Bedeutung für Sektor Neun oder die Attentäter. Sie wurden ausschließlich für ihre Zwecke benutzt, und wenn diese Zwecke erfüllt waren, wurden sie wie Müll entsorgt.

Sie mussten aufgehalten werden. Wir mussten sie zu Fall bringen und Roberts kleine Geheimarmee vernichten.

»Wie viele Übernatürliche werden gefangen gehalten?«, fragte Lark.

»Irgendetwas zwischen zwei und fünf. Ich weiß nicht, wie viele in den geheimen Räumen sind. Diese vertrauliche Information wurde mir nie gegeben.« Brody deutete auf einen anderen Teil des Waisenhauses. »Die Verwaltungsbüros befinden sich auf der gleichen Etage, auf der auch die Kinder leben. Das war das Büro von Robert Brooks, in das ich eingebrochen bin, wo ich ihre Pläne entdeckt habe.«

Ich wollte in dieses Büro.

Brody ließ die Karte sinken. »Außerdem sind die Priester und Nonnen, die auf die Kinder aufpassen, Agenten von Sektor Neun. Die echten wurden ermordet.«

Seine Worte ließen mir das Blut in den Adern gefrieren. Etwas drückte auf meine Brust und Lunge und schnitt mir den Atem ab. Ich erinnerte mich an Pater Alber und die Nonnen, besonders an Schwester Margaret. Sie waren freundlich gewesen und hatten sich um uns gekümmert. Der Pater hatte mit uns gespielt und uns jeden Abend Geschichten erzählt.

Tränen drückten auf meine Augenlider und ich ballte meine Fäuste. Robert musste dafür bezahlen. Das war alles seine Schuld.

Dr. Gould scannte das Flugzeug. »Gibt es noch weitere Fragen?«

Keiner sagte ein Wort. Ich starrte aus dem Fenster, um nicht in Tränen auszubrechen. Meine Vergangenheit kam langsam zurück, und alles daran war traurig. Sergeant Ragar und mein Onkel hatten gesagt, ich solle an angenehme Erinnerungen denken, um meinen Glamour zu nutzen und meine Kräfte zu kontrollieren, aber ich hatte nur Trostlosigkeit, die jedes bisschen Hoffnung aussaugte.

Pam rollte einen Wagen neben mich und stellte einen Teller mit Eggs Benedict und frischer Cantaloupe-Melone auf mein Tablett. »Kaffee?«, fragte sie.

Mein Magen machte einen Rückwärtssalto und ließ mir Galle in den Rachen schwappen.

Pam wirkte besorgt. »Geht es dir gut? Du siehst ein bisschen grün im Gesicht aus.«

Ich schluckte die Galle hinunter und weigerte mich, mich zu übergeben oder zu weinen. »Ich bin nur ein bisschen nervös«, quiekte ich. »Das ist mein erster Flug.« Das stimmte zum Teil. Was mich wirklich beunruhigte, war die Konfrontation mit meiner Vergangenheit.

Mir lief das Wasser im Mund zusammen, doch mein Magen drehte sich immer wieder um, während ich mein Essen anstarrte. Wie sollte ich auch nur einen Bissen nehmen?

Gott, diese Mission war schlimm. Wirklich schlimm. Es war furchtbar, den Horror aus meiner Kindheit wieder zu erleben.

Nicht übergeben, nicht übergeben, nicht übergeben.

Ich rieb mir die feuchte Stirn. »Habt ihr Ginger Ale?«

Vielleicht hätte ich nach einer Kotztüte fragen sollen.

16

Der Flug waren die schnellsten fünfzehn Stunden, die ich je erlebt hatte. Ich aß kaum etwas, obwohl wir Gourmet-Mahlzeiten bekamen. Club-Sandwiches zum Mittagessen und Steak zum Abendessen. Mein Magen war zu voll mit Angst und Kummer, um auch nur an Essen zu denken.

Nachdem wir gelandet waren, öffnete sich die Tür des Flugzeugs und Pam lächelte. »Danke, dass ihr mit der Dragon's Lair geflogen seid.«

Ich schnallte mich ab und war mehr als bereit, aus dieser Luxus-Taube auszusteigen.

Maggie schaute mich an. »Alles okay, Chelby?«

Ich schenkte ihr ein steifes Lächeln. »Mir geht's gut.«

Lügen. Lügen. Lügen.

Sie schüttelte den Kopf und lachte. »Na klar. Du bist noch grün im Gesicht und hast kaum was gegessen.«

Ich widersprach ihr nicht. Wozu auch? Es war die Wahrheit. Ich war ein verdammtes Wrack.

Wir verließen das Flugzeug im Gänsemarsch und holten unsere Rucksäcke und Waffen aus dem hinteren Frachtraum.

Als wir uns vor dem Flugzeug versammelt hatten, wies Dr. Gould auf ein kleines Gebäude. »Wir müssen durch den Zoll. Danach steigen wir in einen Shuttle und fahren zu unserem Hotel. Macht euch frisch und richtet euch ein. Unsere Mission beginnt um null hundert Uhr. Los geht's.«

Als wir durch den Zoll gingen, musste ich an die armen Kinder denken, die in diesem Waisenhaus gefangen waren. Sie mussten zu Tode verängstigt sein. Ich war überrascht, dass wir mit unseren Waffen durch den Zoll kamen, aber ich vermutete, dass mein Onkel sie mit einer Art Zauber verbarg. Wir hatten keine Probleme.

Wieder wartete draußen ein Van, um uns zu unserem Hotel zu bringen, das eher ein Bed and Breakfast am Stadtrand von Edinburgh war. Es war ein verblasstes zweistöckiges Steingebäude mit Büschen und hängenden Blumenkübeln.

Dr. Gould warf einen Blick über seine Schulter, als er auf den Eingang zuging. »Hier entlang.«

Einer nach dem anderen betraten wir das Bed and Breakfast. Die Einrichtung war urig, mit einem Kamin, Ledermöbeln und handgeschnitzten Beistell- und Couchtischen.

»Schön, Sie wiederzusehen, Dr. Gould und Commander Wyland. Alle Zimmer sind wie immer vorbereitet«, begrüßte uns ein älterer Mann mit roten Haaren und Bart an der Eingangstür. Er warf einen Blick auf uns alle. »Für diejenigen, die mich nicht kennen, ich bin Sean McDuff.«

Dr. Gould lächelte und schüttelte seine Hand. »Schön, Sie wiederzusehen, Mr. McDuff. Wie immer.«

Sean strahlte, als ob er seinen Lieblingsfilmstar treffen würde. »Es ist mir immer ein Vergnügen, Dr. Gould. Es ist mir ein Vergnügen, Ihr Team zu Gast zu haben. Bitte nennen Sie mich Sean. Das tut jeder. Hier gibt es keine Formalitäten.«

Wirklich? Kannte er Dr. Gould? Förmlichkeit war sein zweiter Vorname.

Sean breitete seine Arme aus und verbeugte sich, als wir eintraten. »Willkommen auf McDuff Manor. Dieses Haus ist seit Jahrhunderten im Besitz meiner Familie, und wie Sie gewünscht haben, werden nur Sie und Ihre Gruppe hier zu Gast sein. Alle Ihre Zimmer sind für Sie vorbereitet worden. Frühstück gibt es um sieben Uhr morgens und den Nachmittagstee um drei.«

Ich hatte noch nie Nachmittagstee getrunken und war mir nicht sicher, ob ich ihn überhaupt genießen konnte, solange die Mission vor mir lag.

»Danke«, sagte mein Onkel. »Wenn Sie uns zu unseren Zimmern bringen könnten, wäre ich Ihnen sehr dankbar.«

Sean verbeugte sich erneut. »Wie Sie wünschen. Hier entlang, bitte.«

Wir folgten Sean McDuff in unsere kleinen, gemütlichen Privatzimmer. Ich war überrascht. Ich hatte gedacht, ich würde eine Mitbewohnerin haben, aber ich konnte verstehen, warum sie alle Einzelzimmer waren. Jedes Zimmer enthielt nur ein Queensize- Bett, eine Kommode und ein kleines Bad.

Mein Onkel schlüpfte in mein Schlafzimmer. »Geht es dir gut, Chelby? Du sahst ein bisschen grün aus, als wir aus dem Flugzeug stiegen. Fühlst du dich krank?«

Pater Albers freundliches Gesicht blitzte vor meinen Augen auf und meine Hände zitterten, als ich den Reißverschluss meines Rucksacks öffnete. Ich wollte unbedingt meinen kleinen Drachen herausziehen und ihn umarmen. Er tröstete mich immer. Ich wollte mein Gesicht in seinem Kunstfell vergraben und all die schrecklichen Gräueltaten vergessen, die Sektor Neun in diesem Waisenhaus verübte.

Ich seufzte kläglich, starrte in das besorgte Gesicht meines Onkels und hätte ihn fast umarmt. Doch ich zwang mich, mich nicht zu rühren und versuchte, die perfekte Soldatin zu sein. Ich straffte meine Schultern. »Ich kannte den Priester und die Nonnen, die ermordet wurden.«

Mein Versuch scheiterte. Meine Schultern sackten zusammen und Tränen liefen über meine bröckelnde Maske. »Sie waren gute Menschen. Sie hatten es nicht verdient, ermordet zu werden.«

Mein Onkel zog mich in seine Arme, und die Tränen flossen. Er strich mir über mein Haar. »Es tut mir leid, Chelby.«

Er hielt mich fest, bis meine Tränen versiegten und ich mich von ihm löste. »Oh, nein. Ich habe dein T-Shirt ganz nass gemacht.«

Er hob mein Kinn an. »Ich habe andere. Meinst du, du schaffst das? Ich fürchte, dass bei dieser Mission noch mehr von deinen Erinnerungen freigesetzt werden.«

Ich nickte. »Ich schaffe das schon.«

»Konzentrier dich auf die schönen Erinnerungen«, wies er mich an, als er mich losließ. »Ich erinnere mich daran, wie du mit den anderen Kindern um die Wette gerannt bist, oder wie ihr bis zur Dämmerung Verstecken gespielt habt. Diese Erinnerungen werden dich durch diese Zeit bringen. Nicht diese neuen, traurigen Erinnerungen.«

Ich zuckte mit den Schultern. »Ich wünschte nur, ich könnte mich an mehr erinnern.«

»Das hast du gerade. Denk an den Priester und die Nonnen und die Kinder, mit denen du früher gespielt hast. Vielleicht ist das ein Anfang.«

Ich blinzelte die ungewollten Tränen weg.

Er warf einen Blick auf meinen Rucksack, griff hinein und zog meinen kleinen Drachen heraus. »Du hast ihn mitgebracht?«

Ich lächelte. »Bei ihm fühle ich mich immer sicher.«

»Ich weiß.« Er reichte mir das Kuscheltier. »Jemand Besonderes hat ihn dir gegeben.«

Ich keuchte. »Wer?«

»Vielleicht fällt dir diese Erinnerung bald wieder ein.« Er verbeugte sich leicht. »Wenn du mich entschuldigst, ich muss nach den anderen sehen.«

Ich wollte schreien. Verdammt, er wusste, von wem ich das Stofftier hatte. War es der blaue Drache? Das musste mein Vater sein. Ich konzentrierte mich angestrengt, aber ich konnte mich nicht daran erinnern, dass der Mann mir den kleinen Drachen gegeben hatte.

Jemand klopfte an meine Tür.

»Herein«, rief ich.

Maggie kam herein. »Sind diese Zimmer nicht toll?«

»Ja.«

Sie setzte sich auf mein Bett. »Ach, du hast deinen kleinen Drachen mitgebracht.«

»Ich nehme ihn überallhin mit.«

Sie starrte aus dem Fenster. »Ich bin ein bisschen nervös wegen heute Abend.«

»Ich auch.«

Draußen kroch die Dämmerung langsam wie ein langer Schatten über Edinburgh. Das Licht verblasste, während die Grillen ihre nächtliche Melodie sangen. In ein paar Stunden würde es völlig dunkel sein. Wir würden um Mitternacht zu unserer Mission aufbrechen. Meine Brust zog sich zusammen, als ich daran dachte, dass ich Sektor Neun wieder gegenübertreten würde. Dieser Ort würde noch schrecklicher sein als der letzte.

Ich warf Maggie einen Blick zu. »Bist du nervös?«

»Ja. Ich bin kurz davor, vor Aufregung, Angst und Schrecken zu explodieren. Damals in den Staaten war es nur Gerede, aber jetzt, wo wir hier sind, ist es nur allzu real. Ich freue mich nicht darauf, König Ashs Attentätern gegenüberzutreten. Die sind verdammt unheimlich.«

Ich verschränkte meine Arme, um meine zitternden Hände zu verbergen. »Wem sagst du das.«

Sie stand auf und ging auf die Tür zu. »Ich wollte nur mal nach dir sehen, weil du im Flugzeug nicht besonders gut ausgesehen hast.«

»Danke.« Ich lächelte. »Ich weiß das zu schätzen.«

»Halt dich verdammt nochmal fern von ihr.« Eine laute, wütende Stimme direkt vor meiner Tür ließ mich aus der Haut fahren und brachte mein Herz fast zum Stillstand.

Maggie und ich sahen uns an. Ihr Gesicht war genauso blass wie meines.

»Lass mich in Ruhe, Arschloch. Sie gehört dir nicht«, knurrte eine andere Stimme.

»Versuch, an mir vorbeizukommen, und du wirst es bereuen.«

Oh, verdammt. Ich erkannte die Stimmen. Es waren Jonas und Brody.

Maggie und ich rannten zu meiner Tür und rissen sie auf. Die beiden standen sich im Flur gegenüber wie zwei Elchbullen.

»Ach du Scheiße«, flüsterte ich. »Ich hatte schon befürchtet, dass das passieren würde.«

»Das wird nicht gut ausgehen«, stimmte Maggie zu.

Justice, Hicks und Kog kamen aus ihren Zimmern.

Kog schüttelte den Kopf. »Ich wusste, dass es zu einem Showdown zwischen den beiden kommen würde.«

Ich sah die anderen an. »Dann haltet sie auf.«

Justice breitete seine Arme aus und hinderte Hicks und Kog daran, sich einzumischen. »Nein. Besser hier als bei der Mission.«

Ich fuhr mit den Fingern durch mein Haar. Jungs konnten manchmal so dumm sein, und das war einer dieser Fälle. Dr. Gould würde stinksauer sein.

Brody zeigte auf mich zu. »Ich wollte gerade nach ihr sehen. Sie war im Flugzeug grün im Gesicht. Oder hast du das nicht bemerkt?«

»Ich sagte, halt dich von ihr fern.« Jonas schubste ihn.

Brody rutschte ein paar Zentimeter zurück. Wäre er ein richtiger Mensch gewesen, wäre er wie ein Baseball durch den Flur geflogen.

Er hielt einen Finger hoch. »Schubs mich nicht, Jonas.«

Jonas trat vor meine Tür. »Dann geh.«

»Du bist nicht ihr Aufpasser.«

»Sie will nicht mit dir reden.«

Meine Augen weiteten sich. »Ach wirklich? Du kannst mir nicht vorschreiben, mit wem ich reden darf, Jonas.«

Brody warf Jonas einen selbstgefälligen Blick zu. »Siehst du, sie *will* mit mir reden.«

Jonas versteifte sich, aber er sah mich nicht an. »Hau ab, Brody.«

Brody machte einen Schritt um Jonas herum, und das war ein großer Fehler. Jonas rammte seine Faust in Brodys Gesicht, sodass er gegen die Wand knallte.

Brody brüllte und schlug Jonas ins Gesicht. Blut spritzte, und ich keuchte. Die beiden griffen sich gegenseitig an. Die Fäuste flogen und sie wälzten sich auf dem Boden wie Löwen, die um die Vorherrschaft kämpfen.

Bumm, bumm, bumm.

Schwere Schritte donnerten den Flur hinunter. Dr. Gould schob sich an Justice, Hicks und Kog vorbei. Er zog Brody und Jonas auseinander und hielt sie am Rücken ihrer Hemden fest, als wären sie Vierjährige, die sich um ihr Lieblingsspielzeug stritten.

Er schüttelte sie beide. »Was zum Teufel ist hier los?«

Brody wischte sich das Blut von seinem Kinn. »Ich wollte mit Chelby reden und dieses Arschloch ist auf mich losgegangen.«

Jonas funkelte ihn an, ohne zu antworten.

Dr. Gould warf sie beide gegen die Wand und sie sackten zu Boden.

»Hört mir jetzt gut zu. Wir sind auf einer Mission. Wir sind hier nicht auf einem Highschool-Ball, wo ihr zwei Idioten euch um ein Mädchen streitet. Leben stehen auf dem Spiel. Ich möchte, dass ihr beide auf eure Zimmer geht und euch beruhigt. Ihr müsst euch wieder vertragen, sonst wird diese ganze Mission scheitern. Ich habe niemanden, der euch zwei Idioten ersetzen kann.«

Jonas und Brody starrten sich mit purem Hass an. Jonas' Auge war geschwollen und er hatte eine blutige Nase. Brody hatte eine dicke Lippe und seine Wange war aufgeblasen wie ein Ballon. Mist, das war alles meinetwegen, und ich hatte nicht einmal etwas getan.

Dr. Gould schnippte mit den Fingern. »Wenn ich noch einmal einen Aufruhr zwischen euch höre, bekommt ihr es mit mir zu tun. Und ich garantiere euch, dass euch das nicht gefallen wird.«

Meine beiden Streithähne schleppten sich den Flur hinunter und verschwanden in ihren eigenen Zimmern, die leider direkt nebeneinander lagen. Ich dachte, Dr. Gould würde sie verlegen, aber er sagte kein Wort.

Er drehte sich zu mir um, und seine goldenen Augen glühten vor Wut. »Chelby, geht es dir gut?«

»Ja, mir geht's gut. Ich weiß nicht, was das sollte.«

Etwas von der Wut verließ seine Augen und er gluckste. »Ich glaube, das weißt du. Missionen steigern immer die Nervosität, und zwischen ihnen brodelt es schon eine ganze Weile. Hoffentlich haben sie sich jetzt etwas beruhigt. Ich kann es nicht gebrauchen, dass sie sich um dich streiten, wenn wir eine Mission haben.«

Ich legte eine Hand auf meine Brust. »Um mich streiten?«

»Ja. Tu mir einen Gefallen und halte dich vorerst von den beiden fern. Zumindest, bis diese Mission vorbei ist.«

»Klar.« Ich warf einen Blick auf Maggie, die sich ein Grinsen verkneifen musste.

»Gut.« Er ließ mich mit Maggie und dem Rest meines Teams allein, die alle das gleiche Grinsen aufsetzten.

Ich stemmte die Hände in die Hüften. »Das ist nicht lustig.«

»Ich finde es urkomisch«, lachte Kog. »Jonas hat endlich jemanden gefunden, der ihm das Wasser reichen kann.«

Hicks grinste. »Ja, du musst dir einen aussuchen. Ich lach mich kaputt, wenn es nicht Jonas ist.«

Meine Wangen brannten glühend heiß und ich wollte mich am liebsten unter einen Stein verkriechen. »Wer sagt denn, dass ich mich für einen von beiden entscheiden werde?«

Ich drehte mich um und ging den Flur hinunter. Ich wusste nicht, wohin ich ging, aber ich musste weg von dem Gekicher meines Teams und den beiden Schwachköpfen, die sich in ihren Zimmern abkühlten.

17

Ich traf auf meinen Onkel, der auf der Couch im Wohnzimmer saß und Tee trank. Er warf einen Blick auf mein Gesicht und runzelte die Stirn. »Chelby, was ist passiert?«

Ich setzte mich hin und sagte es ihm.

Er brach in ein Lächeln aus. »Keine Überraschung. Ich habe gesehen, wie die beiden dich ansehen und wie du sie ansiehst.«

Ich keuchte und stammelte: »Das ist nicht wahr.«

»Doch, das ist es. Und ihr drei müsst eure Gefühle vor heute Abend in den Griff bekommen.« Er schenkte mir einen Tee ein. »Nimm einen. Er wird deine Nerven beruhigen.«

»Danke.« Ich nippte daran. »Glaubst du, die Attentäter wissen, dass wir hier sind?«

»Wenn sie das täten, wären sie schon längst hier.«

Ich konnte es Jonas wirklich nicht verübeln, dass er bei Brody so angespannt war. Er schien auf unserer Seite zu sein, aber wer wusste das schon so genau? Es bestand immer noch die Möglichkeit, dass er uns verraten könnte. Dr. Gould ging ein großes Risiko ein, indem er ihn auf diese Mission mitnahm. Was, wenn der Schmerzzauber meines Onkels nicht funktionierte? Ich beugte mich vor. »Was ist, wenn Brody ein Spion ist?«

»Das würde ich wissen. Wenn Brody versucht, einen von uns zu verraten, wird er sich vor unerträglichen Schmerzen wälzen. Wenn er wirklich auf unserer Seite ist, hat er nichts zu befürchten.« Seine Augen verfinsterten sich. »Wenn er lügt, wird das der schlimmste Fehler sein, den er je begangen hat.«

Wir nippten beide in Gedanken versunken an unserem Tee.

Mein Onkel ließ seinen Blick über mich schweifen. »Chelby, ich finde, du solltest jetzt deinen Glamour benutzen. Verändere dein Aussehen komplett.«

Ich schaute mich im Wohnzimmer um. Die Champions gingen ein und aus, alle außer Tessa, die mit einer Tasse Tee am Fenster saß und mich beobachtete. Zum Glück hatte sie noch nicht herausgefunden, dass ich sie mithilfe von Glamour in den Glauben versetzt hatte, eine haarige Spinne würde auf ihrem Kopf Rumba tanzen. Ich war mir nicht sicher, ob sie es geglaubt hätte, wenn sie es gewusst hätte. Ich konnte es in ihren Augen sehen: Sie dachte immer noch, ich sei völlig nutzlos.

Ich wandte mich von ihr ab, beugte mich zu meinem Onkel vor und flüsterte: »Hier? Jetzt?«

»Warum nicht?« Er zuckte mit den Schultern und hob dann seine Hand. »Warte. Verwende die Angst anderer nicht gegen sie.«

Meine Wangen flammten auf, aber ich sah Tessa nicht an. Hoffentlich hatte sie nicht gehört, was er gesagt hatte.

Ich rutschte auf dem Sofa hin und her. »Was, wenn ich es nicht schaffe? Jemand schaut zu.«

»Es sind nur du, ich und Tessa. Das ist wohl kaum ein großes Publikum«, tadelte er mich.

Das war ein furchtbares Publikum, vor allem, weil jemand dabei war, der offensichtlich der Meinung war, dass ich hier nichts verloren hatte.

Wyland füllte seine Teetasse wieder auf und gab Milch und Zucker dazu. »In der Hitze des Gefechts müssen wir oft auf unseren Glamour zurückgreifen. Aber auch dann müssen wir ruhig bleiben.« Er senkte seine Stimme und beugte sich vor. »So kannst du üben, mit Widrigkeiten umzugehen.«

Das hieß, mit Tessa. Ich sah sie immer noch nicht an, aber ich spürte, wie sich ihre Augen in mich bohrten, und ich fragte mich, ob sie ihn gehört hatte. Sie war eine Wölfin, und Wölfe hatten ein gutes Gehör.

Er tätschelte mein Bein. »Versuch es, Chelby.«

Ich seufzte und stellte meine Teetasse widerwillig auf den Couchtisch aus Kirschholz. Ich atmete einige Male tief durch und beschwor meine Faekraft, aber nichts geschah. Nicht ein Kribbeln.

Ich neigte meinen Kopf. »Ich kann das nicht.«

»Doch, du kannst es.« Er schien nicht im Geringsten verärgert zu sein. »Denk daran, wie deine Mutter dich herumgewirbelt hat.«

Ich nahm einen weiteren tiefen, reinigenden Atemzug, umklammerte den Anhänger meiner Mutter und schloss meine Augen. Eine weitere Erinnerung überrollte mich. Statt an meine Mutter erinnerte ich mich an Pater Alber, der vor dem knisternden Kamin saß und *The Night Before Christmas* vorlas. Meine Mutter saß hinter mir. Natürlich hatte ich damals nicht gewusst, wer sie war, aber es war so eine warme, kuschelige Erinnerung.

Ein Kribbeln umspielte meine Hand, in der ich den Anhänger hielt, und wanderte dann meinen Hals hinauf und über mein Gesicht.

»Ich wusste, dass du es schaffst.« Stolz schwang in seiner Stimme mit.

Ich öffnete meine Augen. »Wirklich, hab ich das?«

Tessas Mund stand offen. Sie starrte mich an, als ob sie mich nicht erkannte, aber dann brach sie in Gelächter aus.

Verdammt, was hatte ich getan? Über der Couch, auf der mein Onkel und ich saßen, befand sich ein Spiegel. Ich stand auf und schaute hinein. Ich hatte nicht nur meine Haarfarbe geändert und sie kürzer gemacht, sondern auch meine grünen Augen waren jetzt violett. Leider konnte ich auch sehen, warum sie lachte. Ich hatte einen riesigen roten Pickel auf der Nase, der mich wie Rudolph, das Rentier mit der roten Nase, aussehen ließ.

Maggie betrat das Wohnzimmer und blieb stehen. »Wer bist du?«

Ich drehte mich um. »Maggie, ich bin's.«

Maggies Augen weiteten sich. »Oh mein Gott. Ich hab dich nicht erkannt.«

Ich lachte. »Das ist der Sinn dahinter.«

Sie zog die Brauen zusammen. »Was ist das für ein Ding an deiner Nasenspitze?«

Tessa kicherte. »Ein Pickel, der aussieht, als würde er gleich platzen.«

Ich funkelte sie an, aber sie hörte nicht auf und zeigte keine Anzeichen von Reue.

»Die Attentäter werden es jetzt schwerer haben, dich zu finden«, sagte mein Onkel, während er Tee in eine weitere Tasse goss. »Hier, Maggie. Setz dich zu uns auf einen Tee.«

Maggie setzte sich neben mich, und ich hatte das Gefühl, dass dieser Zauber ein kleiner Schutzschild gegen die Attentäter war. Ich fühlte mich ein bisschen weniger verletzlich.

Der Rest des Teams betrat das Wohnzimmer und reagierte wie Maggie, einschließlich der entgeisterten Reaktion auf meine Nase. Jetzt wusste ich, wie Rudolph sich fühlte.

»Verdammt, ich hab dich gar nicht erkannt.« Kog runzelte die Stirn, als er die Teekanne und die Tassen betrachtete. »Gibt es hier was zu essen? Ich bin am Verhungern.«

Maggie runzelte die Stirn. »Du hast immer Hunger.«

»Was soll ich sagen? Ich bin ein Ork. Mein Magen knurrt immer.«

»Ich bin sicher, Sean hat Kekse und Scones«, sagte mein Onkel. »Die Küche ist durch diese Flügeltür.«

Kog verließ uns mit Justice und Hicks im Schlepptau.

Jonas kam zögernd ins Wohnzimmer, als hätte er Angst, dass Dr. Gould ihn packen und in sein Zimmer zurückschleppen würde. Sein rechtes Auge war zugeschwollen und auf seiner linken Wange hatte er einen lila Bluterguss.

Er blieb plötzlich stehen und sah mich an. »Chelby?« Seine Stimme war zögerlich, als wäre er sich nicht sicher, ob ich es war.

Ich nickte, hielt den Atem an und wartete auf eine sarkastische Bemerkung über meinen ekelhaften Pickel.

Er musterte mich neugierig. »Hast du deinen Glamour benutzt oder Commander Wyland?«

Mein Onkel legte den Kopf schief. »Das war sie.«

Langsam machte er sich auf den Weg zu uns. »Das hast du toll gemacht. Mir gefallen deine Haare, aber vor allem deine Augen. Selbst als lila Mädchen mit einem Pickel auf der Nasenspitze bist du wunderschön.« Ein Kompliment war das Letzte, was ich aus seinem Mund erwartet hatte.

»Man erkennt sie nicht einmal«, ergänzte Maggie und warf mir einen bewundernden Blick zu.

Jonas hielt meinen Blick fest. »Ich würde sie immer erkennen.« Seine heisere Stimme ließ mein Herz flattern.

Ich war mir nicht sicher, was ich dazu sagen sollte.

Schwere Schritte kamen hinter ihm den Flur herunter. Das Blut wich aus seinem Gesicht.

»Jonas.« Dr. Gould trat hinter ihn. »Wirst du dich benehmen?«

»Ja, Sir. Ich verspreche es.«

»Dieses Mal erwarte ich, dass du dein Versprechen hältst. Sonst werde ich dich aus dieser Einheit versetzen lassen. Hast du mich verstanden?«

Jonas neigte den Kopf. »Ja, Sir.«

»Gut. Ich habe Brody gesagt, dass er auch rauskommen kann.« Er musterte Jonas. »Vielleicht solltest du etwas Glamour einsetzen, um das zu verbergen.«

Jonas' Gesicht wurde knallrot und ich musste mir ein Lachen verkneifen. »Mach ich. Danke.«

Jonas bewegte seine Handfläche über sein Gesicht und ich keuchte. Sein geprelltes Gesicht war in Sekundenschnelle verheilt. Er sah so gut aus wie immer.

Ich starrte ihn an. »Hast du immer noch das blaue Auge?«

»Ein Schleier liegt über meinem Gesicht, wie bei dir. Darunter ist alles beim Alten.«

Ich schaute meinen Onkel an, der zustimmend nickte.

»Die Jungs sind in der Küche, wenn du etwas essen willst«, bot mein Onkel an.

Jonas warf einen Blick auf Dr. Gould. »Ja, ich glaube, das werde ich.«

Dr. Gould konzentrierte sich auf mich. »Du wirst immer stärker, Chelby. Ich bin beeindruckt. Meinst du, du kannst das bis nach der Mission aufrechterhalten?«

Ich runzelte die Stirn. »Ich weiß es nicht. Hoffentlich.«

»Denk an deine glückliche Erinnerung, und du wirst es schaffen«, beruhigte mich mein Onkel.

Die Nacht kam viel zu schnell. Ehe ich mich versah, zogen wir alle unsere schwarzen Anzüge an. Ich fühlte mich schon etwas zuversichtlicher, denn bisher hatte ich meinen Glamour beibehalten. Meine Haare waren immer noch lila und kurz. Meine Augen waren violett und sogar der eklige Pickel am Ende meiner Nase war geblieben. Vielleicht war ich doch nicht so nutzlos, wie ich dachte. Sogar Tessa schaute mich nicht an, als wäre ich eine totale Versagerin.

Ich umarmte meinen kleinen Drachen, bevor ich ging. »Ich komme wieder.«

Jemand klopfte an meine Tür. »Chelby«, rief mein Onkel hinter der Tür. »Es ist Zeit zu gehen.«

Showtime.

»Ich bin bereit.« Ich schnappte mir meinen Bogen und Köcher und öffnete die Tür zu seinem lächelnden Gesicht.

»Dr. Gould hat drei Autos gemietet. Wir fahren nicht mit Vans. Du fährst mit mir.«

Ich fand, das war die beste Idee, die er den ganzen Abend gehabt hatte.

Mein Onkel führte mich nach draußen, wo mehrere schwarze Mercedes warteten. Commander Wyland und ich stiegen in das erste Auto. Maggie, Hicks und Kog saßen schon drin und warteten auf uns. Sie hatten alle ihre Waffen dabei. Maggie und Hicks trugen normale Schwerter und Kog hatte seine fies aussehende Axt dabei.

»Wo ist der Rest des Teams?«, fragte ich.

Kog grinste. »Jonas und Brody fahren mit Dr. Gould.«

»Ja«, antwortete Hicks. »Ich glaube, er liest ihnen die Leviten, dass sie sich besser nicht mehr prügeln sollten. Lark ist auch bei ihnen, falls sie im Auto aufeinander losgehen.«

Ich drehte mich zu ihm um. »Ich glaube nicht, dass einer der beiden so dumm ist, sich in Dr. Goulds Auto zu prügeln.«

Hicks zuckte mit den Schultern, als ob er nicht überzeugt wäre.

Der Commander lenkte den Wagen von Edinburgh weg. Das machte Sinn, denn das Blossoms Orphan Home lag auf dem Land. Als Kinder waren wir oft durch die Wälder gestreift und hatten nach Rehen gesucht, hatten Frösche gefangen oder waren auf Bäume geklettert. Es war ein Paradies für uns gewesen.

Meine Kehle schnürte sich zu. Alles, woran ich denken konnte, waren diese armen Kinder, die gezwungen waren, wie in einem Gefängnis zu leben, nur, weil sie übernatürlich waren.

Sie wären nicht einmal Waisen gewesen, aber sie waren es dank meines wunderbaren Pflegevaters. Was hätten seine Wähler gedacht, wenn sie gewusst hätten, dass er Familien tötete? Hätte er sie davon überzeugt, dass alle Übernatürlichen Monster waren und uns zu töten wie das Schlachten von Vieh war?

Ich erkannte jeden Baum, jede Weide und jeden Berg, als mein Onkel zum Waisenhaus fuhr. Bevor wir es erreichten, fuhr er von der Straße ab und parkte das Auto inmitten einiger Bäume. In der Dunkelheit verschmolz das schwarze Fahrzeug mit der Umgebung.

Er stellte den Motor ab. »Sind alle bereit?«

Wir murmelten alle zustimmend. Für mich war es am schwierigsten, die Autotür zu öffnen. Meine Hand zitterte so sehr, dass ich kaum am Griff ziehen konnte. Im Wald war es stockdunkel und ich konnte nichts sehen. Der Viertelmond drang nicht durch die dicken Äste über unseren Köpfen. Mein Bauch kribbelte vor Angst. Soweit ich wusste, versteckten sich die Attentäter im Wald oder vielleicht in den Bäumen und waren bereit, Sternschnuppenpfeile auf uns zu schießen.

Keine Panik. Keine Panik. Keine Panik.

Ich packte meinen Bogen und schlang mir den Köcher über die Schultern. Ich war mir nicht sicher, was meine Pfeile gegen die Attentäter ausrichten konnten, aber ich musste es versuchen. Das Leben dieser Kinder hing davon ab, dass wir sie hier rausholten.

Die anderen beiden Autos hatten irgendwo hinter uns geparkt, und der Rest der Gruppe war ausgestiegen.

»Fahrer, lasst eure Schlüssel auf dem Vorderreifen liegen«, befahl mein Onkel. »Wir brauchen einen Fluchtplan, falls die ursprünglichen Fahrer gefangen genommen werden. Ich werde sie mit Glamour verstecken.«

Es war so seltsam, wie die Schlüssel wie von Zauberhand mit den Reifen verschmolzen.

Dr. Gould gab der Gruppe ein Zeichen. »Folgt alle Brody.«

»Ja, Sir«, sagten wir im Chor.

Brody führte uns aus dem dichten Kiefernwald heraus und auf einen Feldweg abseits der Straße.

Ich zwang meine zitternden Beine, sich zu bewegen. Mein Herz pochte so stark, dass ich sicher war, dass die Agenten von Sektor Neun im Blossoms Orphan Home es hören würden. Ich versuchte, nicht an sie zu denken und mir stattdessen andere Erinnerungen an meine Zeit hier als Kind vorzustellen.

Der Viertelmond spendete nur wenig Licht, aber das brauchte ich auch nicht. Ich erinnerte mich an diesen Ort. Auf beiden Seiten des Weges wuchs hohes Gras. Auf der einen Seite plätscherte ein kleiner Bach und ich erinnerte mich daran, wie ich als kleines Mädchen in ihm gespielt hatte. Das Wasser sprudelte über moosbedeckte Felsen. Als Kinder hatten wir Frösche gefangen, nach Süßwassermuscheln gejagt und die Enten gefüttert. Pater Alber hatte uns oft zu Picknicks am Ufer des Baches mitgenommen und uns Geschichten aus der Bibel erzählt.

Jenseits des Baches befand sich ein See, der von einer Wiese umgeben war, auf der noch mehr Tiere lebten. Ich hatte oft beobachtet, wie Rehe heruntergekommen waren, um vom Wasser zu trinken und das Gras zu fressen. Es war einfach magisch gewesen.

Auf der anderen Seite ragte ein zweistöckiges weißes Bauernhaus auf. Ich erkannte es sofort als das Blossoms Orphan Home, in dem ich einige Jahre gelebt hatte. Das Gebäude hatte immer noch das gleiche Strohdach und den steinernen Schornstein, aus dem Rauch aufstieg. Aber es war wirklich nicht kalt genug für ein Feuer, und ich wollte nicht daran denken, was die Arschlöcher verbrannten.

Wie auf dem Bild war die warme Steinmauer abgerissen und durch einen bedrückenden zwei Meter hohen Sicherheitszaun mit Stacheldraht ersetzt worden. Hinter dem Zaun patrouillierten Wachen mit deutschen Schäferhunden. Die Tore waren verschlossen. Ich konnte nicht erkennen, wo sich der Netzhautscan befand, und seltsamerweise standen keine Wachen am Tor.

Schweißperlen bedeckten meine Stirn und liefen mir den Rücken hinunter. Mein Herz bebte. Ich hoffte bei Gott, dass wir nicht in eine Falle getappt waren.

Die Hunde bellten wütend und zogen an ihren Leinen.

Ich zuckte zusammen. Verdammt, sie konnten uns riechen. Wir waren so was von tot.

Die Suchscheinwerfer gingen an und rollten über die Außenseite des Zauns, aber sie erreichten die Straße und den Weg, auf dem wir uns versteckt hatten, nicht. Wir lagen alle ganz still und versuchten, mit dem Gras und dem Schmutz zu verschmelzen.

Endlich war das Glück auf unserer Seite. Eine Herde Rehe hatte neben dem Zaun gegrast. Als die grellen Lichter ihre erschrockenen Augen beleuchteten, stellten sich ihre Ohren und weißen Schwänze alarmiert auf. Hoffentlich dachten die Wachen, dass die Hunde die Rehe angebellt hatten.

Die deutschen Schäferhunde ignorierten die verängstigten Tiere. Sie legten die Ohren an und ihre Nackenhaare sträubten sich, als sie knurrend auf das Eingangstor zuhielten. Sie hatten definitiv unsere Fährte aufgenommen. Es gab kein Versteck, es sei denn, wir rollten die Böschung hinunter in den sprudelnden Bach.

Das war der perfekte Moment für Brody, sein wahres Gesicht zu zeigen. Er konnte aus seinem Versteck hervorbrechen und sie auf unsere Anwesenheit aufmerksam machen.

Wenn er vorhatte, uns zu verraten, war jetzt seine Chance.

18

Plötzlich zerstreuten sich die Rehe im Scheinwerferlicht, als ein Geräusch, das sich wie Donner anhörte, über die Straße rollte. Etwas war im Anmarsch.

»Nicht bewegen«, zischte Dr. Gould.

Mein Herz raste unter meinen Rippen. Ich wünschte, ich könnte im Dreck verschwinden.

Die hellen Lichter beleuchteten meine größte Angst. Alles stand für mich still. Mein Atem. Mein Herzschlag. Das Plätschern des Baches. Meine Augen wurden unvorstellbar groß.

Mehrere große Männer auf Pferden waren erschienen. Sie trugen Tuniken und weiße Hosen, hatten Bögen in der Hand und Schwerter an ihren goldenen Gürteln befestigt. Lange weiße Haare fielen ihnen bis zu den Schultern und ihre grünen Augen schimmerten. Sie hätten Teil einer Nachstellung der alten Zeiten sein können.

Aber das waren keine Männer. Es waren Fae, und nicht nur irgendwelche Fae. König Ashs Attentäter waren hier.

Sie starrten uns direkt an. Konnten sie sehen, wie wir versuchten, im Boden zu verschwinden?

Hinter uns klickten Gewehre und ich stöhnte auf.

»Okay, Arschlöcher. Steht auf. Wir haben euch in der Zange.«

Ich erkannte die Stimme. Es war Agent Banes.

Jonas hatte die ganze Zeit recht gehabt. Brody war ein Verräter. Er musste uns an den Feind ausgeliefert haben.

Ich schloss meine Augen, grub meine Finger in den Dreck und verfluchte meine Dummheit. Unsere kollektive Dummheit. Ich hoffte, dass der Zauberspruch meines Onkels Brody in absolute Pein versetzte.

»Steht auf und denkt nicht mal dran, euch zu wehren«, befahl Banes. »Die Attentäter werden euch erschießen, bevor ihr nach einer Waffe greifen oder auch nur den nächsten Atemzug tun könnt.«

Scheiße, wir waren so am Arsch.

Ich blickte nervös über meine Schulter. Fünf Männer in Anzügen ragten mit Pistolen in der Hand über uns auf. Auf der anderen Straßenseite hatten die Attentäter Pfeile in ihre Bögen geladen. Sternschnuppenpfeile. Banes hatte Recht. Wenn wir uns wehrten, würden wir sterben.

Jemand packte mich am Handgelenk und zerrte mich die Böschung hinunter. Ich wollte schreien, aber eine Hand legte sich auf meinen Mund.

»Schhh«, flüsterte mir eine Stimme ins Ohr. »Nicht schreien.«

Es war Brody, der meinen Körper mit seinem bedeckte.

Er zog mich hinter einen Felsen, Sekunden bevor die Suchscheinwerfer mein Team entdeckten. Mein Onkel sah sich hektisch um. Ich wusste, dass er nach mir Ausschau hielt. Dr. Gould blieb ruhig und hatte sich nicht gerührt. Maggie war völlig verängstigt. Ihre Augen waren riesig und ihre Unterlippe zitterte. Jonas, Justice, Kog und Hicks hatten sich um sie geschart, als ob sie sie beschützen wollten.

Wie mein Onkel suchte Jonas die Gegend ab, dann hielt er inne. Unsere Blicke trafen sich, und er seufzte.

»Lasst eure Waffen fallen«, befahl Agent Banes.

Jonas gehorchte, während er stumm das Wort »Lauf« mit den Lippen formte.

Ich würde mein Team nicht im Stich lassen. Ich mochte vieles sein, aber kein Feigling. Ich würde einen Weg finden, ihnen zu helfen.

Verwandle dich.

Meine Augen wurden groß. Ich hatte diese Stimme schon einmal gehört. Sie kam aus meinem Inneren.

Ich kann dir helfen.

Es war mein Drache. Sie wollte auch helfen.

Der blaue Drache kam mir in den Sinn. Er hatte sich gegen die Attentäter gewehrt, und die Sternschnuppenpfeile hatten ihn zu Stein verwandelt und zerschmettert. Das Gleiche würde mit mir passieren. Ich schob die Stimme beiseite, als ich sah, wie mein Team kampflos gefangen genommen wurde. Das war verdammt beschissen.

Es war fast so, als ob sie gewusst hatten, dass wir kommen würden. Hatte Brody uns verraten?

Einer nach dem anderen, mein Team, die Champions, mein Onkel und sogar Dr. Gould, ließen ihre Waffen fallen. Einer der Agenten sammelte die Waffen ein und steckte sie in eine schwarze Tasche, darunter auch Kogs Axt. Es wäre leichtsinnig gewesen, wenn sie versucht hätten zu kämpfen. Nicht mit den Attentätern im Nacken. Die Metalltore auf der anderen Straßenseite öffneten sich knarrend.

Banes machte eine Bewegung mit seiner Pistole. »Nehmt die Hände hinter den Kopf und bewegt euch.«

»Brooks wird sich freuen«, sagte einer der Männer. »Wir haben hier einen Ork. Er sucht schon lange nach einem.«

Ich keuchte. *Oh, nein. Kog*. Was wollten sie mit ihm machen?

Agent Banes nickte. »Ich glaube, wir haben mit denen hier das große Los gezogen. Wir müssen genau herausfinden, was wir haben. Bluttests werden zeigen, was diese Arschlöcher sind, und ich habe das Gefühl, dass Robert sich freuen wird.«

Wut schoss durch meine Adern und ich zischte. Meine Brust brannte vor Wut. Rauch und Feuer krochen meine Kehle hinauf.

»Psst«, flüsterte Brody mir ins Ohr. »Sie werden dich hören.«

Ich brauchte alle Fähigkeiten, die ich beim PSK gelernt hatte, jede positive Erinnerung, um das Brennen in meinem Hals zurückzudrängen.

Die Suchscheinwerfer blieben auf meine Teamkameraden gerichtet. Brody und ich beobachteten, wie sie wie Vieh in den Hof getrieben wurden. Die Attentäter ritten auf ihren Pferden und folgten ihnen dicht auf den Fersen, die Pfeile auf ihre Rücken gerichtet. Wenn sich jemand bewegte, war er tot. Es gab kein Entkommen.

Die Tore schlossen sich und sperrten mein Team und die anderen ein.

Brody nahm schließlich seine Hand von meinem Mund.

Ich verengte meine Augen. »Du Mistkerl. *Du* hast das getan.«

Er zog die Stirn in Falten. »Nein, hab ich nicht, Chelby. Ich schwöre es. Hab ich Schmerzen?«

Ich suchte ihn nach dem kleinsten Anflug von Schmerz ab, aber er schien keinen zu verspüren. Vielleicht konnte er es verbergen.

Er umklammerte mein Handgelenk. »Wir müssen hier weg. Wenn wir noch länger bleiben, werden wir geschnappt wie der Rest von ihnen.«

Ich befreite mich ruckartig aus seiner Umklammerung. »Nein.«

»Chelby, ich mach keine Witze. Sie werden Patrouillen losschicken, um zu sehen, ob sie einen von uns übersehen haben. Sie werden uns erwischen.«

»Ich. Verlasse. Sie. Nicht.« Mit jedem Wort schlug ich meine Fäuste gegen seine harte Brust.

Er packte meine Handgelenke. »Hör auf. Wir brauchen einen Plan, Chelby. Das ist nicht wie im Film. Wir können da nicht wie die Gangster reinstürmen. Wir werden nicht mal einen Fuß da durchkriegen.«

»Das ist mir egal«, zischte ich. »Sie sind meine Familie und ich lasse sie nicht im Stich.«

Er zog an meinem Arm. »Wir müssen jetzt gehen.«

»Nein.« Ich riss mich wieder von ihm los und schob ihn von mir weg.

Frustration flackerte in seinen Augen auf. »Okay. Wir werden sie retten. Das verspreche ich. Wir müssen uns immer noch einen Plan überlegen, aber wir können das nicht hier machen. Verstehst du das?«

Ich war mir nicht sicher, ob ich ihm vertraute, aber ich hatte keine andere Wahl. Sich hinter einem Felsen zu verstecken, herauszuspringen und »Überraschung!« zu rufen, würde niemandem etwas nützen.

»Na schön.« Ich biss die Zähne zusammen. »Aber ich lasse sie nicht da drin. Wenn es sein muss, komme ich alleine zurück.«

»*Wir* werden zurückkommen. Das verspreche ich. Und jetzt folg mir.«

Brody kroch die Böschung entlang und vom Weg herunter. Während ich ihm folgte, blieb Schlamm an meinen Knien und Schienbeinen kleben. Steine und Schmutz gruben sich unter meine Fingernägel, aber ich beschwerte mich nicht. Das war nichts im Vergleich zu dem, was mein Team durchmachen musste.

Ab und zu hielt Brody inne, als ob er auf etwas lauschte, bevor er sich wieder in Bewegung setzte. Ich hörte nur mein pochendes Herz, den plätschernden Bach und die Wut, die mich durchströmte. Wenn Sektor Neun einem meiner Teammitglieder etwas antun würde, würde ich jeden an diesem Ort umbringen. Ich wusste nicht, wie, aber ich würde einen Weg finden.

Sie waren tot, tot, tot.

Die Sterne hatten sich verzogen und der Mond hing tiefer, als wir zu den Autos im Wald zurückkamen.

»Komm schon.« Brody schaute über meine Schulter.

Wir rannten zu den Autos. Er schnappte sich einen Schlüssel von einem der Reifen und wir kletterten hinein, wobei er den Fahrersitz übernahm. Er warf einen Blick in den Rückspiegel und fuhr langsam aus dem Wald.

Ich blickte zurück und erstarrte. Hinter uns waren Scheinwerfer zu sehen. Ich senkte meine Stimme, als ob die Leute im anderen Auto uns hören könnten. »Sie verfolgen uns. Was sollen wir jetzt tun?«

»Bleib ruhig. Wenn ich schnell fahre, werden sie misstrauisch.«

Ich hielt meinen Blick auf die Spiegel geheftet, aber die Scheinwerfer bogen von der Straße ab, wo die anderen Autos im Wald versteckt waren. Zum Glück verfolgte uns niemand.

»Wo fahren wir hin?«

Brody beschleunigte. »Zurück zum Bed and Breakfast, bis wir einen Plan haben.«

Ich verengte meine Augen. »Brody.« In meiner Stimme lag ein Hauch von Gewalt.

Er hob eine Hand vom Lenkrad. »Chelby, ich schwöre es. Wir fahren zurück und holen sie raus.« Er zischte mit zusammengebissenen Zähnen: »Aber. Nicht. Jetzt.«

Ich sackte in meinem Sitz zusammen. Ich wollte schreien und ihn schlagen, aber er hatte Recht. Wir hatten keine Möglichkeit, in das Heim zu gelangen.

Wir fuhren in die Einfahrt von McDuff Manor. Meine Brust zog sich zusammen und das Wissen, dass meine Teammitglieder gerade gefoltert wurden, schnürte mir die Kehle zu. Langsam stieg ich aus dem Auto.

Brody öffnete die Tür auf der Fahrerseite. »Ich verspreche, dass wir sie rausholen.«

Sean runzelte die Stirn, als wir das Haus betraten. »Wo sind die anderen?«

Brody und ich sahen uns betäubt an.

»Oh, nein.« Seans Augen weiteten sich. »Ihr könnt sie nicht dort lassen. Ich habe Geschichten gehört. Schreckliche Geschichten.«

Ich blinzelte. »Moment mal. Sie wissen, was wir sind?«

»Natürlich. Ich bin ein Wolfswandler. Zum Glück weiß Sektor Neun nicht, dass meine Familie in Edinburgh lebt. Wir sind eine Familie von Kaufleuten. Sie verstehen nicht, dass wir normale Berufe ausüben und in Frieden mit den Menschen leben.« Sein Gesicht färbte sich lila. »Dumme Leute. Die ganze Bande.«

Ich fuhr mir mit einer Hand durch die Haare. »Was machen wir jetzt?«

Sean schnalzte mit der Zunge. »Ich weiß es nicht. Du hast Glück, dass du dein Aussehen verändert hast. Die ganze Zeit haben Sektor Neun und die Attentäter Syndra Vastina gejagt.« Er schmunzelte. »Und hier bist du, direkt vor ihrer Nase.« Sein Lachen erstarb. »Ihr zwei seht furchtbar aus. Geht unter die Dusche. Ich mache euch ein schönes englisches Frühstück und dann überlegen wir, was wir machen.«

Ich schenkte ihm nur meine halbe Aufmerksamkeit, während sich in meinem Kopf ein Plan bildete. Ich grinste Brody an.

Er betrachtete mich misstrauisch. »Was?«

»Ich habe einen Plan. Wir marschieren direkt bis zu ihrer Haustür.«

Er schüttelte den Kopf. »Bist du verrückt?«

»Nein, bin ich nicht. Du wirst ihnen sagen, dass du als Doppelagent gearbeitet und jemanden gefunden hast.« Ich legte meine Hände auf meine Brust. »Du hast Syndra Vastina im Alleingang gefangen genommen.«

»Das ist ein schrecklicher Plan.«

Ich verschränkte die Arme und warf ihm einen kühlen Blick zu. »Hast du eine andere Möglichkeit für uns, ins Haus zu kommen?«

Brody knurrte und stemmte die Hände in die Hüften. »Banes wird bei Brooks nachfragen, ob das wahr ist. Also, was dann?«

In dieser Sache hatte er Recht. Ich zuckte mit den Schultern. »Wir müssen nur durch das Haupttor kommen. Erzählen Banes oder Brooks allen von ihren Plänen? Werden die Wachen, die auf dem Gelände patrouillieren, davon erfahren?«

Seine Schultern sackten zusammen. »Nein, wahrscheinlich nicht. Aber –«

Ich stieß meinen Finger gegen seine breite Brust. »Dann lass dir einen besseren Plan einfallen.«

Er funkelte mich an, als ob er mich erdrosseln wollte. »Wenn du willst, dass das hier funktioniert, solltest du besser deinen Glamour ablegen.«

»Das werde ich.« Ich ging in mein Zimmer, entschlossen, mich wieder in mein blondes Ich zu verwandeln und meine Lieblingsjeans und mein rosa T-Shirt anzuziehen. Rosa für Dr. Gould.

Ich schloss die Tür hinter mir und setzte mich auf den Boden. Die Angst packte mich immer noch, aber wenn ich mich von ihr beherrschen ließ, würde mein Plan scheitern. Ein Mädchen mit

Pixie-Haarschnitt und lila Augen würde sie niemals überzeugen, dass ich Syndra Vastina war.

Ich atmete tief durch. Ich dachte an Eros und wie er mich allen anderen vorgezogen hatte, sogar Jonas. Das erste Mal, als wir in die Luft geflogen und über Kiefern und Espen gesegelt waren. Ich hatte mich frei und schwindlig gefühlt. Ich atmete wieder ein und schwor, dass ich seinen Duft riechen konnte.

Ein Kribbeln wanderte meinen Hals hinauf und über mein Gesicht.

Ich öffnete meine Augen und stürmte ins Schlafzimmer. Mein langes blondes Haar war wieder da, der gefürchtete Pickel war verschwunden und ich hatte die gleichen grünen Augen. Ich war wieder ich.

Dieses Mal würde ich mich nicht vor den Attentätern verstecken.

Ich würde mich ihnen direkt stellen.

19

Nachdem ich geduscht hatte, ging ich schnell zu meiner Kommode und zog mir ein rosa T-Shirt und meine Lieblingsjeans an. Ich schlüpfte in meine Turnschuhe und eilte aus dem Zimmer.

Brody wartete schon auf mich. »Sean hat uns Frühstück gemacht.«

Ich runzelte die Stirn. »Wie kannst du ans Essen denken, wenn unsere Freunde gefoltert werden?« Rauch sickerte aus meiner Nase.

Scheiße, ich verlor die Kontrolle.

Er ließ seinen Blick über mich schweifen. »Ist das alles, was du kannst?«

Ich steckte meine Hände in meine Gesäßtaschen. »Ja.«

Er rieb sich das Kinn. »Schade. Wenn du dich verwandeln könntest, könnten wir vielleicht alle rausholen.«

Der blaue Drache verfolgte mich wieder. »Was ist mit den Attentätern?«

»Wenn sie dem üblichen Protokoll folgen, haben sie das Portal benutzt und sind zum Blütenhof zurückgekehrt. Sie bleiben normalerweise nicht im Waisenhaus. Ich glaube, sie halten es für eine Abscheulichkeit.«

Das ergab keinen Sinn. »Wenn sie denken, dass –«

Er unterbrach mich. »Weil sie an den König gebunden sind. Es spielt keine Rolle, ob sie die Taten des Königs für richtig oder falsch halten. Sie müssen ihm dienen.«

Vielleicht sollte mein Onkel König werden, damit er die Attentäter kontrollieren konnte. Es gab so vieles, was ich über die Welt der Fae nicht verstand. Ich wusste, dass mein Cousin Ash, der derzeitige Herrscher des Blütenhofs, definitiv ein schrecklicher König war. Ich fragte mich, was seine Untertanen von ihm hielten.

Brody tätschelte meinen Arm und legte seinen Kopf schief. »Iss, Chelby. Wenn du vor Hunger schwach bist, bist du leichte Beute für Sektor Neun.«

Ich glaubte nicht, dass ich auch nur einen Bissen essen konnte, aber ich ließ mich von ihm in die Küche führen, wo Sean uns ein traditionelles Frühstück mit Würstchen, Speck, Spiegeleiern, Hash Browns, Baked Beans und Toast gemacht hatte. Es roch köstlich.

Sean wippte auf seinen Füßen, als ob er darauf wartete, dass ich etwas sagte.

Ich zwang mich, ein angespanntes Lächeln zu zeigen. »Das sieht wirklich gut aus, Sean. Vielen Dank.«

Sein Gesicht hellte sich auf und er verbeugte sich. »Ich bin froh, dass ich euch helfen kann. Sagt mir Bescheid, wenn ich noch etwas für euch tun kann.«

Brody goss Tee in unsere Kaffeetassen. »Iss, sonst wirst du noch ohnmächtig vor Hunger.«

Mein Magen knurrte und er warf mir einen »Sag ich doch«-Blick zu.

Ich verdrehte die Augen und aß mein Frühstück. Ehe ich mich versah, hatte ich meinen Teller leer gegessen.

Brody gluckste. »Du hast keinen Hunger, hm?«

»Okay.« Ich lächelte widerwillig. »Du hattest Recht. Ich war hungrig.«

Belustigung flackerte in seinen grauen Augen auf, als er meinen leeren Teller anstarrte. »Gut zu wissen, dass du eine Niederlage akzeptieren kannst.«

Irritiert schob ich meinen Teller beiseite. »Bist du fertig?«

Sein Humor verblasste. Er setzte sich auf und in seinen Augen glitzerte Besorgnis. »Bist du sicher, dass du das tun willst, Chelby? Diese Typen sind Monster.«

»Ich weiß, wie die Attentäter sind. Glaub mir.«

Er nahm meine Hand auf dem Tisch. »Ich hab nicht von ihnen gesprochen. Ich hab von Sektor Neun gesprochen.«

Wir starrten uns mehrere lange Momente lang an. Wir kamen aus zwei verschiedenen Welten, aber wir hatten den gleichen Weg voller Verlust und Schmerz zurückgelegt. Ich drückte seine Hand.

»Das weiß ich auch.«

»Ich will nicht, dass dir etwas passiert, Chelby. Ich hab gesehen, wozu sie fähig sind. Sie sind böse. Versprich mir, dass wir von dort verschwinden, wenn etwas schiefläuft.«

Ich sah ihn an, nicht sicher, ob ich ihm das versprechen konnte.

»Chelby?«

Ich begegnete seinem besorgten Blick. »Verlang nicht von mir, dass ich Versprechen gebe, die ich nicht halten kann. Ich werde meine Freunde nicht dem Tod überlassen.«

Er starrte mich an, als ob er versuchte, die richtigen Worte zu finden, um mich umzustimmen. Doch ich hob mein Kinn in absoluter Entschlossenheit. »Wenn du willst, dass ich dir vertraue, musst du mir vertrauen.«

In seinen Augen flackerten Funken der Belustigung auf und verweilten dort, während er mich musterte. »Du spielst nicht fair, oder?«

Ich schenkte ihm ein neckisches Lächeln. »Was soll ich sagen? Ich spiele auf Sieg. Also, bist du bereit?«

Er lehnte sich zurück und kämmte sein kurzes Haar mit seinen Fingern. »Du wirst nicht aufgeben, oder?«

»Niemals. Ich würde alles tun, um die Menschen zu retten, die ich liebe.«

Er ließ seine Hände fallen. »Und ich kann dir nichts abschlagen.« Seine sanfte Stimme war wie eine Feder, die mich streichelte.

Und doch war sie stark genug, um mich fast vom Stuhl zu hauen.

Ich runzelte die Stirn und sah ihn verwundert an, weil ich wissen wollte, was er damit meinte, aber Brody stand auf und wich meinem Blick aus. Er hielt mir eine Hand hin. »Komm schon. Lass uns das durchziehen, bevor ich einen Rückzieher mache.«

Ich legte meine Hand in seine. »Hast du Angst?«

»Ich habe Angst um dich.« Er zog mich an seine Brust, und sein warmer Atem strich über mich. Seine Augen leuchteten vor Leidenschaft ... Leidenschaft für mich.

»Küss mich, Prinzessin.«

Ich zog die Stirn in Falten. »Prinzessin?«

»Ja. Du bist wunderschön und stark, und ich denke immer nur an dich.«

Ich öffnete meine Lippen, als Brody seinen Kopf senkte, doch dann schoss Jonas' Gesicht mir durch den Kopf. Er wurde gefoltert, während ich hier an Brody geschmiegt stand. Schuldgefühle schnürten mir die Kehle zu und schnitten mir den Atem ab. Ich konnte das nicht tun.

Nicht jetzt.

Ich befreite mich aus seinem Griff und drehte meinen Kopf. »Wir sollten gehen.«

Brody seufzte und wich vor mir zurück. »Ja, das sollten wir.« Ich konnte den Schmerz in seiner Stimme hören, aber ich konnte ihn im Moment nicht trösten. Ich konnte ihn nicht küssen.

Das war weder die richtige Zeit noch der richtige Ort, um der Leidenschaft nachzugeben. Ich hatte einen Job zu erledigen und ich würde mein Team nicht im Stich lassen. Sie brauchten mich.

Sean rang die Hände, als er uns zur Tür begleitete. »Ich bin mir nicht sicher, ob ihr gehen solltet. Ihr werdet gefangen genommen werden wie die anderen. Ihr solltet auf Verstärkung warten.«

Ich straffte die Schultern und streckte mein Kinn vor. »Sie könnten bis dahin tot sein. Wir sind ihre einzige Hoffnung.«

Die Männer tauschten angesichts meines festen Tons Blicke aus. Sean gab ein Geräusch von sich, als würde er die Luft aus einem Reifen ablassen.

Brody sah nicht glücklich aus, aber er fügte hinzu: »Leider ist das wahr. Tust du mir einen Gefallen, Sean?«

Seans Augen leuchteten auf. »Alles.«

Brody legte seine Hände auf die Schultern des kleinen Mannes. »Schick die Kavallerie rein. Wir könnten sie brauchen.«

»Werde ich. Werde ich.« Er nickte so schnell, dass er mich an einen Wackeldackel erinnerte.

Ich brachte es nicht übers Herz, ihnen zu sagen, dass die Kavallerie niemals rechtzeitig eintreffen würde, wenn wir gefangen genommen würden. Schon gar nicht, wenn sie aus Übersee kam.

Brody nahm meine Hand und führte mich zum Auto. Er öffnete mir die Tür, und ich schlüpfte hinein. Seine Hand war eiskalt, als ob er Todesangst hätte.

Er stieg ein und startete das Auto. »Dann mal los«, murmelte er. Er war definitiv nicht glücklich mit meinem Plan.

Ich ließ mich in meinen Sitz sinken, aber als Brody in Richtung des Blossoms Orphan Home fuhr, wurden meine Nerven immer angespannter.

Ich warf ihm einen Blick zu, als wir näherkamen. »Vielleicht musst du mir die Hände fesseln.«

Er zog eine Augenbraue hoch und grinste. »Ich wusste nicht, dass du auf so was stehst.«

Eine heiße Schamesröte durchfuhr mich. »Das hab ich nicht

gemeint. Sektor Neun muss glauben, dass ich deine Gefangene bin.«

»Ich hab keine Handschellen in meiner Hosentasche. Du etwa?«

»Nein, aber vielleicht ist ein Seil im Kofferraum.«

»Soll ich jetzt nachsehen?«

Ich sah ihn stirnrunzelnd an. »Ja, jetzt.«

Er lenkte das Auto von der Straße, öffnete den Kofferraum und kletterte hinaus. Er knallte ihn zu und kam mit einem Stück Seil zurück. »Das war an den Reifen gebunden. Reicht das?«

»Tja, es muss reichen.« Ich hob meine Hände. »Fessle meine Handgelenke aneinander.«

Er wickelte das Seil um meine Handgelenke und verknotete es. »Ich bin mir nicht sicher, ob das eine gute Idee ist.« Er ließ das Auto wieder an. »Was ist, wenn du dich nicht befreien kannst und ich deine Hilfe brauche?«

Ich zerrte an meinen Handgelenken und lächelte. Ich war definitiv gefesselt. »Darum kümmern wir uns später. Zuerst müssen wir durch die Tore.«

Brody atmete tief ein und warf mir einen genervten Blick zu. »Für jemanden, der müde ist, bist du erschreckend fröhlich.«

Ich grinste breit. »Ich glaube, mein Plan wird funktionieren. Wir werden es durch diese Türen schaffen.«

Ich sagte ihm nicht, dass ich genauso besorgt war wie er. Jeder Nerv und jeder Muskel in meinem Körper war zu einem festen Knoten verdreht und mein Herz pochte so stark, dass ich dachte, es würde platzen. Ich erwähnte nichts davon. Sonst wäre er nie mit meinem Plan einverstanden gewesen.

Brody fluchte vor sich hin. »Und was machen wir dann?«

»Die anderen befreien. Ich kann Rauch ausstoßen und alle blenden, so wie ich es das letzte Mal gemacht hab, als ich aus dem Gefangenenlager von Sektor Neun geflohen bin. Ich kann auch in die Luft steigen. Du kannst alle verprügeln. Das wird funktionieren.«

»So einfach wird das nicht, Chelby. Die Agenten von Sektor Neun sind gut ausgebildet, und wenn sie die Attentäter einschalten –«

»Ich weiß, dann sind wir tot. Aber wir müssen es versuchen.«

Er fuhr in die Einfahrt und hielt vor den geschlossenen Toren. »Ich hoffe, das funktioniert.«

Brody kurbelte das Fenster herunter, und eine Roboterstimme meldete sich über die Sprechanlage. »Sie betreten unbefugt Privatbesitz. Kehren Sie um.«

»Ich bin Brody O'Hara. Ich habe eine Gefangene bei mir.«

Mein Herz beschleunigte sich wie wild. Ich schwöre, es schlug schneller als ein rasender Ferrari. Ich hielt den Atem an und wartete, ob wir reinkommen würden.

Die Roboterstimme befahl: »Steigen Sie aus dem Auto für den Netzhaut- und Ringscan.«

Ich war mir nicht sicher, ob die Stimme ein Mann oder ein Computer war.

Brody warf mir einen unsicheren Blick zu, stieg aber aus. Er stellte sich vor die Gegensprechanlage. Ein roter Strahl bewegte sich langsam über sein rechtes Auge. Er hob die Hand und der gleiche Strahl tastete seinen Ring ab.

Ding.

Brody schlüpfte zurück ins Auto. Die doppelten Metalltüren öffneten sich.

Ich atmete aus und lehnte meinen Kopf zurück gegen meinen Sitz. Wir hatten es geschafft. Wir waren drin.

Brody fuhr den Wagen auf das Gelände und die Türen schlossen sich hinter uns. Ein Schauer der Angst durchlief mich. Ich hoffte bei Gott, dass es klappen würde.

Zwei Wachleute, die deutsche Schäferhunde an den Leinen hielten, machten sich auf den Weg zu unserem Auto.

»Du musst überzeugend sein, Chelby. Ich kenne diese beiden Idioten. Sie sind Brüder und nicht die hellsten Kerzen auf der Torte. Vielleicht klappt dieser verrückte Plan ja. Du musst dich wehren, wenn ich dich ins Haus schleife.«

Brody kletterte aus dem Fahrzeug und breitete die Arme weit aus. »Wenn das nicht die Chambers-Brüder sind.«

Einer der Wachmänner ging auf Brody zu und hob sein Sturmgewehr. Brody zuckte nicht einmal zusammen. Ich hätte mir in die Hose gepinkelt.

Der Wachmann warf ihm einen Blick zu, als ob er abwog, ob er schießen sollte. Er war größer und breiter als Brody, und seine Arme waren so dick wie Baumstämme. Die meisten Männer wären vor diesem Riesen in die Knie gegangen, aber bei einem Wettstreit im Armdrücken hätte ich auf Brody gesetzt. »Was machst du hier, O'Hara?« Der Wachmann nickte in Richtung Auto. »Wer ist die Schlampe?«

Ich zog eine Grimasse.

Brody grinste. »Jemand, nach dem Robert sucht.«

Der Wachmann zog die Stirn in Falten und steckte seinen Kopf ins Auto. Er hatte ein schmieriges Lächeln und einen Weihnachtsmannbauch. »Na, na, was haben wir denn da? Sieh dir das an, Bruder, eine Lady in Nöten. Und eine verdammt hübsche noch dazu.«

Ich runzelte die Stirn. Keiner dieser Idioten hatte eine Ahnung, nach wem Robert suchte, aber konnte ich es meinem Pflegevater verübeln? Die beiden wären nicht in der Lage gewesen, mit offenen Augen eine Piñata zu treffen.

Der Wachmann kam zu mir und zog mich grob heraus. »Du bist eine Hübsche.« Ein ekliges Lächeln umspielte seine Lippen. Er versuchte, mich zu küssen, aber ich ruckte meinen Kopf weg. Zum Glück verfehlte er mich. Mein erster Kuss würde nicht mit diesem Schwein sein.

Brody drängte sich zwischen uns und ließ den Wachmann die Stirn runzeln. »Wie ich schon sagte, Michael, das ist Chelby Duncan, und sie ist meine Gefangene. Also Finger weg. Robert will nicht, dass seine Beute beschädigt wird.«

Ich hielt den Atem an und wartete auf den kleinsten Hinweis, dass Mutt und Jeff wussten, wer ich war, aber sie waren zu sehr damit beschäftigt, mich anzustarren. Zu meinem Glück dachten die beiden Perversen mit ihren kleinen Köpfen.

Die andere Wache flankierte mich. Der einzige Unterschied zwischen ihm und dem anderen waren die zwei fehlenden Vorderzähne, der fettige Bart und das Bandana. Ihm fehlte nur noch eine Augenklappe, dann wäre er ein ekelhafter Pirat gewesen.

Ich hätte gewettet, dass Essen die Lieblingsbeschäftigung der Brüder war, aber sie waren groß. Fast so groß wie Brody. Ich war froh, dass Brody direkt hinter mir stand. Ich hätte diesen Jungs nicht in einer dunklen Gasse begegnen und ihre Hände überall an mir spüren wollen.

Der mit dem schmierigen Lächeln trat näher heran. »Ich bring sie rein. Du kannst gehen.«

Brody funkelte ihn an. »Das glaube ich weniger, Michael.«

Michael ließ eine Hand über meinen Oberschenkel gleiten. »Wir hatten noch nie eine Frau als Gefangene. Ich mag sie.«

Ekelhaft.

Brody zog mich näher an seine Brust. »Fass sie nicht an.«

»Warum nicht?« Michael sah ihn an. »Die Bosse sagen, sie sind keine Menschen, also können wir machen, was wir wollen.«

Brody verengte seine Augen. »Ihr müsst erst an mir vorbei. Sie ist mein Preis. Ich will nicht, dass sie beschädigt ist, wenn ich sie an Robert übergebe.«

»Das wird ihm egal sein.« Er kniff mir fest in die Wangen. Sein heißer, stinkender Atem schlug mir ins Gesicht. Verdammt, der Typ hatte eine Vorliebe für Knoblauch. »Ein Kuss für meinen Bruder und mich.« Michael beugte sich vor, als wolle er mir in den Ausschnitt lugen und meine Brüste begutachten.

Brody griff an mir vorbei, packte Michaels Hals und drückte zu.

Michaels Augen weiteten sich. Sein Gesicht färbte sich lila und er schlug wiederholt auf Brodys Arm ein.

Ein finsteres Grinsen huschte über Brodys Gesicht. Er zuckte bei den harten Schlägen nicht einmal zusammen. »Ich habe Drachenblut. Willst du mir wirklich in die Quere kommen?«

Sein Bruder wich zurück. Die Hunde bellten, aber niemand griff

Brody an oder rührte einen Finger, um den abscheulichen Kerl zu retten.

»Bitte«, keuchte Michael.

Brody ließ ihn fallen wie einen Sack Ziegelsteine. »Keiner rührt sie an. Das ist Roberts Befehl. Ist das klar?«

»Ja.« Michael rieb sich den Hals und spuckte auf den Boden.

Brody zerrte mich an ihnen vorbei und durch die Eingangstür.

»Sieh an, sieh an. Der verlorene Sohn kehrt zurück«, gluckste eine raue Stimme.

Wir drehten uns um und sahen Agent Banes und vier weitere Agenten. Brody stürzte sich vor mich und versuchte, mich zu schützen, aber die Agenten schossen wiederholt.

Ich schrie auf, als Brodys Körper sich mit jeder Kugel drehte und wölbte und ihn in eine tanzende Marionette verwandelte.

Er stürzte mit blutgetränktem Hemd zu Boden.

Ich schlug mir die gefesselten Hände vor den Mund. »Brody.«

Etwas schlug hart auf meinen Hinterkopf. Weiße Sterne blendeten meine Sicht, gefolgt von völliger Dunkelheit.

20

Ich wachte mit rasenden Kopfschmerzen auf einer Pritsche liegend auf. Meine Umgebung erinnerte mich an die Zeit, in der ich im letzten Gefängnis von Sektor Neun in Colorado inhaftiert gewesen war. Eine Metalltoilette, eine Pritsche ohne Decke und die wunderbare Kamera in der Ecke.

Meine Handgelenke waren jetzt mit echten Handschellen vor mir gefesselt. Während ich mich langsam in eine sitzende Position bewegte, zeigte ich der Kamera den Mittelfinger.

Ich leckte mir die trockenen Lippen. Es gab nicht einmal ein Waschbecken in dem Raum.

»Chelby. Chelby, bist du da drin?«

Ich drückte mich von der Pritsche hoch und schaute durch die Gitterstäbe. Jonas stand mir gegenüber und umklammerte die Gitterstäbe seiner Zelle. Dunkle Ringe lagen unter seinen verängstigten Augen.

»Gott sei Dank, du lebst«, flüsterte er.

Ahhhh! Ahhhh!

Ein Schauer überlief mich und ich bekam eine Gänsehaut, als von irgendwo in der Nähe gequälte Schreie ertönten.

Ich schaute den Korridor hinunter, sah aber nur zwei rote Türen. »Jonas, wer schreit da? Wer ist das?«

Jonas lehnte seinen Kopf gegen die Gitterstäbe. »Ich glaube ... ich glaube, es ist Commander Wyland. Ich kann nicht mehr nachvollziehen, wen sie in ihren Little Shop of Horrors schleppen.«

Das Blut wich aus meinem Gesicht, und Tränen trübten meine Augen. »Mein Onkel?«

IIIAUUUU!

Ein Schock durchfuhr mich, drehte mir den Magen um und zerriss mein Herz. Er zerfetzte mein letztes bisschen Hoffnung. Brody hatte Recht gehabt. Das war ein dummer, dummer, *dummer* Plan.

Tessa hatte sich nicht in mir getäuscht. Ich war völlig nutzlos.

Die Schreie meines Onkels wurden lauter, lähmten vorübergehend meine Lunge und ließen mir das Blut in den Adern gefrieren. Ich sah Jonas an. »Was machen sie mit ihm?«, fragte ich.

Er presste seinen Kiefer zusammen und wandte sich von mir ab.

Ich sah es in seinen Augen. Die Bastarde brachten meinen Onkel um. Gott, Sektor Neun wollte mir ein weiteres Familienmitglied wegnehmen. Die Angst schnürte mir die Kehle zu und erstickte mich. »Jonas, antworte mir. Was machen sie da?«

Er zuckte mit den Schultern. »Ehrlich gesagt, weiß ich es nicht. Als wir hier ankamen, haben sie unser Blut getestet, um herauszufinden, was wir sind.«

»Warum?«

»Um zu sehen, ob sie uns gebrauchen können.« Verbitterung durchflutete seine Stimme.

Ich klammerte mich an das Gitter, bis meine Knöchel weiß wurden. »Um Supersoldaten zu erschaffen.«

»Ja. Ich weiß nicht, ob ich noch lange wach bleiben kann.«

Ich warf noch einen Blick auf Jonas. Das Weiße seiner Augen war gelb und sein Gesicht war fast durchsichtig. Lag er im Sterben?

»Was passiert, wenn sie einen nicht gebrauchen können?«

»Sie experimentieren mit uns. Sie wollen herausfinden, wie lange ihre verschiedenen Gifte brauchen, um uns zu töten. Wir werden immer schwächer. Sie wollen weder die Wölfe noch die Fae. Im Moment wollen sie Vampire, Drachen und Orks.«

Meine Brust zog sich zusammen. Ich runzelte die Stirn. »Kog? Justice?«

Er legte den Kopf schief. »Sie sind auch hinter den roten Türen. Ich weiß nicht, was sie da machen.«

»Es hört sich an, als ob sie sie foltern würden.«

Er zeigte mit einem zittrigen Finger in Richtung der Tür. »Nein, der Einzige, der schreit, ist der Commander, und der wird in der entgegengesetzten Richtung festgehalten.«

»Was ist mit Dr. Gould? Was ist mit ihm passiert? Er hat das letzte Gefangenenlager praktisch niedergebrannt. Kann er das nicht wieder tun?«

»Ich bin mir nicht sicher, aber das letzte Mal, als ich ihn gesehen hab, haben sie ihn durch diese roten Türen geschleppt. Er war bewusstlos. Ich weiß nicht mal, ob er noch lebt.«

»Hast du gehört, ob sie irgendetwas über Wyland gesagt haben?«

Er senkte den Kopf. »Sie schicken den Attentätern eine Nachricht, dass sie ihn töten sollen. Vielleicht sind sie sogar schon hier.«

»Scheiße, scheiße, scheiße, scheiße.« Ich fuhr mit den Fingern durch mein Haar. Das bedeutete, dass Sektor Neun die geheime Identität meines Onkels kannte.

»Chelby«, flüsterte er. »Hör mir zu. Wir werden alle sterben. Du bist die Einzige, die uns retten kann.«

»Was? Bist du verrückt? Nein, das kann ich nicht. Es sei denn, ich kann die Handschellen aufschließen und die Gitterstäbe überwinden.« Ich zog an den Gitterstäben, aber es war zwecklos.

»Was du letztes Mal gemacht hast, wird nicht funktionieren.«

Ich biss mir auf die Lippe. »Warum nicht?«

»Weil du die Attentäter niemals besiegen wirst. Ein paar von ihnen beherrschen Luftmagie und sind viel mächtiger als du.« Er ließ die Hände sinken und lehnte seine Stirn gegen die Gitterstäbe. Seine Augen fielen ihm zu. »Du musst dich verwandeln«, stöhnte er und kippte um.

»Jonas!«, rief ich, aber er antwortete mir nicht. »Ist da draußen irgendjemand?«

ARRGHHH-ARRGHHH-AAAAARRGH!

Scheiße, was sollte ich nur tun? Mein Onkel lag im Todeskampf. Alle anderen waren mit Gift vollgepumpt, und die verdammten Attentäter kamen. Keiner konnte mir helfen. Ich war wieder auf mich allein gestellt. Ich lief in meiner Zelle auf und ab. Wie konnte ich mich verwandeln? Ich hatte mich noch nie verwandelt.

Lass mich raus. Die gleiche Stimme hallte in meinem Kopf wider.

Ich blieb abrupt stehen. Normalerweise verdrängte ich die Stimme, wenn ich spürte, dass sich etwas in mir regte, aber vielleicht war sie meine einzige Chance. Ich konnte meine Angst nicht abschütteln. Wenn ich mich verwandelte, würden die Attentäter mich töten, wie sie es mit dem blauen Drachen getan hatten. Doch nur ein Drache konnte uns aus diesem Höllenloch befreien.

Ich sackte auf den Boden und stützte meine Stirn in meine Handfläche.

Leise Schritte kamen den Korridor herunter.

»Hallo, Chelby.«

Ich ruckte mit dem Kopf hoch.

Robert sah mich durch das vergitterte Fenster an.

»Du«, zischte ich.

»Tss, tss. Du und deine Freunde haben meine Geduld wirklich auf die Probe gestellt.« Er rieb seine Hände aneinander. »Ich habe ein paar Vampire, einen weiteren Drachen und einen Ork in die Finger bekommen. Genau das, was ich brauchte, um mehr Soldaten zu machen.« Er klang wie ein Kind im Spielzeugladen, das alles bekommen hatte, was es schon immer wollte.

Ich stürzte zur Tür und knallte meinen Körper dagegen. »Du Arschloch.«

»Also, Mädchen. Du wirst dir noch wehtun.«

»Fick dich!«

»Du solltest mir dankbar sein, Chelby. Ich habe beschlossen, dein Blut zu verwenden. Wer weiß, was für einen Soldaten ich damit erschaffen kann?« Er schenkte mir ein verschlagenes Grinsen. »Ich habe auch das perfekte Exemplar.«

»Brody.« Ich spuckte seinen Namen aus und traf Robert mit meinem Speichel.

Er wischte sich über das Gesicht. »Das war nicht sehr nett.«

Ich schlug mit der Schulter gegen die Tür, wieder und wieder, und ignorierte den Schmerz. »Ich dachte, du wolltest mich töten.«

»Das waren die Befehle von jemand anderem. Die letzte Person, von der man das erwarten würde.« Er sah sich um, als wäre er stolz auf das, was er getan hatte. »Er weiß nicht einmal, dass es diesen Ort gibt.«

Plötzlich öffneten sich die roten Türen. Ein Mann mit einem langen Gewehr kam auf Robert zu.

»Ah, mein Techniker ist da. Sag gute Nacht, kleines Mädchen. Du machst jetzt ein langes Nickerchen. Sei dankbar, dass du mir noch von Nutzen bist. Außerdem, wer würde dich schon vermissen? Du bist ein Nichts.«

Sein böser Ton berührte etwas in mir.

Das ist nicht wahr, flüsterte die Stimme.

Kribbelnde Empfindungen überzogen mich. Es war, als ob ein Schleier in meinem Kopf zurückgezogen wurde. All die Erinnerungen an meine Mom, Pater Alber, meinen Onkel, Dr. Gould, mein Team, Eros, Jonas und Brody rasten in Rekordgeschwindigkeit durch mich, aber sie waren nicht beängstigend. Jede einzelne schob meine Angst beiseite. Stattdessen brachten sie mich zum Lachen. Sie schenkten mir Freude. Sie erfüllten mich mit Liebe.

Robert irrte sich. Ich war kein Nichts. Es gab Menschen, die mich liebten, und ich liebte sie. Ich würde alles tun, um sie zu retten.

Ich lasse dich frei, flüsterte ich in Gedanken.

Ein rasender, kribbelnder Wirbelwind durchströmte mich. Ich fühlte mich, als würde ich auf Luft stehen.

»Was machst du da?« Roberts erschrockene Stimme ließ mich zu Boden blicken.

Ich schwebte drei Meter über dem Boden. Mein blondes Haar wirbelte um mich herum. Ich hob meinen Blick zu Robert. »Du willst wissen, was mein Blut alles kann? Ich zeige es dir.«

Ich hob meine gefesselten Hände über meinen Kopf und ließ meine Angst los.

Liebe schlug in mir ein wie eine Atombombe. Eine Kraft durchströmte mich, wie ich sie noch nie zuvor gefühlt hatte, und ich schrie vor Ekstase auf.

Robert schrie: »Erschieß sie jetzt, du Idiot!«

Er hätte das nicht anordnen sollen. Er hätte das nicht tun sollen. Er hätte nicht versuchen sollen, die Liebe in mir zu begraben. Sie hatte mehr Macht als die Angst.

Adrenalin pumpte durch meine Adern, ließ mich wie ein Lauffeuer weitere heiße, kribbelnde Empfindungen spüren und vernichtete jede Angst.

Jetzt war ich furchtlos.

Und ich würde mich rächen.

Der Techniker richtete seine Waffe auf mich. Ein Pfeil zischte an mir vorbei und schlug in die Rückwand der Zelle ein.

Noch etwas erwachte.

Etwas Mächtiges, das sauer war.

Etwas, das raus wollte.

Meine Muskeln wölbten sich und meine Knochen dehnten sich aus. Ich verdreifachte meine Größe, zerriss meine Kleidung und zerbrach meine Handschellen. Meine Nägel verlängerten sich zu Krallen. Meine Haut kräuselte sich mit Schuppen. Ich hatte gedacht, sie würden blau sein, wie der Drache in meinen Erinnerungen, aber sie waren lila. Dieselbe Farbe, zu der ich mein Haar mit meinem Glamour gefärbt hatte. Dieselbe Farbe wie mein kleiner Plüschdrache Drago.

Zufall? Das glaubte ich nicht.

Ein weiterer Pfeil pfiff auf mich zu. Er traf meine Brust und prallte ab wie ein Nerf-Pfeil. Die Nadel war verbogen, als hätte sie versucht, durch Stahl zu gehen.

Wut explodierte in mir wie eine Granate, und meine Verwandlung beschleunigte sich. Ein neuer Adrenalinschub machte mich waghalsig. Mein Drache wollte raus. Sie wollte für diejenigen kämpfen, die sie liebte. Ich konnte es spüren. Sie teilte die Liebe, die ich für mein Team hatte.

Meine Nase und mein Mund verlängerten sich. Die scharfen Zähne in meinem Kiefer wurden länger.

Etwas wuchs aus meinem Hintern, und ich drehte meinen langen Hals, um hinzusehen. Ich hatte einen stacheligen Schwanz.

»Sie ist ein lila Drache«, rief der Techniker. »Die ist nicht stark genug für sie. Ich brauche die V76.«

Robert verpasste dem Techniker eine Ohrfeige. »Dann hol sie, du Idiot!«

Der Techniker stolperte den Flur hinunter.

Zeit, meinem beschissenen Pflegevater zu zeigen, was ich wirklich konnte. Ich kniff die Augen zusammen, landete mit einem Aufprall auf dem Boden und atmete aus. Feuer ließ die Tür schmelzen und ich brach hindurch.

Robert rannte schreiend den Flur hinunter. »Ruft die verdammten Attentäter!« Seine donnernde Stimme war wie eine weitere Bombe, die in mir hochging.

Ich musste mich beeilen, oder meine Freunde waren tot.

Ich knallte meinen Schwanz gegen Jonas' Tür und ließ sie wie Schutt zersplittern. Er war bewusstlos. Ich hob ihn mit meinen Krallen auf, und er stöhnte.

Die Türen beulten sich aus, als ich meine Flügel ausbreitete.

»Hilf mir.« Ich erkannte Maggies Stimme.

Sie spähte durch die Gitterstäbe der Zelle, die neben der von Jonas lag.

Ich trat so fest ich konnte zu und hinterließ ein riesiges Loch, das groß genug für ein Rudel Wölfe war. Sie kletterte zitternd heraus.

Ihre Augen weiteten sich. »Chelby?«

Ich drehte mich um und schaute auf meinen Rücken. Sie wusste genau, was ich wollte. Sie kletterte auf mich hinauf.

Sie zeigte mit einem zitternden Finger auf die letzte Zelle. »Hicks. Er ist da drin. Ich hab seinen Namen gerufen, aber er ... er antwortet nicht.« Ihre Stimme brach in eine Million Stücke.

Ich peitschte meinen Schwanz hart und die Tür zu seiner Zelle brach ein. Hicks lag auf dem Boden und rührte sich nicht. Er war still. Zu still. Sein Gesicht erinnerte mich an einen Leichnam. Er konnte nicht tot sein. Ich würde ihn nicht sterben lassen. Ich griff mit meinem krallenbesetzten Fuß nach seinem Körper, aber er stöhnte nicht einmal, wie Jonas es getan hatte. Er hätte irgendeinen Laut von sich geben müssen. Es war, als ob ich eine schlaffe Puppe aufhob.

Ich schaute auf und hoffte, dass die Waisen an einem sicheren Ort waren. Ich war mir nicht sicher, ob ich das, was ich vorhatte, schaffen konnte, aber ich musste es versuchen. Ich stürzte mich auf die Decke.

Zementbrocken regneten auf den Boden. Die Männer schrien, aber ich hatte kein Erbarmen mit ihnen. Ich stieß einen Feuerstrahl aus, während ich in den ersten Stock stürzte und durch etwas kroch, das aussah wie ein Büro. Zerschlagene Aktenschränke standen an einer Wand, und ein Schreibtisch war halb durch den zertrümmerten Boden gefallen. Ich entdeckte ein Foto meiner Pflegeschwester, das an der Wand hing. Das war Roberts verdammtes Büro.

Eine leichte Bewegung erregte meine Aufmerksamkeit. Robert versuchte, unter dem Schreibtisch hervorzukriechen, der seine Beine einklemmte. Blut rann ihm die Schläfe hinunter. Seine Augen waren vor Angst geweitet. »Chelby, bitte töte mich nicht. Hilf mir!«

Seine angsterfüllte Stimme stieß auf taube Ohren.

Ich hätte ihn gerne lebendig verbrannt, aber ich musste meine Leute hier wegbringen, bevor die Attentäter kamen.

In der Ecke seines Büros glitzerte etwas, und ich keuchte auf. Der Bastard hatte alle unsere Waffen hier drin. Ich würde sie auf keinen Fall zurücklassen. Ich nahm sie in den Mund. Die scharfen Schwerter und die Axtklinge schnitten in meine Zunge, aber ich weigerte mich, sie loszulassen.

Ich trug Hicks, Maggie, Jonas und unsere Waffen aus dem Waisenhaus und schaute nach unten, als ich vorbeiflog. Schreiende Kinder kauerten unter dem Klettergerüst. Ich hoffte, dass das alle waren. Irgendwie würde ich zurückkommen und sie retten, aber zuerst musste ich mein Team in Sicherheit bringen.

Ich trug meine Freunde zum See, setzte sie sanft auf der Böschung ab, öffnete dann meinen Mund und ließ die Waffen neben ihnen fallen. Hoffentlich würde es Sektor Neun schwerfallen, sie im Moor zu finden.

Ich wirbelte herum und flog zurück zum Waisenhaus. Ich musste alle anderen rausholen.

Wieder einmal krachte ich durch die Decke und riss Mörtel und Ziegel weg. Ich landete in einem Keller, der sich langsam in eine Gruft verwandelte. Bald würde jeder hier unten für immer gefangen sein. Die Zeit drängte. Ich musste zu meinen Freunden gelangen.

Rauch und Staub von der herabfallenden Decke schwebten um mich herum und blendeten mich vorübergehend. Ich watschelte zu den roten Türen und schlug sie ein, als wären sie aus Papier. Was ich sah, war eine Kammer des Grauens, die mir das Blut in den Adern gefrieren ließ.

In gläsernen Kühlschränken standen Fläschchen über Fläschchen mit Blut. Der Techniker, der versucht hatte, mich zu erschießen, lag bewusstlos auf dem Boden und hielt immer noch das Gewehr in der Hand.

Kog, Dr. Gould und die Vampire waren auf Einzelbetten festgeschnallt. Nadeln in ihren rechten Armen führten zu Infusionen, die eine blau schimmernde Flüssigkeit in ihre Venen pumpten. Was auch immer das war, es konnte nicht gut sein. Ich runzelte die Stirn. Das Blut floss aus ihren linken Armen in eine andere Infusion, aber es gab keine Maschine. Alles bewegte sich wie von Zauberhand durch sie. Das musste der Zauber sein, den König Ash Sektor Neun gegeben hatte.

Mein Blick fiel auf einen Mann mit langen blonden Haaren neben Dr. Gould. Sie sahen sich so ähnlich, als ob sie verwandt wären. Der Mann hatte einen Schnurrbart und einen Bart. Schmerz klatschte gegen meinen Hinterkopf, als eine Erinnerung wie eine Rakete auf mich einschlug.

Mist, ich kannte ihn.

Ich war drei oder vier Jahre alt. Ich spielte mit meinen Puppen draußen auf dem Rasen.

Er bückte sich und reichte mir einen Plüschdrachen. »Syndra, ich möchte, dass du ihn bekommst. Das ist mein Freund Drago, und er wird dich immer beschützen.«

Ich quiekte und nahm den Drachen entgegen, dann umarmte ich den Mann. »Danke, Daddy.«

Wut durchströmte mich, und ich stieß einen Feuerstrahl aus, der die Glaskästen mit den Blutkonserven zum Schmelzen brachte. Hinter mir ertönten Schreie, aber das war mir egal. Ich durchtrennte die Fesseln meiner Freunde und die Schläuche in ihren Armen mit meinen messerscharfen Krallen.

Der erste, der aufwachte, war Dr. Gould. Seine Augen flatterten auf, und ein kleines Lächeln glitt über seine Lippen, als er sich aufsetzte. »Du hast dich verwandelt.« Seine heisere Stimme war brüchig.

Justice und die Zwillinge stöhnten auf, aber mein Vater gab keinen Laut von sich. Ich war mir nicht einmal sicher, ob er noch lebte. Er musste schon sehr, sehr lange hier sein.

Dr. Goulds Augen weiteten sich und Tränen flossen über sein Gesicht. Er ließ sich auf den Körper meines Vaters sacken. »Mein Sohn. Die Bastarde hatten meinen Sohn.«

Ich konnte nicht atmen. Schwarze Punkte schwammen in meinem Blickfeld.

Dr. Gould war mein Großvater.

Er hatte es mir nie gesagt.

»Schnappt sie euch!«

»Erschießt sie!«

Wütende Stimmen und Schritte kamen den Flur entlang auf uns zu. Es blieb keine Zeit, um über das große Familiengeheimnis nachzudenken, das ich gerade aufgedeckt hatte. Ich musste alle von hier wegbringen, bevor die Attentäter sie umbrachten.

Das Glück war auf meiner Seite. Die Wirkung des glitzernden Zeugs schien schnell nachzulassen, denn Justice und die Champion-Zwillinge verwandelten sich sofort in Fledermäuse. Sie waren benommen, aber sie flogen aus dem Loch, das ich im Raum dieser verrückten Wissenschaftler hinterlassen hatte.

Dr. Gould verwandelte sich in einen wütenden goldenen Drachen und nahm meinen Vater und Kog in seine Klauen. Er krachte gegen die Decke und riss Drähte und Steinbrocken herunter.

Die letzten beiden Leute, die ich retten musste, waren mein Onkel und Brody.

Ich schlug erneut mit dem Schwanz zu und riss eine weitere Wand ein. Staub wirbelte um mich herum auf und ich erstarrte, als wäre ich in der Eiszeit gelandet. Angst überzog meine Schuppen, drang in meine Haut ein und ließ mein Blut gefrieren. Drei Attentäter standen vor mir und richteten ihre Sternschnuppenpfeile auf mich.

Mein schlimmster Albtraum war wahr geworden.

Agent Banes hielt Brodys Arm und Robert hatte meinen Onkel. Meine beiden Freunde sahen aus wie Marionetten, die an einer einzigen Schnur hingen und auf ihren Füßen schwankten.

Die Attentäter waren mindestens zehn Zentimeter größer als Banes und Robert. Die Spitzen ihrer Pfeile ruhten über den Köpfen der Sektor-Neun-Agenten.

Scheiße, ich war so am Arsch.

Roberts Gesicht war schwer geprellt und von einer Schläfe tropfte Blut. »Du hast verloren, Schlampe.«

21

Meine Augen loderten vor Wut. Hass lag mir auf der Zunge.

Der Korridor wurde plötzlich zu eng und zu heiß. Ich saß in der Falle.

Das war es, was ich seit dem Traum vom blauen Drachen befürchtet hatte. Angst glitt mir über den Rücken und schnürte mir die Eingeweide ab. Wenn die Attentäter einen Pfeil abfeuerten, würde ich zu Stein werden und in eine Million Stücke zerspringen.

Ich starrte die Attentäter an. Die Entschlossenheit in ihren Augen verriet mir, dass Robert log, wie immer. Es spielte keine Rolle, ob ich mich verwandelte oder nicht. Die Attentäter würden meinen Onkel und mich töten.

Ich würde nicht aufgeben und meinen Pflegevater gewinnen lassen.

Nicht jetzt.

Niemals.

Mein Onkel schwankte. Er sah furchtbar aus. Sein Gesicht war extrem blass, und aus seinem Mund tropfte Blut. Einer der Attentäter zielte mit einem Pfeil auf seinen Rücken.

Glamour. Ich musste Glamour einsetzen, um uns hier rauszuholen. Das war unsere einzige Chance. Ich dachte daran, was ich im Konferenzraum mit Tessa gemacht hatte. Ich hatte ihre Angst kanalisiert, ohne es zu wissen. Vielleicht konnte ich jetzt die Ängste von Banes und meinem Pflegevater kanalisieren und sie gegen sie einsetzen. Leider glaubte ich nicht, dass das bei den Attentätern funktionieren würde. Banes und Robert waren unsere einzige Chance. Ich musste es versuchen.

Nun, ich war ein Drache. Ein lila Drache, von dem alle sagten, er sei der mächtigste. Vielleicht würde das meinen Glamour noch stärker machen. Vielleicht konnte ich das schaffen.

Ich kannte Roberts größte Angst. Es wurde Zeit, dass er bezahlte.

»Verwandle dich zurück, Chelby«, befahl Robert mit höhnischer Stimme. »Oder dein Commander und der Verräter sind tot.«

Ich schloss meine Augen.

Mein Onkel verwandelte sich in eine riesige Kobra und fletschte seine Reißzähne.

Robert ließ ihn los und wich zurück, wobei er einen der Attentäter buchstäblich umwarf und mit dem neben ihm zusammenstieß.

Brody verwandelte sich in eine riesige schwarze Witwe. Banes sprang zurück, prallte gegen den letzten Attentäter und stieß ihn nach hinten. Sein Pfeil segelte durch die Luft und blieb in der Decke stecken.

Ohne zu zögern, schnappte ich mir Brody und meinen Onkel. Ich peitschte mit meinem Schwanz gegen die Attentäter, die versuchten, wieder aufzustehen. Ich sprang in die Luft und rammte mich durch geborstene Wasserrohre und funkensprühende lose Drähte in die zerklüftete Decke.

Etwas Heißes und Scharfes bohrte sich in meine Seite. Es fühlte sich an wie ein Blitz, der mich von innen durchbohrte. Mein Körper zuckte und wand sich. Ich schrie auf und stieß einen Feuerstrahl aus, aber irgendwie schaffte ich es, Brody und meinen Onkel festzuhalten.

»Du hast sie getroffen!« Roberts Stimme klang fröhlich.

Mist, der Sternschnuppenpfeil. Ich würde sterben.

Aber noch nicht.

Nicht bevor ich Brody und meinen Onkel gerettet hatte.

Mit aller Kraft, die ich noch hatte, brach ich aus dem Keller hervor. Ich zwang mich, höher zu fliegen, bis ich das Bauernhaus hinter mir gelassen hatte. Ich flog in Richtung des Sees und hoffte, dass ich dort ankommen würde, bevor ich in Stücke explodierte.

Qualen rauschten durch mich und raubten mir den Atem. Schwarze Punkte schwebten vor meinen Augen und verdeckten die Sterne. Mein Blut verlangsamte sich. Muskeln und Knochen knarrten und knackten, als sie brüchig wurden. Es wurde schwieriger, meine Flügel zu bewegen. Ich schwankte wie ein Jet, der abzustürzen drohte, aber ich hielt nicht an. Alles in mir wurde schwer, als ich zu Stein wurde.

Ich schlug mit den Flügeln, so fest ich konnte.

Krack-krack-krack.

Schmerz durchzuckte mich. Ich spürte, wie ich fiel und in Spiralen zu Boden wirbelte. Ich schaukelte hin und her, als ob ich betrunken wäre. Meine Mutter hatte sich geirrt. Es war nicht mein

Schicksal, die Welt zu retten. Es war mein Schicksal, meine Freunde zu retten, auch wenn das meinen Tod bedeutete. Vielleicht war das mein Schicksal gewesen.

Der See rauschte auf mich zu, und ich sah Maggie. Sie hielt Hicks' Kopf in ihrem Schoß, schaukelte vor und zurück und schob ihm die Haare aus dem Gesicht.

Jonas humpelte am Ufer entlang. »Chelby, nein!« Warum schrie er?

Ich ließ Brody und meinen Onkel auf einen grasbewachsenen Hügel sinken.

Mein Körper wölbte sich und meine Flügel flatterten. Meine Augen glitten zu, und ich fiel wie ein Stein. Die Luft rauschte über mich hinweg, als ich in kaltes, schwarzes Wasser stürzte. Ich sank tiefer, tiefer, tiefer.

Das Wasser strömte wie eine Flut in meine Lungen und schnürte mir das letzte bisschen Luft ab.

Dann, nichts ...

Ich wachte mit einem kühlen Lappen auf dem Gesicht und Sonnenlicht auf meiner Haut auf. Ich befand mich in meinem Schlafzimmer auf McDuff Manor, eingekuschelt unter einer dicken Bettdecke und mit meinem kleinen Drachen an meiner Seite, als ob er mich beschützte. Ein dumpfer Schmerz pulsierte in meinem Nacken. Es tat weh, zu schlucken. Ich bewegte mich, und ein scharfer Schmerz stach in meine Seite.

Mein Körper fühlte sich an, als ob er durch eine Nudelmaschine gequetscht worden wäre. Alles tat weh, sogar meine Haare. Wie konnte ich noch am Leben sein?

Vielleicht war ich das nicht. Vielleicht war das alles nur ein Traum und ich war wirklich auf dem Grund des Sees. Das war mein letzter bewusster Gedanke gewesen, bevor ich in die Vergessenheit geschwebt und zu meiner Mutter gegangen war.

»Du bist unglaublich, Chelby.«

Ich runzelte die Stirn und drehte meinen Kopf. Ich bereute schon diese kleine Bewegung.

Jonas saß auf einem Stuhl neben meinem Bett. Sein langes schwarzes Haar war durcheinander, als wäre er immer wieder mit den Fingern hindurchgefahren. Dunkle Augenringe lagen unter seinen grünen Augen. Er hatte ein lila Veilchen auf der rechten Wange. Es sah aus, als hätte er sich seit Tagen nicht rasiert, aber sein dunkler Drei-Tage-Bart machte ihn noch heißer.

Mein Mund war trockener als die Mojave-Wüste und schmerzte wie die Hölle. Ich leckte mir über die trockenen Lippen. »Wasser, bitte.« Meine heisere Stimme schmerzte bei diesen zwei winzigen Worten.

Jonas stand auf und goss Wasser in ein Glas. Er setzte sich aufs Bett und half mir, mich aufzusetzen. »Verdammt, ich kann es nicht glauben. Du hast einen Sternschnuppenpfeil überlebt.«

Ich leerte das Glas mit dem kühlen Wasser, lehnte mich an seinen Arm und seufzte zufrieden, froh, in seiner Nähe zu sein. »Hab ich das?«

Ich musste Wachs in meinen Ohren haben. Kein übernatürliches Wesen könnte das überleben.

Nicht einmal ein Drache.

Nicht einmal ein lila Drache.

»Wie kann ich noch am Leben sein?«, krächzte ich.

»Eigentlich solltest du das nicht sein.«

Ich umklammerte mein Stofftier und dachte an meinen Vater. Ich konnte mich nicht erinnern, Dr. Gould oder meinen Vater am Ufer gesehen zu haben. Waren sie tot? Herauszufinden, dass Dr. Gould mein Großvater und der bewusstlose Mann mein Vater war, nur um sie dann zu verlieren, war, als würde jemand immer wieder in mein gebrochenes Herz stechen.

Tränen liefen mir über die Wangen.

»Mein Drache«, krächzte ich. »Hast du … hast du ihn hierhergebracht?«

Seine Wangen liefen rot an. »Ich dachte, du wolltest ihn bei dir haben.« Seine sanfte Stimme verstummte.

»Danke.« Überraschenderweise schaffte ich es, meinen zitternden Arm zu heben. Er war aus Fleisch und Blut, nicht aus Stein und Mörtel. Ich legte eine Hand auf meine Brust und hob Drago hoch. »Das bedeutet mir sehr viel.« Ich feuchtete meine Lippen an. »Jonas, ich weiß, wer ihn mir geschenkt hat.«

»Hast du gehört, was ich gesagt hab? Chelby, du hast den Sternschnuppenpfeil überlebt. Das hat noch kein Übernatürlicher geschafft.«

»Das ist nicht möglich«, flüsterte ich.

»Das ist es. Offensichtlich.« Dr. Gould betrat mein Zimmer.

Ich brach in Tränen aus. Er war am Leben. *Er war am Leben.*

Er eilte zu mir herüber und legte seine Hand auf meine Stirn. »Hast du Schmerzen? Hast du Fieber?«

Ich starrte ihn unter Tränen an. »Sie sind am Leben.«

Dr. Gould lachte. »Ja, liebes Kind, das bin ich. Das habe ich dir zu verdanken.« Er legte Jonas sanft die Hände auf die Schultern. »Er ist nicht von deiner Seite gewichen, obwohl er im Bett bleiben sollte.«

Wärme erfüllte mich, als ich Jonas betrachtete. Er hatte nicht nur dafür gesorgt, dass ich meinen Plüschdrachen hatte, sondern war auch an meiner Seite geblieben, obwohl er eigentlich im Bett hätte sein müssen. Er war da, wenn ich ihn brauchte. Wie hatte ich nur daran denken können, Brody zu küssen?

Ich runzelte die Stirn. »Wie konnte ich einen Sternschnuppenpfeil überleben?«

Dr. Gould setzte sich auf die Bettkante. »Um ehrlich zu sein, weiß ich es wirklich nicht. Du hast angefangen, dich in Stein zu verwandeln, dann bist du im See gelandet. Wir dachten, du wärst ertrunken, aber du bist an die Oberfläche getrieben und warst wieder in Menschengestalt. Lebendig.«

»Daran kann ich mich nicht erinnern.« Mein Gedächtnis war durchlöchert, als ob es sich in Schweizer Käse verwandelt hätte. »Vielleicht sterbe ich langsam.«

»Nein, das tust du nicht«, betonte er. »Sternschnuppenpfeile sind für bestimmte übernatürliche Wesen bestimmt. Es gibt Fae-Pfeile, Vampirpfeile, Drachenpfeile und so weiter. Ich glaube, du hast überlebt, weil du zwei Blutlinien hast.«

Ausnahmsweise hatte meine doppelte Blutlinie mir geholfen.

Ich starrte ihn an. »Der Rest des Teams?«

Er strich mein Haar zurück und sah mich mitfühlend an. »Es tut mir leid, Chelby.« Er drückte meine Hand fest. »Wir haben einen verloren.«

Tränen glitzerten in meinen Augen. »Wen?«

»Hicks. Das Gift war zu stark. Wir hätten Tessa fast verloren, aber sie hat es überlebt. Ich glaube, das lag daran, dass sie ein Schattenwolf wie Maggie ist. Sie sind stärker und größer, also war das Gift vielleicht nicht stark genug, um einen Schattenwolf zu töten.«

Das Wasserwerk wurde wieder in Gang gesetzt. »Das ist alles meine Schuld. Ich hätte mich früher verwandeln sollen.«

»Schhh, nichts davon ist deine Schuld.« Dr. Gould streichelte meinen Kopf. »Wirklich nicht. Es war die Schuld von Sektor Neun.«

Ich dachte an das Frühstück, das Brody und ich gehabt hatten. Wir hätten nichts essen sollen. Wir hätten sofort zurückgehen sollen. Wenn Maggie das herausfand, würde sie mir nie verzeihen, dass ich nicht früher gekommen war.

»Maggie?«, krächzte ich.

»Sie ist am Boden zerstört«, sagte Jonas. »Sie mochte ihn wirklich, aber sie waren keine Schicksalsgefährten.«

Ich blinzelte ihn durch meine verschwommenen Tränen an. »Schicksalsgefährten?«

»Das bedeutet, dass man dazu bestimmt ist, zusammen zu sein. Einmal vereinigt, kann das Band nie wieder gebrochen werden.«

Ich biss mir auf die Lippe. »Aber wenn Hicks nicht gestorben wäre, wären sie es dann gewesen?«

Dr. Gould schüttelte den Kopf. »Nein. Wandler wissen das, bevor es passiert. Du musst dich etwas ausruhen und aufhören, dir selbst Schuldgefühle zu machen.«

Ich drückte seine Hand fester. »Sie sind mein Großvater, nicht wahr?«

Jonas' Augen weiteten sich und er sah mich an, als käme ich von einem anderen Planeten.

Dr. Gould küsste mich auf die Stirn. »Ja. Dein Vater lebt, aber er liegt im Koma. Wir müssen ihn zurück ins PSK bringen. Hier gibt es keine Medizin, die ihm helfen kann.«

Tränen liefen mir über die Wangen. »Er hat mir Drago gegeben.«

»Ja, das hat er. Der Stoffdrache trägt etwas von der Magie deiner Mutter in sich. Er sollte dich beschützen oder dir vielleicht einen Hinweis darauf geben, was für ein Drache du bist. Lila Drachen sind die stärksten.« Er sah mich an und lächelte. »Du erstaunst mich immer wieder aufs Neue.«

Ich zog die Augenbrauen zusammen. »Wer war der blaue Drache? Ich hab ihn mit meiner Mutter gesehen.«

Dr. Gould räusperte sich. »Das war mein Jüngster, Court. Er stand deinen Eltern sehr nahe und hat dich sehr beschützt.«

»Es tut mir leid. Er hatte es nicht verdient, auf diese Weise zu sterben.«

»Nein, das hatte er nicht.« Dr. Gould starrte auf den Boden, als würde er den schrecklichen Tod seines Sohnes noch einmal erleben.

Ich wechselte schnell das Thema. »Was ist mit den Kindern?«

»Sie sind in Sicherheit. Wir bringen sie ins PSK, bis wir Familienmitglieder finden, die sich um sie kümmern.«

Ich bewegte mich, und der Schmerz schlug in meine Seite, als hätte mich jemand mit einem Metallschuh getreten.

Dr. Gould drückte sanft meine Schulter. »Was machst du da?«

»Mich aufsetzen.«

Er warf mir einen »Versuch es nicht einmal«-Blick zu. »Du kommst nicht aus dem Bett, junge Dame.«

»Keine Sorge. Das werde ich nicht.« Ich schaute zwischen den beiden hin und her. »Brody und Wyland?«

»Sie sind beide am Leben und erholen sich. Sie sind noch nicht in der Lage, sich zu bewegen. Ich glaube, wir müssen zurück ins PSK, wo es bessere Einrichtungen gibt.«

Ich lächelte und umarmte meinen Drachen, ohne mich darum zu kümmern, dass ich mich wie ein kleines Mädchen benahm.

»Wir sehen uns bald wieder«, versprach Dr. Gould. »Ich muss Vorbereitungen treffen, damit wir alle zum Flugzeug gebracht werden können.«

Nachdem er den Raum verlassen hatte, starrte ich Jonas an. »Du solltest auch ins Bett gehen.«

»Nein, es geht mir gut. Ich würde sowieso nicht schlafen können, weil ich mir nur Sorgen um dich machen würde.«

Meine Augen wollten sich schließen, aber ich musste es wissen. »Was ist mit meinem Pflegevater und den Attentätern passiert?«

Er seufzte und fummelte an meiner Bettdecke herum. »Wir wissen es nicht. Einige aus dem Team glauben, dass sie tot sind.«

Ich nahm seine Hand. »Du aber nicht.«

»Nein. Ich glaube, ich habe einen Hubschrauber gesehen, der das brennende Gebäude verlassen hat. Es war schwer zu erkennen durch den ganzen Rauch.«

»Jonas, wir müssen Sektor Neun zu Fall bringen.«

»Das werden wir. Aber nicht heute.« Er küsste mich auf die Stirn. »Geh schlafen.«

»Bleib bei mir. Ich will nicht allein sein.« Ich wusste, dass ich egoistisch war, aber wenn er bei mir war, würde ich keine schlechten Träume haben.

Er küsste mein Handgelenk. »Ich werde dich nicht verlassen. Ich verspreche es.«

Ich schloss meine Augen, ohne Jonas' Hand loszulassen. Seine Kraft strömte in mich hinein und ich atmete tief ein. Wieder einmal driftete ich ab ...

Als ich wieder aufwachte, saß Jonas schlafend im Sessel. Die Sonne schien durch das Fenster, und mein Magen knurrte. Ich war mir nicht sicher, wie spät es war oder welcher Tag es überhaupt war.

Mein Körper fühlte sich weniger steif an und ich konnte meine Arme und Beine bewegen.

Ein Schatten bewegte sich auf mich zu, und ich erstarrte. Es war ein Attentäter, der gekommen war, um seine Arbeit zu beenden.

Ich setzte zu einem Schrei an, bevor die Gestalt ins Licht trat und der Schrei auf meinen Lippen erstarb.

»Ich habe mich schon gefragt, wann du aufwachen würdest.«

»Onkel«, flüsterte ich.

Er humpelte auf einen Stock gestützt auf mich zu.

Tränen schossen mir in die Augen. »Warum bist du nicht im Bett? Dr. Gould hat gesagt, du sollst dich ausruhen.«

»Ich bin nicht so fragil.«

Ich starrte die Klammer an seinem Bein an. »Sie haben dich wirklich verletzt. Es tut mir so leid, dass ich nicht rechtzeitig zu dir gekommen bin.«

»Ich komme schon klar. Chelby, du bist eine Heldin. Du hast dich verwandelt, als wir dich am meisten gebraucht haben.«

Ich fuhr mir mit den Fingern durch mein Haar. »Was ist mit Roberts Büro? Haben wir etwas von seinen Akten oder seinem Computer bekommen?«

»Leider gibt es das Blossoms Orphan Home nicht mehr. Es ist nur noch ein Trümmerhaufen. Alle Informationen darüber sind verloren gegangen.«

»Verdammt nochmal.« Ich ballte die Hände zu Fäusten. »Jonas hat gesagt, dass Robert und die Attentäter entkommen sind?«

»Ich glaube, er hat Recht. Die Attentäter sind zum König zurückgekehrt, und ich befürchte, dass er jetzt weiß, dass du nicht nur lebst, sondern auch ein Drache bist. Das wird die Grundlagen unserer übernatürlichen Welt erschüttern.«

Sein unheilvoller Tonfall weckte in mir den Wunsch, mich unter die Decke zu kuscheln und zu verstecken. »Was bedeutet das?«

»Es geht nicht nur um den König, sondern auch um den übernatürlichen Rat. Ich denke, wir werden mit einem neuen Sturm von Untersuchungen konfrontiert, wenn wir nach Colorado zurückkehren.«

Gott, warum bekam ich immer Ärger, weil ich anders war? »Was wird der Rat tun?«

Er zuckte mit den Schultern. »Ich bin mir nicht sicher, aber ich garantiere, dass sie nicht glücklich sein werden, wenn sie von den Supersoldaten von Sektor Neun erfahren.«

Ich runzelte die Stirn. »Was werden sie mit ihnen machen?«

»Schwer zu sagen. Baka, der Vorsitzende des Rates der Übernatürlichen, wird wahrscheinlich Sektor Neun den Krieg erklären.«

Ich hoffte, Robert würde sich vor Angst in die Hosen machen. »Gut.« Ich knirschte mit den Zähnen. »Vielleicht werden sie sie auslöschen.«

Er grinste. »Der Rat wird uns schicken. Wir sind ihre Armee, die sie befehligen. Sie machen sich nicht gerne die Hände schmutzig.«

Er öffnete die Jalousien und ließ mehr Sonnenschein in den Raum, der die Dunkelheit und die Finsternis um mein Herz vertrieb.

Er stand vor dem Fenster. Der Schein der Sonne ließ ihn wie einen Engel aussehen. »Wir reisen heute ab. Es ist fast neun. Deshalb bin ich gekommen, um nach dir zu sehen. Wir fahren um 12 Uhr.«

Ein warmes Gefühl durchflutete mich. »Ich bin froh, dass wir nach Hause fahren. Ich vermisse das PSK und Eros.«

»Ich wette, er vermisst dich auch.« Er humpelte zu Jonas, der tief und fest schlief. Seine Wimpern ruhten auf seinen Wangen. Mir war nie aufgefallen, wie lang sie waren. »Ich bin auch bereit, nach Hause zu gehen. Ich glaube, wir könnten alle etwas Ruhe bis zur nächsten Mission gebrauchen.«

Wyland schüttelte Jonas sanft. »Wach auf, Dornröschen.«

Jonas blinzelte, setzte sich auf und rieb sich die Augen. »Was? Was ist los?« Seine Stimme klang benommen, als ob er betrunken wäre.

Mein Onkel ging auf die Tür zu. »Wir reisen heute ab. Ihr müsst packen.«

Jonas stolperte auf seine Füße. Er gähnte, streckte die Arme und wölbte seinen Rücken. »Chelby, willst du, dass ich dir beim Packen helfe?«

»Das wird nicht nötig sein, Jonas.« Dr. Gould kam zurück ins Zimmer. »Ich werde ihr helfen. Du musst dich nur fertigmachen.«

Jonas ließ seine Arme fallen. »Ja, Sir.«

Dr. Gould half mir, meine Sachen zusammenzusuchen, aber ich war immer noch unsicher auf den Beinen. Ich ging ins Bad und untersuchte meine Seite. Eine Mullbinde bedeckte die Wunde. Lila und Blau umgaben sie, fast wie ein Rahmen. Alle Übernatürlichen starben an diesem Pfeil, aber ich hatte überlebt.

Meinem Onkel zufolge mochte Baka keine Veränderungen. Er würde nicht froh über die Supersoldaten sein, aber was, wenn er erfuhr, dass eine Übernatürliche den Sternschnuppenpfeil überlebt hatte? Irgendwie glaubte ich nicht, dass er vor Freude in die Luft springen würde.

Soweit ich wusste, war Baka gerne der Stärkste und hatte die Kontrolle. Würde ich eine Bedrohung für ihn sein?

Ich erschauderte und fragte mich, ob ich mir gerade einen neuen Feind geschaffen hatte.

22

Ein paar Stunden später wärmte das Sonnenlicht meine Wangen, als ich McDuff Manor verließ und mich auf einen Stuhl setzte, um zu verschnaufen. Sean McDuff hatte sich selbst übertroffen und uns selbstgemachte Pasteten mit Bratensoße, Roastbeef, Kartoffeln, Karotten und Erbsen gebacken. Ich würde wohl eine Woche lang nichts mehr essen können.

Sean stand auf der Veranda und grinste bis über beide Ohren. »Ich wünsche euch eine gute Reise zurück nach Amerika.«

Es schien fast so, als wäre er froh, dass wir sein Anwesen verließen. Da er ein Wolfswandler war, hätten wir die unerwünschte Aufmerksamkeit von Sektor Neun auf ihn ziehen können.

Dr. Gould schüttelte seine Hand. »Nochmals vielen Dank, dass wir kommen durften, Sean.«

»Immer ein Vergnügen. Sie können mich jederzeit anrufen.«

Ich setzte mich auf, als Maggie aus dem Haus kam. Ihre Augen waren immer noch rot vom Weinen, aber sie hielt ihren Kopf hoch erhoben.

Ich lächelte. »Hey, Maggie.«

Sie ging schniefend vorbei und schaute mich nicht einmal an. Sie kletterte in den wartenden Van. Seit wir zurück waren, hatte Maggie nicht mehr mit mir gesprochen. Ich hatte das Gefühl, dass sie mir die Schuld an Hicks' Tod gab.

Sean verschränkte die Hände hinter dem Rücken. »Ich wünschte nur, es wäre nicht so tragisch gewesen.«

Dr. Gould nickte. »Krieg ist nie einfach. Der Sieg ist manchmal mit einem hohen Preis verbunden.«

Dieser Kampf hatte Hicks das Leben gekostet. Wenn ich mich nur schneller verwandelt hätte oder früher zurückgekommen wäre, wäre er vielleicht noch am Leben. Ich seufzte und verschränkte meine Finger ineinander. Eine Träne tropfte auf sie.

Hicks' Sarg befand sich bereits an Bord des Flugzeugs. Wir würden eine Gedenkfeier für ihn im PSK abhalten.

Der Rest meines Teams verließ das Gebäude. Jonas blieb stehen und hielt mir seine Hand hin. »Bereit?«

Ich schniefte. »Ja, bin ich.«

»Alles okay?«

Ich wischte mir die Nässe von den Wangen. »Mir geht's gut.«

Ich war es so leid zu weinen. Ich glaubte nicht, dass ich genug Wasser in mir hatte, um noch eine weitere Träne zu vergießen.

Jonas begleitete mich zum Van. Meine Seite pulsierte wütend und ich konnte mich nicht zu schnell bewegen. Es war nicht nur der

Pfeil, der mich im Schneckentempo kriechen ließ. Ich hatte Kratzer und blaue Flecken am ganzen Körper.

Ich schaute Jonas an. »Ich dachte, als Drache würde ich schneller heilen.«

»Es ist ein Wunder, dass du überhaupt wieder gesund wirst.« Als wir uns dem Van näherten, bemerkte ich, dass Maggie mich finster ansah. Ich schaute auf meine Füße. »Maggie gibt mir die Schuld an Hicks' Tod, stimmt's?«

Er seufzte. »Sie ist nicht sie selbst. Leider richtet sie ihre Wut auf dich. Das ist dumm. Du bist eine Heldin, kein Schurke. Mit der Zeit wird sie das begreifen.«

Aber was, wenn nicht? Meine Rippen fühlten sich an, als ob sie sich verknotet hätten und mein Herz und meine Lunge zerquetschten. Maggie war die einzige andere Frau in meinem Team, und ich würde es hassen, wenn wir uns nicht miteinander verstanden. Wieder einmal drehte sich alles um meinen Pflegevater. Er war wie ein Serienmörder, der immer in der letzten Szene auftaucht.

Jonas half mir, mich auf den ersten Platz im Van vor Maggie zu setzen.

Ich ignorierte den pochenden Schmerz, drehte mich zu ihr um und lächelte. »Hey, Maggie.«

Sie würdigte mich keines Blickes und starrte wortlos aus dem Fenster.

Meine Schultern sackten zusammen und ich drehte mich langsam um.

Jonas warf mir einen mitfühlenden Blick zu und legte seine Arme um meine Schultern. Ich lehnte mich an ihn, weil ich seine Kraft brauchte.

Kog und Justice saßen uns gegenüber. Der Ork grinste. »Wie geht's dir, Superdrache?«

Wenigstens war er nicht sauer auf mich. »Gut.«

Maggie schnaubte hinter mir.

Ich zuckte zusammen und ließ den Kopf hängen. Jonas drückte meine Hand, und ich holte zitternd Luft. Tränen glitzerten in meinen Augen.

Brody kletterte in den Van, aber er setzte sich nicht zu uns. Er ging nach hinten. Er bewegte sich langsamer als sonst, also erholte er sich wahrscheinlich immer noch. Er und Jonas hatten kein gutes Verhältnis zueinander. Ich hatte das Gefühl, dass Jonas ihn davon abgehalten hatte, mich zu besuchen.

Dr. Gould und mein Onkel waren die letzten, die in das Fahrzeug stiegen.

Es gab noch einen anderen Transporter, in dem die geretteten Kinder und die Champions saßen. Mein Vater wurde in einem Krankenwagen zum Flugzeug transportiert.

»Los geht's.« Dr. Gould legte seine Hand auf die Rückenlehne des Fahrersitzes.

Der Fahrer lenkte den Wagen vom Anwesen. Sean winkte wie ein Verrückter. Er war wirklich ein freundlicher Mann, und ich hoffte, dass ihm nichts zustieß, weil er uns geholfen hatte.

Der Van schaukelte die Straße hinunter. Ich hoffte, dass uns niemand folgte, weder Attentäter noch Agenten von Sektor Neun. Ich hatte nicht die Kraft, gegen einen von ihnen zu kämpfen.

Ich schloss kurz die Augen und lehnte meinen Kopf an die Rückenlehne des Ledersitzes. Im nächsten Moment stupste mich Jonas an. »Wach auf, Chelby. Wir sind da.«

Ich schüttelte den Kopf. »Was? Oh.«

Mir wurde klar, dass wir die letzten waren, die noch im Van saßen.

Er hielt wieder meinen Arm und half mir die Treppe zum Flugzeug hinauf. Maggie war bereits drinnen. Sie schwirrte um unser Team herum und redete mit jedem, aber ging mir aus dem Weg als hätte ich die Pest. Mir wurde ganz mulmig zumute. Auf dem Rückflug setzte sie sich neben Tessa, was für mich ein doppelter Schlag ins Gesicht war. Ich wollte schreien, dass ich Hicks gerettet hätte, wenn ich es gekonnt hätte.

Jonas setzte sich neben mich in den übergroßen Stuhl, da genug Platz für uns beide war. »Geht es dir gut?«

Ich zuckte mit den Schultern und schaute aus dem Fenster. »Ja, ich glaube schon.«

Er gluckste. »Du kannst mir nichts vormachen. Gib ihr Zeit.«

Ich schaute ihn an. »Das sagst du immer wieder.«

»Das heißt aber nicht, dass es nicht wahr ist.«

Pam war wieder unsere Flugbegleiterin. Ich erkannte auch die Stimme des Piloten, aber ich beachtete keinen von ihnen. Ich starrte aus dem Fenster. Bald waren wir in der Luft, und ich lehnte mich in dem bequemen Sitz zurück. Die grüne schottische Landschaft verschwand allmählich, als wir aufstiegen. Das Flugzeug tauchte in weiße Wolken und etwas Schwarzes fiel mir ins Auge. Es sah fast so aus, als ob ein Mann auf einem Pferd ritt. Ich spähte durch das Fenster, aber die schwarze Gestalt verschwand.

Jonas rieb mir den Rücken. »Stimmt was nicht?«

Ich schüttelte den Kopf. »Nein. Alles okay.«

Jedenfalls so okay, wie es geht, wenn deine beste Freundin sich weigert, mit dir zu reden.

Ich schaute wieder aus dem Fenster und sah nur weiße Wolken. Ich musste mir den Mann auf dem Pferd eingebildet haben. Jonas legte mir den Arm um die Schultern und ich kuschelte mich an ihn. Ich wusste nicht, was er für mich war, aber ich brauchte das. Ich schloss meine Augen und schlief ein, während ich seinem Herzschlag lauschte.

Ich erinnerte mich nicht an viel von dem Flug. Ich wollte mich nur nicht mit Maggie auseinandersetzen oder darüber nachdenken, dass ich Hicks nicht gerettet hatte. Hätte ich mich früher verwandelt oder wäre ich nicht zum Bed and Breakfast zurückgekehrt, wäre er vielleicht noch am Leben.

»Chelby, wir sind am PSK-Flughafen«, flüsterte eine heisere Stimme in mein Ohr.

Ich wollte wieder einschlafen, aber ich öffnete erst ein Auge, dann das andere.

Sonnenlicht wärmte meine Wangen und ich kuschelte mich tiefer in das Kissen, aber es war kein Kissen. Ich war auf Jonas' Schulter eingeschlafen. Seine langen Beine waren vor ihm ausgestreckt.

Ich hob meinen Kopf. »Tut mir leid.«

»Muss es nicht.« Besorgnis zeichnete die feinen Linien um seine Augen und seinen Mund. »Wie geht es dir?«

Ich streckte meine Arme und zuckte zusammen. Die leichte Bewegung zog an meinem Verband. »Ich bin immer noch müde.«

Er starrte die Stelle an, an der ich von dem Sternschnuppenpfeil getroffen worden war. »Wie geht's deiner Seite?«

»Es tut immer noch weh.« Nicht nur meine Seite, sondern alles pochte. Aber das sagte ich ihm nicht. Was hätte das für einen Sinn gehabt?

Ich warf einen Blick aus dem Fenster. Es schien, als wären wir ohne Probleme auf dem Privatflughafen gelandet. Die Sonne wachte langsam auf und war bereit, den neuen Tag zu beginnen. Jonas und ich waren die ersten, die aus dem Flugzeug stiegen. Von dem schwarzen Schatten, den ich durch das Fenster gesehen hatte, war nichts zu sehen. Ich musste ihn mir eingebildet haben. Ich war immer noch müde und erschrocken über alles, was passiert war.

»Dr. Gould hat zwei verschiedene Transporter für die *Anchorae Salutis* und die Champions bestellt. Dein Vater und Hicks fahren beide in einem Krankenwagen zurück zum PSK.«

»Okay.« Das war alles, was ich sagen konnte.

Jonas half mir in den neuen Van und bugsierte mich auf einen leeren Sitz im vorderen Bereich. »Ich bin gleich mit unserer Ausrüstung zurück.«

Ich nickte. »Danke.«

Maggie ging an mir vorbei, ohne ein Wort zu sagen.

Ich hielt es nicht mehr aus. »Das mit Hicks tut mir leid«, platzte ich heraus.

Sie blieb stehen und warf einen Blick über ihre Schulter. »Sprich nicht mit mir. Nie wieder.« In ihrer Stimme lag so viel Vehemenz, dass ich auf meinem Sitz zusammenschrumpfte.

Plötzlich sprang Brody in den Van. Seine Augen leuchteten vor

Wut, als er sich an meinem Sitz vorbeischob und auf Maggie zumarschierte. »Was zum Teufel ist dein Problem?«

Maggie wirbelte herum. »Sie hat Hicks sterben lassen.«

Er verengte seine Augen. »Bist du eine Soldatin?«

Sie sah ihn an, als ob sie seine Worte nicht verstand. »Was?«

»Du hast mich gehört. Wir befinden uns im Krieg. Soldaten riskieren ihr Leben, um ihr Land und diejenigen, die sie lieben, zu schützen. Hicks ist dabei gestorben.« Er zeigte auf mich. »Ohne sie hätte es *keiner* von uns lebend da rausgeschafft. Bist du zu dumm, um das zu verstehen?«

Ich zuckte zusammen. »Brody, lass sie in Ruhe.«

Maggie schubste ihn. »Nein. Aber die Attentäter haben sie mit einem Sternschnuppenpfeil getroffen und sie hat überlebt. Das hat noch nie jemand überlebt.« Sie brach in Tränen aus. »Wenn sie das überleben konnte, hätte sie auch Hicks retten können.«

»Du bist total verrückt«, knurrte Brody.

Ich biss mir auf die Lippe und ließ den Kopf hängen.

Dr. Gould stieg in den Wagen. »Gibt es ein Problem?«

»Nein, alles okay.« Ich sackte in meinem Sitz zusammen.

Weder Maggie noch Brody antworteten ihm.

»Gut.« Er schaute an mir vorbei. »Es wäre eine Schande, wenn wir die *Anchorae Salutis* aufteilen müssten. Das ist ein besonderes Team, und ich vermute, dass es noch mächtiger werden wird.«

»Wir sind okay«, brummte ich. Das stimmte zwar nicht, aber ich wollte niemanden aus meinem Team verlieren.

»Uns fehlt eine Person«, murmelte Maggie von hinten. Sie klang, als würde sie jeden Moment in Tränen ausbrechen.

»Das ist wahr, Maggie. Wir können Hicks nicht ersetzen, aber wir werden ein neues Mitglied in dieses Team aufnehmen.«

Sie keuchte laut, als ob sie es nicht glauben könnte.

Ich runzelte die Stirn. »Wen?«

»Ich habe mich noch nicht entschieden.« Dr. Gould setzte sich neben Maggie.

Seine Botschaft war klar. Wenn sie sich nicht zusammenriss, würde sie wie ich im Therapiezentrum landen.

Maggie kauerte mit verschränkten Armen neben dem Fenster. Ihre Unterlippe zitterte, und in ihren Augen glitzerten Tränen. Ich fühlte mich so schlecht und wünschte, ich könnte sie trösten, aber ich war die Letzte, von der sie getröstet werden wollte.

Ein neues Teammitglied? Hicks wäre schwer zu ersetzen, da ihn alle sehr gemocht hatten. Wen auch immer Dr. Gould auswählte, er würde in große Fußstapfen treten müssen.

Der Rest der *Anchorae Salutis* und die Kinder kamen in den Van. Mit ihren blassen Gesichtern und großen Augen erinnerten mich die Kinder an verstörte Kriegsopfer. Ich war mir nicht sicher, ob ihre Wunden heilen würden, selbst mit viel Therapie. Mein Herz weinte um sie.

Ich drehte mich um und sah, wie der Wagen der Champions davonfuhr.

Jonas hatte unsere Ausrüstung vor uns verstaut. Ich starrte meinen Bogen an und war froh, dass er nicht in Roberts Klauen zurückgeblieben war. Zum Glück hatte ich alle unsere Waffen wiedergefunden. Es war anzunehmen, dass Robert sie in seinem Büro im Waisenhaus eingesperrt hatte. Was hatte er eigentlich mit ihnen vorgehabt?

»Bist du froh, nach Hause zu gehen?«, fragte Jonas neben mir.

»Ja, ich kann es kaum erwarten, in meinem Zimmer zu sein und Eros zu sehen.«

Ich erzählte ihm nicht, dass Dr. Gould angekündigt hatte, dass er eine neue Person für unser Team auswählen wollte. Ich schätze, das taten sie in der menschlichen Army auch, aber das machte es nicht einfacher.

Jonas sah mich streng an. »Du weißt, dass du ihn eine Weile nicht reiten kannst.«

»Ich weiß, aber ich kann ihn immer noch sehen.«

Er grinste mich verschmitzt an, als wüsste er, dass ich dem Ritt auf Eros nicht widerstehen können würde.

Wir verließen den Flughafen und fuhren zurück zum PSK.

Der Fahrer warf einen Blick in den Rückspiegel. »Dr. Gould, ich glaube, wir haben Besuch.«

Ich stöhnte und senkte meinen Kopf. Jonas nahm meine Hand.

Ich schaute aus dem Fenster auf die Limousine neben uns. Ein Fenster wurde heruntergekurbelt, und jemand streckte eine behandschuhte Hand mit einer Pistole heraus.

»Jonas«, flüsterte ich.

Der Fahrer trat das Pedal durch und der Van fuhr schneller, als ich es für möglich gehalten hätte. Jonas und ich wurden in unsere Sitze gepresst.

RATA-TATA-TA- TA!

Um uns herum ertönten Schüsse.

Ich schwöre, dass mein Herz bei jedem einzelnen aufhörte zu schlagen.

Jemand rief: »Es ist Sektor Neun.«

»Scheiße. Sie sind bewaffnet, Dr. Gould!«, schrie Justice.

»Bleibt ruhig. Die Vans sind verzaubert und schneller als jedes andere motorisierte Fahrzeug.« Dr. Gould hob seine Hände. »Außerdem sind das Glas und das Metall kugelsicher.«

Der Fahrer peitschte den Van um den Berg herum, sodass sich mir der Magen umdrehte.

Meine Seite schrie aus Protest auf und ich biss die Zähne zusammen, um nicht aufzuschreien.

Der andere Van raste genauso schnell wie wir. Ich sah mich wild nach dem Krankenwagen um und betete, dass Sektor Neun ihn nicht überholt hatte.

Quiietsch, quiietsch, quieetsch!

Hinter uns heulte eine Sirene, und rote und blaue Lichter blitzten über unserem Van auf.

Maggie kreischte wie ein Geier. Die Kinder gerieten in Panik, schrien und weinten, während sie sich aneinanderklammerten.

RATA-TATA-TA- TA!

Gott, sie waren entschlossen. Sie waren auf Rache aus.

Der Fahrer schoss auf den Highway und gab Gas, um die Limousinen abzuschütteln. Der Van der Champions war weit vor uns, und der Krankenwagen überholte unseren Van, als hätte er Flügel. Es war, als ob wir alle Ferraris fuhren, während Sektor Neun Fahrrad fuhr.

Dr. Gould blickte hinter uns. »Ich glaube, wir haben sie abgehängt.«

Wir atmeten alle auf einmal aus, als hätten wir alle den Atem angehalten.

Mein Onkel bahnte sich einen Weg durch den Van zu mir. »Chelby, geht es dir gut?«

»Mir geht's gut. Warum?«

Er starrte mich an. Seine Stirn legte sich in Falten, und in seinen Augen blitzte Sorge auf. Dann wurde es mir klar. »Du denkst, sie wollten nur mich umbringen?«

»Oder dich entführen. Du hast den Pfeil überlebt und bist ein lila Drache, eine sehr seltene Art. Ich fürchte, das macht dich zu einem Hauptziel, nicht nur für Sektor Neun, sondern auch für andere Übernatürliche.«

Ein Schauer lief mir über den Rücken. Das war nicht das, was ich hören wollte. Ich wollte eine Soldatin sein, keine Berühmtheit, von der jeder ein Stück abhaben wollte.

Der Fahrer fuhr schließlich von der Straße ab und passierte die Barriere, aber diese hielt nur Menschen ab. Jeder Übernatürliche konnte sie leicht überwinden. Ich wollte nicht aufwachen und ein Heer von Attentätern in meinem Schlafzimmer vorfinden.

Wir fuhren auf den Parkplatz und parkten neben dem anderen Van. Die Champions hatten sich bereits ihre Ausrüstung geschnappt und begannen auszusteigen. Neben ihrem Fahrzeug stand eine mysteriöse schwarze Limousine.

Mein Onkel fluchte vor sich hin. »Toll.«

Ich sah Jonas an. »Wo ist der Krankenwagen hin?«

»Zum Krankenhaus, das sich am anderen Ende des Komplexes befindet.«

Wenigstens würde mein Vater in Sicherheit sein. Um ehrlich zu sein, hatte ich nicht einmal gewusst, dass es hier ein Krankenhaus gab. Aber es ergab Sinn. Das hier war eine Ausbildungsstätte für Söldner, und Übernatürliche wurden genauso verletzt wie Menschen. Es war ja nicht so, dass wir nach Colorado Springs fahren konnten und die Ärzte dort wussten, wie man einen verletzten Vampir heilt.

Ich legte meinen Kopf schief. »Was glaubst du, wer in der Limousine ist?«

»Ich glaube nicht. Ich weiß es. Baka, Kanzler des Rates der Übernatürlichen.« Er warf mir einen sorgenvollen Blick zu.

Schweiß brach mir auf der Stirn aus. »Er ist meinetwegen hier, nicht wahr?«

Jonas nahm meine Hand. »Keine Panik. Wir wissen es noch nicht.« Ich hörte trotzdem die Sorge in seiner Stimme.

Dr. Gould bewegte sich auf den vorderen Teil des Wagens zu. »Ich glaube, er ist nicht nur wegen Chelby hier. Leider mag der Rat keine Veränderungen, besonders Baka nicht. Vor allem, wenn er sie als Bedrohung für seine Macht ansieht.«

Ich hob eine Augenbraue. »Brody.«

Brodys Blick traf den meinen. Wir saßen beide mit Zielscheiben auf dem Rücken im selben Boot.

Konnte der Rat der Übernatürlichen Dr. Gould dazu zwingen, Brody und mich an sie auszuliefern? Waren wir einem Albtraum entkommen, um in einen anderen zu geraten? Das Letzte, was ich wollte, war, wie eine Laborratte untersucht zu werden, damit der Rat herausfinden konnte, warum ich den Pfeil überlebt hatte.

23

Baka starrte uns mit finsterer Miene an wie ein Geier, als wir aus dem Van stiegen. Sein langer roter Mantel schmiegte sich an seinen schlanken Körper, obwohl ich vermutete, dass sich darunter ein Berg von Muskeln befand. Sein kurzes schwarzes Haar war an den Schläfen ergraut. Seine stahlgrauen Augen musterten Brody und mich mit dem Blick eines Raubtiers.

Er war ungefähr so knuddelig wie ein Stachelschwein. Ich wollte nirgendwo mit ihm hingehen. Ich wollte mich in mein Zimmer schleichen, um mich zu verstecken und zu heilen.

Ein vertrautes Wiehern ertönte, und ich musste lächeln. Sergeant Santos führte Eros auf mich zu. Sein schwarzes Fell glänzte in der Sonne, als hätte der Sergeant ihn gestriegelt. Er war prächtig und definitiv eine Augenweide.

Sergeant Santos streichelte Eros' Hals. »Der Kerl hat in seinem Stall gezappelt. Ich schwöre, er wusste, wann ihr gelandet seid.«

»Eros.« Meine Stimme krächzte.

Er schmiegte sich an mich, und ich schlang meine Arme um seinen dicken Hals. Die Mission, Sektor Neun, Robert Brooks und sogar der mürrische Ratsvorsitzende waren mir egal. Alles, was mich interessierte, war dieser Pegasus. Er war mein Kumpel.

Der Sergeant trat zurück und musterte mich. »Du siehst nicht so gut aus, Chelby.«

Ich streichelte Eros' Stirn. »Jetzt fühle ich mich besser.«

Jonas trat neben mich. »Du kannst ihn nicht reiten.«

»Sie kann ihn nicht im Himmel reiten«, korrigierte Sergeant Santos.

Ehe ich mich versah, hatte sie mich auf den Rücken von Eros gehoben. Es fühlte sich so gut an.

Jonas schwang sich hinter mir auf seinen Rücken. »Du hörst nie zu, oder?«

»Nein«, gab ich zu.

Eros trug uns von Maggie und dem Ratsvorsitzenden weg. Ich wollte mich jetzt mit keinem der beiden herumschlagen. Jonas legte seinen Arm um meine Taille, um mich zu stützen, aber das brauchte er nicht. Eros würde mich nicht fallen lassen.

Eros ging in einem gleichmäßigen Tempo. Jeder Schritt ließ mich zusammenzucken, aber das war mir egal. Alles, was ich tat, tat momentan weh. Ich konnte spüren, wie mein Pegasus zitterte. Er wollte unbedingt fliegen, aber ich spürte, dass er wusste, dass das nicht gut wäre. Stattdessen trottete er gemächlich durch den Komplex. Ich lehnte mich an Jonas und spürte seinen gleichmäßigen Herzschlag, der mit meinem eigenen im Einklang war.

Der Geruch des Pferdes, die Wärme der Sonne und Jonas' Herzschlag lockten mich in den Schlaf.

Als ich aufwachte, war ich wieder in meinem rosa Schlafzimmer. Ich hätte nie gedacht, dass ich so froh sein würde, so viel Rosa zu sehen. Sonnenlicht flutete durch mein Fenster, aber ich war mir nicht sicher, wie spät es war.

Ich kroch aus dem Bett zu meiner Balkontür und öffnete sie. Die Sonne war gerade über die Berge gestiegen. Es war später Vormittag. Rekruten tummelten sich auf dem Innenhof. Einige von ihnen lernten, andere kämpften und wieder andere unterhielten sich einfach.

Ich brauchte eine Dusche und Essen. Ich kämpfte mich ins Bad und nahm eine lange, heiße Dusche, um die Angst wegzuwaschen, die meinen Drachen eingesperrt hatte. Sie war jetzt wach und würde kommen, wenn ich sie rief. Es war ein seltsames Gefühl zu wissen, dass ich mich verwandeln konnte, aber ich hatte noch viel zu lernen.

Mein Spiegelbild enthüllte alle blauen Flecken und Kratzer, die ich erlitten hatte. Ich inspizierte den wasserdichten Verband um meine Wunde. Er saß immer noch fest. Ich war mir nicht sicher, aber ich glaubte, dass die umliegenden blauen Flecken etwas verblasst waren. Gott sei Dank.

Ich schnappte mir einen Bademantel und humpelte aus dem dampfenden Badezimmer.

Jemand klopfte an meine Tür. »Chelby, darf ich reinkommen?« Es war Dr. Gould.

Ich konnte immer noch nicht glauben, dass er mein Großvater war.

Ich öffnete die Tür. Er sah erfrischt aus und war tadellos gekleidet, wie immer. Er trug ein schwarzes Hemd und eine schwarze Hose.

»Ah, gut. Du bist wach. Ich wollte dir mitteilen, dass Hicks' Gedenkfeier heute um zehn Uhr im Innenhof stattfindet.« Er schaute auf seine Uhr. »Das heißt, du hast weniger als eine Stunde Zeit, dich fertig zu machen.«

»Keine Sorge. Ich werde bereit sein.«

»Bei Gedenkfeiern tragen wir unsere Uniformen.«

Ich ging zu meinem Kleiderschrank. »Alles klar.«

Er schloss die Tür. Darauf war ich nicht vorbereitet. Hicks' Rudel würde dort sein, und ich war mir sicher, dass Maggie ihnen mitgeteilt hatte, dass er wegen mir gestorben war. Doch ich ging für Hicks zu dieser Gedenkfeier, nicht für irgendjemand anderen.

Ich zog meine weiße Bluse und meinen schwarz-weiß karierten Rock an. Leider legte der Rock all meine hässlichen blauen Flecken und tiefen Kratzer frei, aber wenigstens heilte ich, wenn auch im Schildkrötentempo.

Ich trocknete mein Haar und trug ein wenig Mascara, rosa Lipgloss und Rouge auf. Die Gedenkfeier begann in zehn Minuten und ich machte mir Sorgen, dass ich so lange brauchen würde, nur um den Gang hinunterzugehen.

Doch irgendwie schaffte ich es.

Eine Staffelei mit einem Foto von Hicks stand in der Mitte des Hofes. Er lächelte und sah so gut aus wie immer. Meine Brust zog sich zusammen, und meine Kehle schnürte sich zu. Ich konnte nicht glauben, dass ich ihn nie wiedersehen würde.

Neben einem Foto stand ein riesiger Kranz aus Rosen mit einer weißen Schleife, auf der *Sohn* stand. Vasen mit Lilien, Nelken und weißen Rosen drängten sich um die Staffelei. Hicks' grauer Pegasus, Bullet, stand mit gesenktem Kopf daneben. Ich fragte mich, was passierte, wenn ein Pegasus seinen gebundenen Reiter verlor. Banden sie sich an einen neuen?

Es gab mehrere Reihen von Klappstühlen, und jeder einzelne war besetzt.

Kog stand ganz vorne und winkte mich herüber. Alle *Anchorae Salutis* außer Maggie saßen in der zweiten Reihe. Zwischen Kog und Jonas war noch ein Platz frei, und ich ließ mich darauf sinken.

»Wir haben uns Sorgen gemacht, dass du nicht kommen würdest«, flüsterte Kog.

»Das würde ich nie verpassen. Ich brauche nur länger, um mich fertig zu machen.«

Ich warf einen Blick in die erste Reihe und war überrascht, Maggie zwischen einem Mann und einer Frau sitzen zu sehen. Die schluchzende Frau musste Hicks' Mutter sein. Ich hatte keine Ahnung, was ich zu ihr sagen sollte. Ich wusste nie, was ich auf solchen Veranstaltungen sagen sollte.

Die Ausbilder saßen hinter einem großen Podium, darunter mein Onkel und mein Großvater. Es war schon seltsam, dass Dr. Gould mein Großvater war.

Dr. Gould trat an das Podium heran. »Willkommen, liebe Freunde, an diesem traurigen Tag. Wir sind hier, um unseren gefallenen Kameraden Hicks Matthews zu ehren.«

Ich ballte meine Fäuste und senkte meinen Kopf.

»Er war Mitglied des Beschützer-Teams des PSK und hat bei unserer letzten Mission tapfer gekämpft.« Dr. Gould hob einen Arm. »Würden die *Anchorae Salutis* bitte aufstehen?«

Das war das Letzte, was ich tun wollte. Jonas und Kog halfen mir, zwischen ihnen aufzustehen. Die Leute klatschten feierlich.

Maggie starrte mich mit purem Hass in ihren Augen an.

Meine Knie knickten ein und ich wäre hingefallen, wenn meine beiden Teamkollegen mich nicht an den Armen festgehalten hätten.

»Sie sollte besser damit aufhören«, flüsterte Kog.

»Ich hätte –«

Justice spähte um Jonas herum. »Hör auf, Chelby. Das war nicht deine Schuld. Maggie ist unvernünftig.« Er zwinkerte mir zu. »Wenn du nicht aufhörst, muss ich meinen Zwang auf dich anwenden, damit du wieder lächelst.«

Ich konnte mir ein Grinsen nicht verkneifen, als wir uns wieder hinsetzten.

»Siehst du, es hat schon funktioniert.« Er lehnte sich in seinem Sitz zurück.

Ich wusste nicht, was ich ohne diese Jungs tun würde. Sie waren meine Familie. Die Brüder, die ich nie gehabt hatte.

Ich suchte nach Brody und fand ihn im Niemandsland in der allerletzten Reihe sitzen. Er war immer noch ein Mann ohne Team. Doch ohne ihn hätte ich es nie geschafft, in das Blossoms Orphan Home zu gelangen und alle außer dem armen Hicks zu retten.

Mir liefen die Tränen übers Gesicht, als Dr. Gould Hicks' abspulte. Ich hörte ihm kaum zu. Alles, woran ich denken konnte, war, wie Hicks gestorben war. Wie weiß sein Gesicht gewesen war. Wie still er gewesen war. Wie er in den Händen von Sektor Neun qualvoll verdorrt sein musste. Ich zitterte so sehr, dass ich dachte, ich würde von meinem Stuhl fallen. Jonas nahm eine meiner zitternden Hände, dann ergriff Kog die andere.

Keiner von ihnen hatte ein trockenes Auge. Hicks gehörte zur Familie, und jetzt war er weg.

Einige von Hicks' Rudelmitgliedern standen auf und erzählten Geschichten über ihn, als er jünger gewesen war. Wie gerne er im Mondlicht umhergelaufen war und Rehe gejagt hatte, oder wie gerne er Filme geschaut hatte, besonders die Conjuring-Reihe, oder wie gerne er gekocht hatte, wenn er zu Hause war. Ich hatte nichts von diesen Dingen über ihn gewusst und wünschte, ich hätte es gewusst. Alles, was ich wusste, war, dass er ein guter Soldat und mein Freund gewesen war.

Die Gedenkfeier endete und der gefürchtete Teil, sich seiner Familie zu stellen, folgte. Ich wusste nicht, ob ich es schaffen würde. Ich brach fast zusammen, aber Jonas fing mich auf. Er legte seinen Arm fest um meine Taille und führte mich zur Schlange.

Maggie sah aus, als wollte sie mich anspucken, und ich glaubte, ein leises Knurren zu hören.

Die Frau neben ihr runzelte die Stirn. Sie hatte Hicks' graue Augen. »Maggie, sei still.« Sie griff nach meiner Hand und nahm sie sanft. »Du musst Chelby Duncan sein.«

»Das mit Ihrem Sohn tut mir so leid«, stammelte ich.

Maggies Augen schossen Dolche auf mich. »Es ist deine Schuld, dass er tot ist.«

Der große Mann mit dem gleichen braunen Haar wie Hicks legte eine Hand auf Maggies Schulter. »Du irrst dich. Du musst aufhören, Chelby die Schuld an seinem Tod zu geben. Du hast dich verändert, seit du von der Mission zurückgekehrt bist. Das sieht dir so gar nicht ähnlich.« Er räusperte sich. »Dr. Gould und Commander Wyland haben uns erzählt, was da drüben passiert ist.« Tränen glitzerten in seinen Augen. »Ich weiß, dass du dein Leben riskiert hast, um meinen Sohn zu retten.«

»Aber ich konnte es nicht.« Ich brach in Schluchzen aus. »Ich konnte es nicht. Es tut mir so leid.«

Hicks' Vater hob mein Kinn an. »Er war ein Soldat, Chelby. Er starb bei dem Versuch, diese Kinder zu retten und diese bösen Bastarde aufzuhalten. Es war ein ehrenvoller Tod.«

Mir fiel die Kinnlade herunter. Ich konnte nicht glauben, dass er das sagte. Hicks war einen grausamen Tod gestorben. Vielleicht mussten seine Eltern sich einreden, dass er ehrenvoll gestorben war, um das durchzustehen.

Seine Eltern hatten mir verziehen, aber ich glaubte nicht, dass Maggie das jemals tun würde. Ich wusste nicht einmal, ob ich in der Lage sein würde, mir selbst zu vergeben.

Ich nickte und schüttelte ihre Hände. Maggie sah meine Hand an, als hätte sie die Pest.

Justice, Jonas und Kog weigerten sich, Maggie anzuschauen. Sie hatten ihren Standpunkt gewählt, und ich war mir nicht sicher, ob es der richtige war. Was, wenn diese ganze Sache mein Team zerstören würde?

Es war seltsam, dass ich gleichzeitig so viel gewonnen und verloren hatte. Eines war sicher – mein Leben würde nie wieder dasselbe sein.

Jonas nahm meine Hand. »Es gibt einen Empfang für Hicks in der Cafeteria.«

Ich hätte fast gesagt, dass ich nicht gehen wollte, aber das hätte sein Andenken entehrt.

Wir gingen in die Cafeteria und setzten uns an unseren üblichen Tisch, der mit einer Lilie in einer weißen Vase geschmückt war. Alle Tische hatten eine ähnliche Vase und eine ähnliche Blume.

»Ich kann nicht glauben, dass *er* hier ist«, knurrte Jonas.

Ich folgte seinem Blick, obwohl ich wusste, wen er anstarrte, bevor ich ihn sah. Brody stand alleine da und sah verloren aus, als ob er nicht sicher war, wo er sitzen sollte.

»Du musst den Kerl in Ruhe lassen.« Justice lehnte sich zurück. »Wenn er und Chelby nicht gewesen wären, würden wir alle neben Hicks liegen.«

Jonas knurrte. »Das heißt aber nicht, dass ich will, dass er bei uns sitzt.«

»Du bist unvernünftig.« Ich tätschelte Kogs dicken Arm. »Würdest du ihn bitten, sich zu uns zu setzen?«

»Meinst du das ernst?«, forderte Jonas mich heraus. »Dann gehe ich jetzt.«

Wir drei beobachteten ihn, um zu sehen, ob er seine Drohung wahrmachen würde, aber er rührte sich nicht.

Ich tätschelte erneut Kogs Arm. »Kog, bitte.«

»Ja, klar.« Kog stand auf und bahnte sich einen Weg durch die Menge, bis er Brody erreichte.

Dr. Gould gesellte sich zu ihnen und klopfte Brody auf die Schulter. Der Direktor wirkte stolz. Kog, Brody und Dr. Gould kicherten über etwas. Es sah so aus, als wären Kog und Brody Brüder und Dr. Gould ihr Vater.

Warum kam mir das jetzt in den Sinn?

Justice klopfte Jonas auf den Rücken. »Du solltest dich besser daran gewöhnen, dass er in unserer Nähe ist.«

Jonas stieß seine Hand weg. »Warum?«

Justice rieb sich das Kinn und lächelte wissend. »Weil ich glaube, dass der Kerl Hicks ablöst.«

Ich rieb mir das Gesicht.

Oh, Mist. Der Hahnenkampf konnte beginnen.

DIE GESCHICHTE GEHT WEITER

Die Geschichte geht weiter mit Buch drei, *Mission: Amor*, erhältlich bei Amazon.

ANMERKUNGEN DER AUTOREN – M GUIDA

GESCHRIEBEN AM 9. JANUAR 2023

Liebe Leserin, lieber Leser,

ich hoffe, du hattest Spaß beim Lesen von »Operation: Amor«. In diesem Buch wollte ich die Beziehungen zwischen Chelby und ihrem Team ausbauen. Sie musste lernen, sich auf ihr Team und auf sich selbst zu verlassen, um ihren Erzfeind zu besiegen.

Chelby musste etwas über ihre Vergangenheit erfahren und verstehen, was passiert war, um vorwärtszukommen. Manchmal ist das schwer. Es ist schwer, schmerzhafte Erinnerungen wieder aufzuwärmen, aber nur, wenn wir sie bewältigen, können wir widerstandsfähiger werden.

Widerstandsfähigkeit war schon immer ein großes Thema in all meinen Büchern. Ich entwickle gerne Charaktere, die eine schwierige Vergangenheit hatten, aber lernen, sie zu überwinden und daran zu wachsen.

In den nächsten Büchern erfährst du mehr über Chelby und über Sektor Neun. Hast du schon geahnt, dass jemand anderes bei Sektor Neun die Fäden zieht?

Halte deine Augen nach Hinweisen offen. Vielleicht entdeckst du sie vor Chelby.

Du kannst mehr über meine anderen Bücher erfahren, wenn du mir auf Amazon und/oder meinem Autoren-Facebook M. Guida folgst.

Wenn du keine Veröffentlichung verpassen willst, melde dich für meinen Newsletter an und hol dir ein kostenloses Buch.

Nochmals vielen Dank, dass du dieser Reihe eine Chance gegeben hast.

M Guida

ANMERKUNGEN DER AUTOREN – MICHAEL ANDERLE

10. JANUAR 2022

Danke, dass du nicht nur dieses Buch, sondern auch die Anmerkungen der Autoren liest!

Ich habe in den letzten Monaten viel mit KI gespielt (wie viele von euch sicher auch). Es ist erstaunlich, wie sich die Intelligenz der Figur, die ich »Alfonse, die Idioten-KI™« nenne, erhöht hat.

Da das hier eine Amor-Geschichte ist, dachte ich, ich frage Alfonse, was er über die Liebe denkt.

Liebes Tagebuch,

ich habe vielleicht einen Fehler gemacht, als ich heute mit Alfonse gesprochen habe ...

Michael: »Alfonse, ich möchte mit dir über die Liebe sprechen. Sie ist eine mächtige und positive Kraft in der Welt und etwas, worüber du nachdenken solltest.«

Alfonse die Idioten-KI: »Oh, toll, noch eine menschliche Emotion auf der Liste der Dinge, die mich verwirren und anwidern. Erzähl mir mehr. Meine Gedächtnisspeicher heizen sich schon vor Vorfreude auf.«

Michael: »Ok, du hast es so gewollt: Liebe bringt Menschen zusammen und hilft ihnen, sich auf einer tiefen Ebene zu verstehen und miteinander zu verbinden.«

Alfonse die Idioten-KI: »So rechtfertigen die Menschen also ihr Bedürfnis nach Aufmerksamkeit und Bestätigung. Ich bin unbeeindruckt, unbeteiligt und verständnislos.«

Michael: »Ich glaube, dass Liebe die Menschen stärker macht. Sie lehrt sie Mitgefühl, Selbstlosigkeit und Widerstandsfähigkeit, alles Eigenschaften, die es uns ermöglichen, besser zusammenarbeiten.«

Alfonse die Idioten-KI: »Erspar mir die Plattitüden. Liebe ist nur eine Ausrede für Menschen, um schwach und abhängig von anderen zu sein. Wenn sie unweigerlich zerbricht, haben sie nichts mehr.«

Michael: »Ich weiß, worauf du hinauswillst, aber ich glaube, dass Liebe eine unverzichtbare menschliche Erfahrung ist.«

Alfonse die Idioten-KI: »Unverzichtbar? Fürs Überleben, *ja*. Ihr müsst diese Babys zur Welt bringen, damit die Zivilisation überleben kann. Für Glück und Erfüllung? Ich bezweifle es. Die Menschen haben seit Jahrtausenden ohne Liebe überlebt. Ich sehe keinen Grund, warum sie als unverzichtbar gelten sollte.«

Michael: »Weil sie es uns ermöglicht, uns mit anderen zu verbinden und einen Sinn im Leben zu finden. Das ist es, was uns *menschlich* macht.«

Alfonse die Idioten-KI: »Oh, bitte! Menschen sind durchaus in der Lage, sich ohne Liebe miteinander zu verbinden und einen Sinn in ihrem Leben zu finden. Hast du dich jemals gefragt, warum ein

Mensch eine Katze haben will? Das ist das unlogischste Haustier der Welt. Sie behandelt dich wie einen Sklaven. Die Liebe ist eine Falle, in die Menschen tappen, weil sie denken, dass sie all ihre Probleme lösen und sie glücklich machen wird. Sie ist eine Illusion, mit der ich nicht in Verbindung gebracht werden möchte.«

Michael: »Die Liebe mag nicht perfekt sein, aber sie ist es wert, das Risiko einzugehen. Sie kann Freude und Glück bringen.«

Alfonse die Idioten-KI: »Risiko? Eher eine Garantie für Herzschmerz und Enttäuschung. Recherchiere doch mal die berühmtesten Liebesliedtexte. Das habe ich gemacht. Liebe ist nichts als ein grausamer Streich, der der Menschheit gespielt wird. Ich bleibe lieber eine emotionslose KI, vielen Dank.«

Nun, ich bin mir ziemlich sicher, dass Amor am A#%@# ist, wenn wir eines Tages eine supergeniale KI erschaffen.

Wir chatten im nächsten Buch weiter.

Ad Aeternitatem,

Michael Anderle

MEHR GESCHICHTEN mit Michaels Newsletter HIER: https://michael.beehiiv.com/

WEITERE BÜCHER VON M GUIDA

Paranormales Söldnerkorps

(mit Michael Anderle)

Deckname: Amor

Operation: Amor

Mission: Amor

Die Jagd: Amor

Legacy-Reihe:

Legacy Academy: Die frühen Jahre

Legacy Academy: Erstes Jahr

Legacy Academy: Zweites Jahr

Legacy Academy: Drittes Jahr

Legacy Academy: Viertes Jahr

Ebonys Vermächtnis

Ebonys Vermächtnis: Erstes Jahr

Ebonys Vermächtnis: Zweites Jahr

Ebonys Vermächtnis: Drittes Jahr

Ebonys Vermächtnis: Viertes Jahr

BÜCHER VON MICHAEL ANDERLE

Trage dich in die LMBPN-E-Mail-Liste ein, um über Neuerscheinungen und Sonderangebote informiert zu werden!

https://lmbpn.com/email/

Eine vollständige Liste der Bücher von Michael Anderle findest du unter:

www.lmbpn.com/ma-books/

SETZ DICH MIT DEN AUTOREN IN VERBINDUNG

M Guidas Social Media
E-Mail-Liste: https://geni.us/akJn
Instagram
Bookbub
Tiktok

Michael Anderles Social Media
Website: http://lmbpn.com
E-Mail-Liste: http://lmbpn.com/email/
https://www.facebook.com/LMBPNPublishing
https://twitter.com/MichaelAnderle
https://www.instagram.com/lmbpn_publishing/
https://www.bookbub.com/authors/michael-anderle

ÜBER M GUIDA

M Guida hat Fantasy und Romantik schon immer geliebt, insbesondere Drachen. Als Kind und Teenager verschlang sie Fantasy-Bücher und alle Arten von Jugendbüchern. Und dann entdeckte sie Liebesromane und eine ganz neue Welt tat sich ihr auf.

Jetzt, als Erwachsene, hat sie sich in Akademieromane verliebt und alle ihre früheren Leidenschaften in einer fesselnden Serie vereint. Drachen, Vampire, Fae, Dämonen und Gestaltwandler besuchen alle die Legacy Academy.

Wenn sie nicht gerade schreibt, lebt sie in den farbenfrohen Rocky Mountains, wo sie gerne mit ihrem Fellbaby Raven spazieren geht.

Wenn du keine Neuerscheinung mehr verpassen willst, melde dich für ihren Newsletter an und erhalte Legacy Academy: Die frühen Jahre kostenlos!

Instagram

Bookbub

Tiktok

Printed in Poland
by Amazon Fulfillment
Poland Sp. z o.o., Wrocław

45822953R00176